HARRIET CALOIDY □ DER KORB

Quam minimum credula postero.

HARRIET CALOIDY

DER KORB

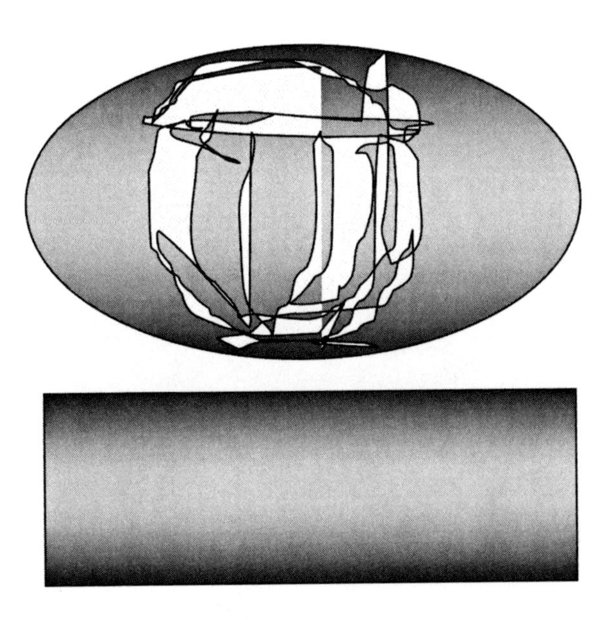

ARCHIVALIEN UND MINIATUREN

Bibliografische Information der Deutschen Bibliothek

Die Deutsche Bibliothek verzeichnet diese Publikation in der Deutschen Nationalbibliografie; detaillierte bibliografische Daten sind im Internet über http://dnb.ddb.de abrufbar.

Herstellung und Verlag: Books on Demand, Norderstedt
ISBN 978-3-8334-8544-2

Der Korb und ein Mythos
Prolog

Teil Eins

Ein Vitrinenschrank
im Schatten der Persephone
Archivalien

□

Teil Zwei

Ein Korb
und der Glanz der Savanne
Reliquien und Miniaturen

Von der Fragwürdigkeit des Schönen
Epilog

Der Korb und ein Mythos

Prolog

Kehrt der Korb zurück, dann singt...
Der Abendstern schaut aus den Wolken hervor...
Er, der als einziger Demeter überreden konnte,
etwas zu trinken, als sie den unsichtbaren Spuren
des geraubten Mädchens nachging...
bis zu den Schwarzen.
Nein, laßt uns nicht davon reden,
was der Mutter Tränen gebracht...

Τῷ καλάθῳ κατιόντος ἐπιφθέγξασθε.

Sie sangen, zweitausend und zweihundert Jahre zurück, in Alexandrien am Nil, im ersten Ptolemäer-Jahrhundert nach Alexander. Sie sangen, ein Frauenchor, Hymnen einem Korb. Einem besonderen. Eine antike Münze hat sein Bild bewahrt. Auf einer Quadriga, zwei Räder, sechzehn schlank stelzende Pferdebeine, fährt, geschmückt mit Blumengirlanden, ein riesiger *Kalathos* in heiliger Prozession dahin - der heilige Korb der Demeter. Drei Ähren ragen aus der gewaltigen Wölbung, das tägliche Brot, Heiliges in heiligem Behältnis.

Geht es um Numismatik? Geht es um Vegetationsmythen vom Blumenpflücken auf Frühlingswiesen und wie plötzlich das Schattenreich sich auftat, um aus einer ahnungslosen Kore eine finstere Persephone zu machen? Diese alten Geschichten wollte ein *poeta doctus* damals nicht wiederholen. Was er statt dessen von bestraftem Kultfrevel erzählt - ach, abgeschmackt. Die ersten Zeilen jedoch...

Kallimachos, mühsame Bettlektüre der späten Jahre auf schmaler Spur zurück in klassische und hellenistische Antike, ein Krümelchen Theognis, eine Prise Pindar, und aus dem Museum kommt gerade richtig ein Hymnus, der groß zu Anfang einen Korb besingt, angefüllt mit Mythos und Geheimnis. Denn einen Korb zu besingen gibt es auch hier und heute. Einen Korb aus Raffia, angefüllt mit dem Glanz der Savanne unter dem Harmattan.

Kallimachos, alter Alexandriner, willkommen. Willkommen den wenigen Zeilen, einer lockeren Handvoll mythopoetischer Anspielungen. Das Wenige kommt gerade recht, Schönes mit Schlimmem zu verbinden. Wie der Korb der Demeter vor dunklem Mythenhintergrunde – Sorge und Suche einer Mutter nach der geraubten Kore, bis zu den Schwarzen, Tränen und Abendstern – so steht der Afrika-Korb auf einem alten Vitrinenschrank aus Muttererbe, in welchem Schatten aus dem Reich der Persephone und Erinnerungen an schlimme Schicksale hausen.

‚Was einer Mutter Tränen gebracht' – davon wollte der gelehrte Alexandriner einst nicht neuerlich reden. Alle Welt kannte die Einzelheiten und wie plötzlich das schwarze Viergespann des Hades emportauchte. Hier und heute soll eine Besinnung auf das Wesentliche des Mythos willkommen sein. Nicht *was* einer göttlichen Mutter Tränen gebracht, soll erinnert werden, wohl aber, *wie* von Trauer die Rede war, damals, im Bedeutungsgeflecht des Mythos. Es ist des Bedenkens wert. Es zeichnet Sinnspuren in den Sand der Zeit bis in die Gegenwart. Bedenkenswert ist die wiederbelebende Kraft die Trauer, die den Spuren nachgeht, ruhelos in fastend verzichtendem Nichtloslassen bis zur Erschöpfung und bis das Totenreich das Geraubte zurückgeben muß, zu zwei Dritteln wenigstens und immerhin.

Trauer entreißt Tote dem Totenreich; sie bewirkt Wiederkehr und Dasein im Bannkreis der Erinnerung. ‚Auch ein Klaglied zu sein...' wäre nicht nichts. Doch Demeter singt kein Klagelied.

Demeter macht sich auf und sucht. Ihr Suchen durchirrt die halbe bewohnte Welt. Es läuft, so weit die Füße – *bis zu den Schwarzen.* Libyen, Richtung Hesperiden, oder Nubien, nilaufwärts. Freilich nicht bis dahin, wo der Korb auf dem Vitrinenschrank herkommt. Nicht bis ins wogende Strohgelb der Savanne knapp über dem afrikanischen Äquator. Die mythische Trauer der Demeter kam nicht bis Mbebete. Sie hatte da nichts zu suchen.

Bis Mbebete im Benuebogen und tiefer nach Afrika hinein; bis an die Ufer des unteren Kongo, bis an den Fuß des Kilimandscharo suchten indes einer Mutter Sorgen die Tochter heim, lange, abwärtsgleitende Jahre im letzten Drittel eines vergangenen Jahrhunderts. Briefe, Päckchen; zuletzt noch Faxe und ein in sich gekehrtes Warten; bedrückte Schicksalsergebenheit streckte sich aus nach einer Tochter, die, dem sanften Zwange ehelicher Verbundenheit und einem fernen Leuchten folgend, immer wieder und für lange Jahre hinter dem schwarzen Horizont Afrika verschwand, auf Heimaturlaub nur kam, um wieder zu gehen, und am Ende vier Tage zu spät kam...

Das Mütterlich-Sorgenvolle, es häufte sich freilich nicht nur auf eine Tochter. Was der Mythos vom jung Dahingerafftwerden weiß, es trifft, von heimlichen Ängsten vorweggenommen, eines Tages ein. Die Tochter, wohlbehalten und für länger aus dem Lande der Schwarzen zurückgekehrt in eine fremdgewordene Heimat, in der junge Menschen nicht mehr an Krieg und Hunger starben, sondern an Überfluß und Sinnleere, an Verkehrsunfällen und eingeschmuggelten

Drogen, sie ist nahe und bemüht, die Last der Trauer mitzutragen. Einer alten Frau wird der Lieblingsenkel, ein Sohnes- und Sorgenkind, entrissen, ein *Kouros.* Krimineller Zufall? Ein sinnloser Tod. Ein kaltes Eisen schneidet durch das Gehirn. Durch das restliche Leben geht ein Riß, und Persephones Schatten flackert fortan über den alten Vitrinenschrank, von der Mutter dem Enkel vorwegvererbt, von der Tochter und Tante als düsteres, von Schuld nicht unbeflecktes Erbe übernommen. In seinem Inneren versammelt sich nach und nach das Schattenreich der Verwandten und Vorfahren. Der Mutter Schatten zuletzt. Der eigene Nachlaß zu Lebzeiten stapelt sich hinzu. Auf einem Vitrinenschrank als winziger Provinz im Riesenreich der Persephone und ihrer Vorschattungen steht der Korb aus Raffia und Afrika wie etwas aus einer lichteren Welt.

Aus einer lichteren Welt blinkt der Abendstern, bei Kallimachos zwar um mütterliche Liebe besorgt, aber ansonsten? Ein Zwielichtiger. "Εσπερε, τᾶς ἐρατᾶς, χρύσεον φάος 'Αφρογενείας... – Aus solch schillerndem Urgrunde kam sein Zwinkern einst und es ist nun fast ein Vierteljahrhundert her. Sieben Gesichte und Trockenzeitfieber inspirierte das eisnadelspitze Flimmern am Abendhimmel, im schwarzen Eukalyptuslaub. Fieber und Gesichte: zu Miniaturen verpuppten sie sich in dem Korb aus Raffiabast.

Im Spiele mit Fieber und Gesichten war Durst – *o for a draught of vintage!* – Durst, aber nicht nach Wasser. Umdunstet vom Harmattan kam ins Spiel ein Schweifen und Suchen, aber nicht aus mütterlicher Sorge, so wenig wie die Tränlein, die bisweilen träufelten und dem Becher Schwarztee, gesüßt mit wildem Honig, ein wenig Bitternis beimischten. Abgehoben von der Schattenwelt Persephones spielten Fieber, Durst und Abendstern. Sie spielten auf der Ebene des Raffiakorbes und ehrbarer Abenteuer.

Oben über dem Kranzgesimse eines alten Vitrinenschrankes steht der Korb aus Raffia und Afrika. Ein Gespinst süßklebriger Gedankenfäden spinnt ihn ein, hervorgesponnen aus einem halben Herzen voll schillernd schönem Afrikaerlebnis auf der Hochebene des Lebens, die dahinten liegt und absinkt, während in des Herzens anderer Kammer die Gerinnsel blutsverwandten Schicksals sich sammeln, abgelebtes Leben, weithin weniger begünstigt als das eigene durch Zeit und Geist. Seufzend dringt es herauf aus dem Schattenreich Persephones; es raschelt in den Papieren, es teilt sich den Vitrinenschrank zusammen mit einem Nachlaß zu Lebzeiten, welcher der Vollendung oder sinnvoller Bestimmungen harrt. Die Sorge darum kriecht durch des Daseins schrumpfende Jahre, hirngraues Gewürm, ratlos sich ringelnd aufs eigene Ende zu.

Kehrt der Korb zurück...

Mit den ersten Zeilen des alten Demeter-Hymnus; mit einer Handvoll Tod und Trauer und dem Geheimnis der Wiederkehr soll Schlimmes mit Schönem verknüpft werden, zwei Welten, auseinanderklaffend, sich verschränkend in ein und dem selben Erlebnishorizont.

Auf der Todesseite des Mythos, im Bannkreis der Persephone, steht der Vitrinenschrank. Der Mythos ermutigt dazu, den Schatten, die darinnen hausen, durch schreibende Erinnerung einen Hauch Leben wiederzugeben. Das Archivieren eigener Hinterlassenschaft soll eine glimmende Spur personhaften Seins in den Staub zeichnen, zuvorkommen völligem Erlöschen im Reich Persephones. – Auf der Spur der Erinnerung zurückkehren soll auch und vor allem der Korb aus Raffiabast.

Ein Korb, hell und leicht, thronend auf der Licht- und Lebensseite des Mythos. Im großen *Kalathos* der Demeter von damals, Alexandrien oder Eleusis, lag das tägliche Brot-gib-uns-heute, Leben, hängend am Getreidehalm. Es lagen darin Mysteriengeheimnisse, gewisse ungewisse. In dem Korb auf dem Vitrinenschrank liegen Reliquien, Restbestände von Glücksanwandlungen jenseits des täglichen Brotes: Seelennährendes aus dem Jahr in der Savanne. In der geflochtenen Wölbung drehten sich einst Abschiedsdelirien in Trockenzeitfieberspiralen. Es raschelten in ihm Schlänglein grün und gold und die sieben Gesichte am Bitu-Berg. Es tun noch immer, wenn die Erinnerung auf den Grund hinab blickt, dunkle Falter mit Traum- und-Tagpfauenaugen die Flügel langsam auf und zu.

*

Der Schrank, schwere, dunkle Eiche, gefüllt mit Schicksalsschatten und beschriebenem Papier. Der Korb, ein leichtes Geflecht, gefüllt mit Glanz der Savanne. Das Schöne und das Schlimme nahe bei einander – es geht wie ein Riß und Zwiespalt durch den Versuch, zwei Welten, einander fremd wie zwei Generationen, die eine politische Katastrophe trennt, zusammenzubinden zu einem Buch. Es zwängt sich dazwischen das Gefühl einer Unvereinbarkeit zwischen oben und unten, Schrank und Korb. Das Schöne steht nicht nur im Schatten des Schlimmen; es steht auch im Zwielicht seiner eigenen Fragwürdigkeit.

Ein Epilog soll darüber nachdenken.

Teil Eins

Ein Vitrinenschrank
im Schatten der Persephone

Archivalien

Der Korb auf dem Vitrinenschrank
Vom Absinken der Hochebene Afrika

Der Schrank als Schrein und Archiv I
Vom Aufsteigen und Dasein der Schatten
- Ahnengalerie, *Nekyia* und Mutterroman -

Der Schrank als Memento und Archiv II
Von der Sorge um einen Nachlaß
- Briefe, Tagebücher und ein *Kenotaph* -

Afrika als Album und Romanfragment
Eine unvollendete *Reise nach Mbe*

Der Korb auf dem Vitrinenschrank

Vom Absinken der Hochebene Afrika

Winterliche Düsternis beengt die Schlafkammer unter der Dachschräge in diesen hier nördlichen Breiten abwechselnd mit hochsommerlicher Hitze, die aufs Haupt schlägt und des Lebens Alltagsgeschäfte lähmt. Das Verfertigen von Gedanken, das Herstellen von Satzgefügen stockt; mühsam und auf allen Quasi-Vieren kriecht eine Chimäre von suchender Seele und lähmender Vernunft durchs Brombeergestrüpp später Zweifel und zu früher Müdigkeit.

Brombeer, schwarz und säuerlich. Dornig auch. Wo ist die Glücks-, die Glyzerin-, die Glitzerspur im roten Staub der Savanne von dazumal? Was lohnt sich noch, was nicht mehr? *Fühlt sich* - o doch, eigentlich schon - *mein Herz,* ausgebeutelt, eingeschrumpft - *noch jenem Wahn* - dem staubrosenroten, daraus es hervordelirierte in bunten Wirbeln und poetischen Anfällen von Trockenzeitfieber - *geneigt*? Die Beschwörung ward vollbracht, gewiß; eine Mittagsfinsternis wurde inszeniert; aber wie und in welch schwankender Endgestalt zwischen peinlichem Pathos und langatmiger Belanglosigkeit - Ausrufungszeichen? Abwinken? Was von alledem ist gut und soll bleiben und für wen? Was *ist* geblieben?

Sieh dich um in der Enge der Kammer. Da oben thront es, ausladend wie ein Vollmondkürbis. Sichtbarlich geblieben ist *a thing of beauty*. Über dem Kranzgesimse des Vitrinenschrankes thront es, und es gibt keinen Ort, der geeigneter erscheint für die raumverdrängend schöne Wölbung, geflochten aus dem schmalgeschlissenen Staubbraun biegsamer Bambuspalmenrinde und dem blonden Seidenglanz von Raffiabast – dem Kunsthandwerk entstammt es und dem westafrikanischen Hügelland. Es leuchtet herüber aus vergangenen Tagen. Regen- und Eisgrau überschmilzt sein Dasein mit dem warmen Goldton der Savanne; den Hundstagen begegnet der Schöne mit der kühlen Distanz eines Stammeshäuptlings, behäbig abgehoben als thronte er auf dem Sirius, majestätisch und nach Art wohlgenährter Potentaten. Seines Bauches Äquator ließe sich mit beiden Armen knapp umfangen. Schlanker war und ist noch immer der, welcher das Geschenk einst überbringen ließ.

Die Geheimnisse seines Inneren verschließt ein rundum übergreifender Deckel, verziert mit einem Rautensterngeflecht. Ein starkes Griffseil, geflochten wie ein Gretchenzopf, macht ihn tragbar auf die schiefe Weise der Weißen. Denn die Frau, der er einst überbracht wurde, hätte seinesgleichen nie aufrecht und erhobenen Hauptes nach Landessitte balancieren können. Sie sollte es auch nicht. Was sollte sie wohl, damals, nach Wunsch und Vorstellung des Gebers der Gabe? Sie sollte sich Gedanken machen. Erinnere dich. Denke an mich. Sein Dasein verdankt der schöne Exote dem einen, dem aushäusigen Jahr in der Savanne. Das voluminöse Geschenk war einst gedacht als *Symbolon*, zusammendenkend, was zusammengehörte seit so vielen Jahren schon, damals, und noch immer.

Damals, vor einem Vierteljahrhundert. Es war Ende März und drei Monate vor dem Ende eines ehrbar selbst- und handgestrickten Abenteuers. Es war zwischen dem vierten Gesicht am Bitu-Berg und dem fünften; zwischen Sternenspreu in der Morgenfrühe und Nympheen auf einem Kratersee. Aus einem groben grauen Sack enthüllte sich die Geburtstagsgabe, kunstgeflochten vor Ort, in Mbebete; aber der Auftrag zur Anfertigung war aus dem Waldland gekommen. Angefüllt mit vielsagendem Schweigen stand der Schöne in der Schlafkammer von damals, während die Beschenkte mit einem vom Bitu-Berg herüber geladenen Gast durch die Felder von Mbebete streifte...

Der Mbebete-Korb - als eheliches Geschenk, Entfernung und Entfremdung überbrückend, damals, ward er in Ehren gehalten durchaus, wenn auch nicht in so erhaben thronender Weise wie seit zwölf Jahren unter diesem schrägen Dach. Während der Jahre, da der Harmattan über die Hochebene des Lebens wehte und die Erinnerung daran sich als Inspiration erwies, stand der Schöne trotz seines Volumens an Bast und Glanz eher unbeachtet herum. Dennoch war da immer nur *ein* Ort, der geeignet schien, ihm Raum zu geben: er stand in der Nähe der Bettstatt. Er bewachte Schlaf. Es war als wäre das Schlafgemach der einzige Ort für den stummen Anspruch, den dieser Korb in so bedeutendem Umfange erhob.

Gleichwohl war sein Dasein lange Jahre hindurch von nahezu Nichtbeachtung umgeben. Immer mehr entfernte sich, während der Sand durch die Sanduhr der Jahre lief, was unbemerkt und auf geheimnisvolle Weise in ihn hineingekrochen war, sich verpuppt hatte und bei flüchtigem Nachkramen - ach, was ist denn das? - zwischen Fingernagel und Erinnerung zerbröckelte wie leere Insektenschalen aus schwärzlichem Chitin oder ein Rest abgestreifte Schlangenhaut... Erst in diesen späten Jahren, da die Hochebene Afrika abgesunken ist, raschelte es plötzlich im Inneren.

Was da herauswollte, Schönes aus Schönem, und wie es in Gegensatz und Widerspruch geriet zu den Schicksalen und Schatten, die unter dem geflochtenen Fuße hausen: die abschließende Klammer eines Epilogs soll es auseinander- und zusammendenken.

Das Album der Ortswechsel -

- von westafrikanischem Beton- zu westdeutschem Teppichboden; von Parkett hinauf auf einen alten Vitrinenschrank - es mag in flüchtigem Durchblättern der Jahre von der ersten bis zur letzten Rückkehr aus Afrika daran erinnern, in welch merkwürdig umgekehrtem Verhältnis der Korb zu der sich entfernenden Nähe Afrikas stand.

Mbebete und die letzten drei Monate in der Savanne gingen achtlos an ihm vorüber. Mit der Geduld der Dinge verbarg er sich unter dichtbestückter Kleiderleine in der Schlafkammer. Vielleicht diente er damals als Schmutzwäschebehälter. Vielleicht auch war er nichts als vorhanden, schön und leer. Der Beton unter seinem geflochtenen Fuße war kühl und grau, schilfgrün verhangen dämmerte das Fenster neben dem Bett. Die Zeit der großen Rundreisen war vorbei; von den sieben Gesichten am Bitu-Berg fehlten noch zwei, schwarz-weiß und apfelgrün. Staubrosenrot wehte der Harmattan; Abschied lohte im Gebein, die Wirrnis der wunderbaren Jahre warf sich aufs Papier und ins Gestrüpp der Worte. Der Korb aus Raffiabast stand geduldig und wartete. Damals müßte es gewesen sein, daß in sein Inneres heimlich die kleinen Geheimnisse krochen, dunkelblau und amaryllisrot, sich verpuppten und reglos lagen lange, tagtraumafrikadurchwehte Jahre...

Keine endgültige Rückkehr war die Rückkehr aus Westafrika nach Westdeutschland. Das schöne Geschenk und der Geber der Gabe fanden sich wieder in einer süddeutschen Dienstwohnung aus Sichtbeton und Glas, ein Großbungalow, zwei Arbeits-, zwei Schlafzimmer, viel Raum für Bücher und Repräsentation. Das dekorative Schaustück aus der Savanne - es wurde niemandem zur Schau gestellt. Es teilte ein Zimmer zu ebener Erde mit zwei Antilopenfellen und einer Bastmatte auf peinlich nach Luxus riechendem Teppichboden, darauf eine alte Matratze geworfen ward und darüber, buntgestreift, handgewebt, eine Nomadendecke: so will ich schlafen, so primitiv. Das Übermaß an verglaster Fassade, die Oktoberrosen des Gartens und die Sicht bis hin zum Friedhof verhüllten alte Gitterstores und viele Meter polyesterkühles Apfelgrün. Wild grünten und blühten die Tagträume. Ein Tisch zum Schreiben, ein Bücherregal, eine niedere weiße Kommode voll halbfertiger Manuskripte, ein großer Spiegel aus dem Müll zur Selbstbespiegelung und darüber das Triptychon, Öl auf Pappe, ‚Astarte ou le goût de l'absolu'– wo war der Mbebete-Korb?

Verdrängt. Von der Wand sprang schwarz-weiß gefleckt ein Wildkatzenfell; ein Geschenk aus eingeborener Häuptlingshand und den Bergen von Mbe. Das war's: das an der Wand, das Fell einer Buschkatze und der zweite Besuch in Mbe – sie verdrängten den Korb so völlig, daß die Erinnerung den genauen Ort des Schönen in der Luxushöhle nicht wiederfindet und auch von seinem Inhalt nichts mehr weiß. Aber er muß dagewesen sein; so da wie der Geber der Gabe im Schlafzimmer nebenan.

Zwei Jahre, angefüllt mit ermüdenden Berufspflichten und schäumenden Afrikaträumen; dann die Reise zurück, allein, aus europäischem Schnee in den Staub der Savanne und erste Enttäuschungen. Zu Hause warteten ein Ehemann und der Mutter erste, zögernde Schicksalsmonologe. Die Inspiration Afrika harrte der ‚Verarbeitung', daher: Beurlaubung und eine stille Klause. Etwas wie ein Atelier.

Der Anspruch, den währenddessen das Vorhandensein des Mbebete-Korbes erhob – er blieb unterschwellig. Auf der Schwelle der Schwellenjahre um Fünfzig lag ein früh ergrauendes Haupt und grübelte. An der Schreibmaschine saß die Erinnerung und schrieb vor sich hin, angenehm behaust am Rande der Stadt, eine ideale Klause, während den Ehemann der Beruf nach Berlin berief. Dreizehn Jahre Besuchsehe, dreimal unterbrochen durch kurze Gastspiele in Afrika; mehrmals unterbrochen durch Tod, fern und nah. Das erste Mal aber, bald, im dritten Jahre, so nahe, daß der Text mitten im Satz abbrach und der Lebensrhythmus stockte. Was hatte das Schlimme mit dem Tagtraum Afrika zu tun? Eine tödliche Dosis Nichts.

Versteckt in einer dunklen Ecke aus Dachschräge und Rauchabzug, bedrängt durch einen unbenutzt abgestellten Schreibtisch, am Fußende einer Umbauliege, hat der Schöne knappe neun Jahre zugebracht, erniedrigt und erhöht zugleich auf roh geschnitztem Leopardenschemel, fußend auf Parkett neben edlem Nußbaumfurnier. Selten, bei strahlendem Tageslicht etwa, vermochte das Dunkel aufzudämmern, und ins Verwinkelte irrte ein sinnender Blick.

Es standen und hingen im toten Winkel beisammen der Andenken an Afrika mancherlei. Eine Fotogalerie längs der Liege da, wo das Dach sich am tiefsten neigte, setzte sich fort in dem Halbdunkel, das den Korb ins nahezu Unsichtbare drängte. Braunstichig hing am Rauchabzug ein Fotoporträt, ein großes, gerahmt und mit Krawatte, zusammengerollt von der *Revenant*-Reise zwei Jahre nach dem Abschied von Mbebete mitgebracht. Ein apfelgrüner Kittel, ausgeblichen, mit Fransen hing dort ebenfalls – um nur dieser beiden in einem Satz und Atemzuge Erwähnung zu tun. Denn ein drittes Relikt der wunderbaren Jahre wurde noch lange getragen. So lange, bis das Dunkelblau ausgewaschen war und die engen Nadelstreifen flacher verliefen – ein Polohemdchen. Dicht neben dem Korb hing an die Wand genagelt eine düster-frühe ‚Rosa mystica', Öl auf Pappe, aus vorehelicher Mansarden- und Studentenzeit. Es lehnte darunter schwarz-weiß ein Foto mit Prinzessin Elster, *pars pro toto* für alles, was die Tagebücher einst mit unsag-, unlesbarem Gewölle gefüllt hatte. Der Korb und vergangenes Savannenglück dämmerten im Verborgenen. Kaum ein Blick verschwendete sich an seine Wohlgestalt; kein Gedanke spielte mit der Möglichkeit, in seinem Inneren nach Geheimnissen zu suchen.

Und doch war bei alledem Afrika zu ‚verarbeiten'. Tagebücher sollten Literatur werden, aber es zog sich hin. Anderes kam immer wieder dazwischen, fraß Tage und Jahre und lenkte ab zu Allotria: ein ungeplantes Buch, eine Auftragsarbeit, eine Herausforderung, eine Ehre. Das Telefon läutete jeden Abend. Der Geber einer halb-vergessenen Gabe bewohnte eine Graue Villa in Berlin, allein mit Büchern und Dampfkochtopf, Tage und Jahre zubringend mit Studenten, Kollegen und kleiner Karriere. An der Saale hellem Strande fuhren unregelmäßig Züge hin und her. Regelmäßig jedes Wochenende besuchte eine Tochter die Mutter, machte sauber und räumte auf, bewunderte Handarbeiten und hörte mit halbem Ohr Monologen zu, die von weit her kamen, enttäuscht und bitter.

Das schlimme Jahr 87/88 dämpfte Schreibenthusiasmus und Lebensfreude. Im November 87, am unteren Kongo, eine schwere Malaria; am 1. September darauf der frühe Tod des Neffen, und ein Vitrinenschrank kam in den Besitz einer Aufgeschreckten, die soeben und zu spät angefangen hatte, sich zu kümmern. Die Erinnerungen an Afrika und das Interesse, Worte daraus zu machen, setzten für lange Zeit aus. Vorvergangenheit stieg auf. Der Mutter Monologe nahmen überhand. Der Korb und was mit ihm zusammenhing rückte noch tiefer ins Dunkel, fiel fast dem Vergessen anheim. Vor-Afrika drängte herauf. Aus dreißig Jahre tiefem Schacht stieg *Sils-Maria. Bethabara,* fünfzehn

Jahre jünger, Stolperschwelle zu Afrika, nahm als Tanzpantomime Gestalt an. Der Mutter Monologe grundierten das Dasein mit düsteren Farben. Die Tochter begann, Episoden eines glücklosen Lebens im Tagebuch festzuhalten.

Afrika entfernte sich. Drängelte freilich noch zweimal dazwischen. Ostafrika zum einen, wenige Monate und auf dem Rückflug ein kurzer Besuch da, wo die staubrosenroten Träume an wildesten geblüht hatten und ein Palazzo aus Backstein, unvollendet unter Wellblech und Palmen, daran erinnerte. Ein Begünstigter verweigerte Rechenschaft, und so ging das auch zu Ende. Der Korb aber - es war, als sei er nicht mehr vorhanden gewesen.

Noch ferner rückte Afrika während eines letzten Besuchs an Orten, wo sich einst Palmenschatten, Studenten und Daseinssinn in Fülle und für lange Jahre entfaltet hatten. Vorbei. Dahin. Enttäuschung und Verfall schimmelten darüber hin - Idylle zu Kleinholz gehackt; nackter Materialismus in tiefen Plüschsesseln; weinerliches Selbstmitleid; offenes Desinteresse, wo einst schnöde Berechnung naive Wohltätigkeit umschmeichelt hatte. Einzig die Berge von Mbe gaben großzügig zurück, was sich ihnen noch einmal echosuchend entgegenwarf.

Der Korb aus Raffiabast aber, lange Jahre fast unbeachtet, er nahm heimlich so völlig die Farbe der Savanne an und in sich auf Glanz und Geheimnis des einen Jahres in Mbebete, daß er sich nun von dem Schrank, auf welchem er mit flach geflochtenem Fuße steht, abhebt wie ein Mißverständnis. Die Hochebene Afrika ist abgesunken. Aufgestiegen sind Schatten und Schicksale aus dem Reich Persephones. Das Schöne ist fragwürdig geworden.

Der Schrank
als Schrein und Archiv I

Vom Aufsteigen und Dasein der Schatten
- Ahnengalerie, *Nekyia,* Mutterroman -

Nicht winterliche Düsternis allein und sommerliche Schwüle beengen die Schlafkammer. Streift ein Blick von unten den Korb aus Raffiabast und Afrika, so strahlt der Schöne gewiß und noch immer in sanft verebbenden Wellen Schönes zurück - die Landstreicher-Reisen unter dem Harmattan; die Fülle der Gesichte an Bitu-Berg, den Duft der wunderbaren Jahre. Unter seinem Fuße aber ist, quadratisch und aus dunkler Eiche, die Welt eine andere.

Eine bedrängend andere. Klein ist die Wohnung. So klein, so voller Bücher und ausgeschmückt mit Mutterkunst- und Handarbeit, daß der Korb, sollte er nicht im Keller oder unter dem Dachfirst verschwinden, einen Ort nur auf dem alten Schrank finden konnte. Dort oben aber wird er bedrängt von unten her, von blutsverwandtem Schicksal. Es unterhöhlt ihn das Schattenreich Persephones. Der Vitrinenschrank ist - ein Toten-Gedenk-Mal.

Wie sollen Savannenglanz und Staubrosenglück sich behaupten gegen das Dunkel, in welchem Schatten hausen, die nach und nach in ein Möbelstück krochen, in welchem sie ein unbestreitbares Daseinsrecht haben? Der Vitrinenschrank enthält eine Ahnengalerie, Urkunden, Briefe, verschriftlichte Familienüberlieferung, materielle Andenken. Er enthält zudem - eigenes Gewesensein vorwegnehmend - einen Nachlaß zu Lebzeiten.

Der Anblick des Möbels stimmt besinnlich - es ist ein *Memento*, ja auch *mori*. Der Schatten eines frühen Todes liegt über ihm und die Erinnerung an der Mutter langes und schweres Leben. - Der Schrank ist ein Stück Familiengeschichte. Die aber ist insgesamt - nicht glücklich. Nicht glücklich im Sinne der Erwartungen kleiner Leute an das bißchen Leben. Lebenswege anderer Art als der eigene, bislang von unverdienter Güte geführte Lebensweg, haben Spuren hinterlassen in dem alten *Memento*-Möbel.

Ein Mutterschrank ist der Vitrinenschrank. Er war das erste an Luxus grenzende Möbelstück, das die Mutter - ‚Ich hatte so schöne Möbel. Kaukasischer Nußbaum, helle Eiche. Ich wollte wieder etwas Schönes' - nach dem Verlust aller Habe erwarb, als sie aus der Flüchtlingsbaracke in die erste Mietwohnung zog, ins Dachgeschoß eines Lehrerhauses mit großem Garten, hier schräg gegenüber dem Mehrfamilienhaus, in dem die Tochter Jahrzehnte später auf Drängen der Mutter Eigentum erwarb. Das Erste, damals zwischen den Ruinen, war eine Nähmaschine gewesen. In der Tochterwohnung steht sie unter dem Porträt der Mutter als herb gereifter Schönheit Ende Vierzig. Dann kam ein solider Ausziehtisch, der ebenfalls der Tochter Wohnung füllt. Dann, nach einem längst verschollenen Küchenschrank und noch vor einer Schlafzimmergarnitur kam *der Schrank*. Während die Tochter Bildungsschätze sammelte, machte die Mutter sich daran, Verlorenes neu zu erwerben durch eigener Hände ungelernte Arbeit...

Es ist ein schöner Schrank. Er hat Schrammen von vielen Umzügen; aber er ist schön und klein genug für eine Schlafkammer unter schrägem Dach. Die Tochter, dem Vater nachgewachsen, kann nachdenklich die Stirn gegen das Kranzgesimse legen; der Mutter hätte dazu eines halben

Hauptes Länge gefehlt. Zwei Handlängen fehlen, um mit ausgebreiteten Armen die gewölbten Eckblenden der beiden Außentüren zu erreichen. Ja, ein schönes Möbel, geradlinig, gediegen, schlicht und dunklelernst, gebeizte Eiche, matt, feinporig. Einen Hauch von Eleganz verleihen Kranzgesimse, Eckblenden und Schubladenfronten aus poliertem, kastanienbraun glänzendem, dunkel gemasertem ‚kaukasischem Nußbaum'.

Anfertigen ließ die Mutter das Möbelstück Anfang der fünfziger Jahre; der biedere Handwerker, erinnerte sie sich, habe ‚lings' statt ‚links' notiert – da sollten die Wäschefächer sein, rechts eine Kleiderstange, unten Mitte zwei Türen, in Hüfthöhe zwei Schubladen in dekorativer Horizontale. Darüber, zwischen den Seitentüren, das geräumige Mittelteil hinter Glasschiebetüren, drei Etagen, staubgeschützt, für Gläser, Bücher und Fotografien. Das Glas ging zu Bruch beim letzten der Umzüge. Staub lagert sich nun ab und liegt da gut, zusammen mit allem, was der Archivierung harrt und einer Antwort auf die seitwärts immer näher schleichende Frage: Was soll dereinst damit geschehen?

Der Schrank könnte erzählen.

Viel Schlimmes, wenig Schönes. Er war schon vorhanden, als Mutter und Tochter eine halbe Nacht lang darum rangen, welche Schule für die letzten Jahre vor dem Abitur die zuträglichere sei, die musische Mädchen- oder die mathematische Knabenschule. Ja, es war furchtbar. Die Mutter wollte, wie immer, der strebsamen Tochter Bestes. Mach' es dir nicht so schwer und bleibe bei den Mädchen. Die Tochter heulte und ging zu den Knaben. – Er stand an der gleichen Stelle, als der Knaben einer zu Besuch kam, mitten im kalten Winter, und der Kohleofen ausging, während zwei ratlos an einem großen Tische saßen, an dem nämlichen, an dem sie ein halbes Jahrhundert später noch immer sitzen, täglich zu jeder Mahlzeit. – Er zog bald darauf um und stand im Wohnzimmer einer Sozialwohnung. Hier prallte eines Tages an seine gläsernen Schiebetüren eine geballte Ladung Pathos von der Art, mit welcher etwas, das einer Artemis Selbstgefühl beleidigt, sich abreagiert. Das Glas behielt davon Schmierspuren, die Tochter war achtzehn, die Mutter wunderte sich und wischte es weg. Es wäre des Erwähnens nicht wert, hätte es sich nicht auf so peinlich theatralische Weise in der Erinnerung eingenistet.

Anderes war schlimmer. In jenen wohnbeengten Jahren wurde der schöne Schrank Zeuge häßlichen Geschwisterzwistes, der eine kriegsverwitwete Mutter an den Rand der Verzweiflung trieb. Erwachsene Kinder, ein Mechanikerlehrling, rauchend, trinkend, höhnend; eine Abiturientin und alsbald Studentin, unfähig auszuweichen, nachzugeben der Vernunft und um der Mutter willen, sie verbissen sich in gehässige Machtkämpfe bis hin zu Handgreiflichkeiten, und die Mutter stand hilflos dazwischen. Traumatische Szenen. Der Vitrinenschrank stand dabei. Er steht seitdem als stumme Anklage. – In jenen schlimmen Jahren wurde in der Kammer nebenan ein Kind gezeugt. Als es geboren wurde nach hastiger Eheschließung, stand das Kinderbettchen da, wo der Schrank auch stand und eine studierende Tante nicht mehr ihre Seminararbeiten auf der Schreibmaschine klappern durfte und sich darob erzürnte.

Das letzte, was sich in dieser Wohnung und im Dastehen des Schrankes abspielte, ehe er für zwanzig Jahre aus dem Gesichtskreis verschwand, war eine Hochzeitskaffeetafel, beengt und ohne Festgefühle auf Seiten der Braut. Die eigene Ehe begann mit eigenen Möbeln, darunter einem unförmigen Kastenschrank ohne jegliche Eleganz und Zier, ein Alptraum bei jedem Umzug. Es kamen die langen Jahre in Afrika; die Mutter zog in eine größere Wohnung, die besten Möbel der Tochter durften bei ihr stehen. Die Enkel zerkratzen die Politur und zerhüpften die Federung der neuen Umbauliege. Deutschland war fern, Afrika nahe. Die Mutter zog noch einmal um, und eines Tages - vermutlich während eines Heimaturlaubs - war der Vitrinenschrank nicht mehr da. Wo ist er? ‚Der Andy wollte ihn haben.'

Des Bruders Kind also, das samt seinen Eltern der Mutter enge Sozialwohnung einst noch mehr beengt und eine Tochter aus der Mutterhöhle hinausgedrängt hatte. Der Neffe einer Tante, die, mit Wissenschaft und Afrika beschäftigt, sich wenig kümmerte. Gewiß, der Zehnjährige, introvertiert, sensibel und labil, Liebling und Sorgenkind seiner Großmutter, war einmal bei der sich irgendwie verpflichtet fühlenden Tante zu Besuch, hörte Rusalkas Mondlied, fragte, bekam Buntstifte und malte eine weinende Nixe im starren Geäst eines kahlen Baumes, und den Mond verbarg eine schwarze Wolke. Dann war der Neffe eines Tages erwachsen und die Sorgen der Großmutter waren auch gewachsen. Ein Schreinerlehrling; ein Einzelgänger; ein Hund sein bester Freund. Die Drogenszene der achtziger Jahre. Das angstvolle Flüstern der Mutter. Ihre Ahnung. Ihr stummer Schrei. Das Verhängnis. Die kurze Vita ist noch nicht geschrieben. Der Vitrinenschrank stand in der Dachkammer, in welche die Tante ein einziges Mal hinaufgestiegen war, um das Gesellenstück zu begutachten: ein Schreibpult. Im Schrank Schopenhauer, Nietzsche, Castaneda. Die aus Afrika heimgekehrte Tante war dabei, sich zu interessieren, da war es zu spät. Der Vitrinenschrank und der Hund - Zeugen eines sinnlosen Sterbens. Aus der kargen Hinterlassenschaft nahm eine Mitschuldbewußte sich der Bücher und des Schrankes an. Jahrelang stand er in einem Keller, denn im Atelier war kein Platz. Nun steht er seit zwölf Jahren in der Schlafkammer einer Dachwohnung als düsteres Memento.

Er steht im Schatten Persephones und der Frage nach Sinn. Nach Schuld auch. Nicht ganz wie die mythische Kore, blumenpflückend und mitten im Frieden, aber doch ähnlich, mitten im Frieden und ahnungslos - er sei auf dem Wege der Entwöhnung gewesen; er habe nicht wissen können, daß dem Heroin als Verschnitt eine giftige Substanz beigemischt war - wurde ein in sich gekehrter, sensibler und vermutlich sich unverstanden fühlender junger Mensch ein Raub - des Zufalls? Hinabgerissen. Kein Mythos nimmt sich sinnstiftend solchen Todes an in diesen Zeiten, in einer solchen Gesellschaft ...

Persephone?

Undurchsichtig ist das Reich der Toten. Die Vorstellung tappt in einem Dunkel, das antike Mythen und christlicher Glaube nur dürftig, gespenstig teils, teils mit unsicher flakkernder Hoffnung erhellen. Dünne Hilfslinien der Analogie ziehen sich durchs Unbekannte. Winzige Funken irrlichtern in undurchdringlicher Finsternis. Christlicher Glaube, letzte Dinge umkreisend, hier; dort der Mythos, Allgemeines besondernd, sie suchen das Unvorstellbare zu bewältigen, ihm Gestalt zu geben - eine bisweilen verzweifelt zweifelhafte, nach Sinn, wo nicht nach Hoffnung ausschauend jenseits der Atome und des leeren Raumes.

Persephone, hingeraffte Kore. Im Schatten eines alten, abgelebten Mythos steht der Vitrinenschrank. Warum will sich - ‚Hinabgestiegen in das Reich des Todes' - so wenig Sinn aus den Überlieferungslinien einer immer noch lebendigen Weltreligion ergeben? Der Mythos kennt keine Schuld. Er kennt nur Trauer und Schicksal. Die den Schrank haben wollte, sie bekam ihn. Sie nahm ihn zu sich samt den Schatten, die in ihm hausen und einen Korb aus Raffiabast und Afrika ins Fragwürdige abdrängen.

Der Schrank, Schuld und Sinnsuche verlangen nach Besinnung. Eines ist das Schicksal des Neffen. Ein anderes ist die Schattenmasse Mutterschicksal. Morgengrauen hat die Schlafkammer lange Jahre, und es ist so lange noch nicht her, heimgesucht bei jedem Erwachen seit die Mutter starb. Zu bedrängenden Schatten verdichteten sich über den Tod hinaus ihre Ängste. Wurde nicht auch hier einer Mutter die Tochter weggenommen? Afrika nahm sie ihr weg. Anfangs für jeweils zwei Jahre zwischen den Heimaturlauben; gegen Ende, zerrissen zwischen Pflichten, kam die Tochter mehrmals im Jahr zurück, für Monate, für Wochen. Was hat es geholfen. Dem Tod der Mutter, vierundneunzigjährig, um viele Jahre voraus, kam eine stets besorgte Tochter am unerwartet schnellen Ende dennoch vier Tage zu spät. Das ist die Schlinge, darin seitdem das Gewissen hängt, beschwert mit bleiernem Schuldgefühl. Nichts hilft da ein antiker Mythos; wenig helfen Glaubensreste christlich-trinitarischer Überlieferung, das Geschöpf einbindend in die Sphäre des Schöpfers und Erlösers. Wenig besagen Heilszusagen: ‚Ich lebe und ihr sollt auch leben'. Wie und wann?

Es geht um Sinn. Um etwas wie ein ‚Es mußte so sein'. Es geht um Einsicht in höhere Notwendigkeit, die den eiternden Stachel sinnlosen Zufalls entfernt. Vielleicht auch um etwas, das wirken könnte wie ein schönes Bild, in das man hineingehen kann, um auf Asphodelwiesen zu wandeln...

Sinnsuche. Vielleicht kann zu einer beruhigenden Dosis Sinn verhelfen rückwärtsgewandte Spurensuche. Was im Schatten Persephones in dem Vitrinenschrank sich angesammelt hat an Hinterlassenschaften und Überlieferung, es ließe sich sammeln und aufbewahren im Korbgeflecht der Worte, die sich machen lassen...

Die Vitrine als Ahnengalerie

Der Vitrinenschrank steht dem Türrahmen gegenüber, nahe und frontal. Das Licht des Dachfensters kommt schräg von links. Es macht, daß in den drei offenen Fächern hinter nicht mehr vorhandenen Glasschiebetüren natürliche Schatten sich sammeln. Ungehindert und geradeaus fällt der Blick in das oberste der Fächer. Er fällt auf ein granitenes Doppelkreuz mit deutlich lesbarem Namen. Es liegt noch Schnee; Schnee wie im Winter 44/45. Aus üppigem Grabschmuck leuchten rot und weiß Nelken und Chrysanthemen. Das ist des Vaters Grab im Hürtgenwald. Die Fotografie steht vor einer Briefkarte, die an der hinteren Schrankwand lehnt; der Absender ist erkennbar an fünf strichdünnen Kreuzen: ein Verein, ein Volksbund, schon nach dem ersten Weltkrieg bemüht um die Gefallenen und ihre Bestattung auf Soldatenfriedhöfen. So wurde auch der Vater gefunden, zu Anfang der fünfziger Jahre, und bestattet da, wo er es sich gewünscht hatte: im Walde, der langsam wieder aus verbrannter, von Panzerschlachten durchwühlter Erde wuchs. Die Tochter besucht das Grab alle zehn Jahre einmal; sie ließ mehrmals Kränze niederlegen und stellte vor die Fotografie eine nie brennende Kerze.

In der gefalteten Briefkarte befindet sich die Fotokopie eines langen Feldpostbriefes, Westfront, 3.10.44, an die Schwiegereltern in Niederschlesien mit Anweisungen, ‚falls ich nicht zurückkomme...' Das Original bekam der Bruder. Da ist auch eine Mitgliedskarte des Hugenottenvereins von 1967, nie erneuert, mit einem handschriftlichen Gruß des alten Mannes, von fern verwandt, dem eine Chronik der Familie C. zu verdanken ist, die zurückführt bis ins 17. Jahrhundert. Hinter dem Granitkreuz geht es tief hinab zu den Ahnen der Vaterlinie. Es kamen, vor wenigen Jahren, in einem Briefumschlag hinzu Aufnahmen vom frischen Grab der Mutter. Das alles ist unsichtbar. Kaum sichtbar lehnt seitlich vor den Nelken und Chrysanthemen des Vatergrabes die Tochter, abgezehrt und mit geisterhaft starrem Blick: ein winziges, fast verblichenes Paßfoto aus dem Malariajahr am unteren Kongo. Lehnt da als wollte sie sagen: ich bin nahe. Ich denke an dich, den fast Unbekannten.

Rechter Hand von Grab und Kreuzen lehnt ein größeres Schulterporträt in Grautönen. Aus schmalem Silberrahmen blickt geradeaus in die Kamera der skeptisch verkniffene Ernst eines Mannes Mitte Dreißig, bartlos, mit kräftigem Kinn und breiten, hochgeschorenen Schläfen. Er hält in Kopfhöhe und Schulternähe vor sich hin ein blondes Kind, zweijährig. Das Mädchen wendet ein pausbäckiges Dreiviertelprofil dem Vater zu und an ihm vorbei, sichtlich nicht glücklich. Beide Kinderhände sind in den besitzergreifenden Händen des Vaters gefangen. Er saß vermutlich auf dem gleichen Gartenbänkchen, auf dem er mit der Siebenjährigen im Herbst 44 saß, als er in Uniform kam und Abschied nahm. Eine erstgeborene Tochter, des Vaters Liebling, sagt die Fama; die Mutter dem jüngeren Söhnchen zugetan. Winkt hier Sinn aus antikem Mythos?

Im gleichen Dreiviertelprofil wie die Zweijährige hat sich eine Dreiundsechzigjährige in die untere rechte Ecke der alten Aufnahme geklemmt – streng und verkniffenen, im Blick ein Gemisch aus Erschrecken und starrer Entschlossenheit. Der Mutter langes Leben geht zu Ende. Die Tochter, herbeigerufen, widmet sich täglicher Pflege, verhandelt mit Sozialdiensten und Behörden und sucht nach einem Pflegeheim, weil sie wieder nach Afrika will oder muß. Das Paßfoto der Tochter aus dem Jahre 2000 vor dem Foto des Vaters will sagen: ich habe mich um die Mutter gesorgt und gekümmert. Aber nicht genug.

Mit vielen klebrigen Fasern ist Vergangenheit mit Gegenwart verknüpft. Vater in der dunklen Erde, in Persephones Reich, ich wollte, du könntest mit mir zufrieden sein. Ich konnte der Mutter nicht alles ersetzen. Ich bin manches schuldig geblieben. Es würgt bisweilen noch immer...

In die Ecke gerückt, verdeckt durch eine ‚Amphore' aus Savannengras, verbirgt sich rechter Hand ein Adventskalender. Madonnen, Apostel und Engel, orthodox, griechisch, russisch, äthiopisch; immer wieder Engel, ernst und hoheitsvoll - keiner war zugegen, als das Unglück geschah. Ein Kalender voller Engel als Ausdruck von Sprachlosigkeit. Er verdeckt ein Taschenbuch, Castaneda, Reise nach Ixtlan. Auf den letzten Seiten, übersetzt, ein Gedicht von Jimenez, *Und ich werde gehen und die Vögel werden bleiben und singen...* Das ist alles, was geblieben ist. Versteckt hinter einem Gastgeschenk aus Afrika, dessen ehrwürdigen Geber im gleichen Jahre 1988 der Tod auf offener Straße überrollte.

Des Vaters Andenken steht im Mittelpunkt des obersten Faches der glaslosen Vitrine. Das kurze Leben seines ältesten Enkels reiht sich an auf der einen Seite. Auf der anderen lehnt das Andenken zweier Philosophen. Ein kleiner, schon lange dahinbröckelnder Immortellenkranz, fast ein halbes Jahrhundert alt, ersetzt das Bildnis eines jungen Mannes, das einst, in schmalem Silberrahmen, in einer Studentenbude, später in Schlaf- und Arbeitszimmern Nachdenklichkeit und Schwermut verbreitete. Das Bildnis eines Unglücklichen aus dem Lande Hamlets; eines Hegelgegners, der einer Agnostikerin Wege wies, die gangbar schienen. Einer Zweifelnden zu Einsichten verhalf, die es sinnvoll erschienen ließen, den Glauben einer Großmutter genauer zu erforschen. Wo ist das Bild des Philosophen der Existenz und des Sprunges ins rettend Ungewisse? Es verbirgt sich im Silberrahmen hinter dem Vater-Tochter-Doppelporträt.

Der philosophischen Väter gibt es zwei in der Ahnengalerie. Ein Zeitungsausschnitt, auf Pappe geklebt, zeigt im Dreiviertelprofil nach links das Fotoporträt, schmal und gedankenzerfurcht, eines älteren Mannes. Griechische Kosmosfrömmigkeit und Geschichtsskepsis haben Spuren um Stirn und Mund gegraben. Spuren eines Denkers in opfer- und täterverworrener Zeit. Ein Davon- und Zurückgekommener hielt sich zurück. Eine Studentin saß, sah, hörte und verstand wenig, damals. Was sie sah, waren sparsame Arabesken einer opalberingten Hand; was sie hörte, waren leise Töne und nie ein Ton geschichtlicher Schuldzuweisung oder nachträglicher Parteinahme.

Die toten Philosophen in ihrer Sonderexistenz, dank welcher sie, anders als gewöhnliche Sterbliche, aus Persephones Reich immer wieder aufzusteigen und zu wirken vermögen, sie lehnen vor einer Phalanx anderer Geistesexistenzen, präsent in vier Bänden Lyrik. Keine Namen, auch die größten oder bevorzugtesten nicht, sollen hier genannt werden, nur die Sammlungen: der Große Conrady, der Ewige Brunnen, der goldene Laaths und ein gänzlich zerlesenes Bändchen *Ergriffenes Dasein*. Es wäre nicht ratsam, einen der Bände herauszugreifen und irgendwo aufzuschlagen – der Bildschirm würde sich für Stunden verdunkeln. Ein fünfter und sechster Band, englische und französische Lyrik, stehen in der unteren Etage. Das alles sind die ungenannten Ahnen eines siebenten nicht Bandes, aber doch Bändchens. In Form einer Leporello-Ziehharmonika, die Blättchen von Hand beschrieben, erhebt es weiter keine Ansprüche. Es liegt in der Nachttischschublade.

Weil Lyrik in Selbstvergessenheit tauchen, tiefsinnig und traurig machen kann, blühen in ihrer Nähe und neben den Philosophen Rosen in Postkartenformat. Vielblättrig blüht ein volles, sonnengelbes Sommerglück; ein aschlila Altrosé, betaut von Späte und einer gewissen Traurigkeit trotz halberblühter Knospe, lehnt an der hinteren Schrankwand. Davor steht klein und bescheiden, jedoch mit aufmerksam hochgezogenen Brauen, das gerahmte Paßfoto einer Studentin im zehnten oder zwölften Semester und im gleichen Dreiviertelprofil wie der alte Philosoph zur Linken.

Somit stehen auf der obersten der drei Etagen mehr oder weniger zufällig beieinander die Schatten sowohl Bluts- als auch Geistesverwandter. In der Ecke rechts, unsichtbar, verbirgt sich ein Drogentod mit sechsundzwanzig, einsam in einer süddeutschen Dachkammer. In der Mitte ein Soldatentod mit zweiundvierzig im Inferno der Ardennenoffensive. Mit gleichfalls zweiundvierzig ein Erschöpfungstod im Kopenhagen des 19. Jahrhunderts, und 1973 ein Alterstod mit sechsundsiebzig in einer deutschen Universitätsstadt. An einen Unfalltod mit achtundsechzig und einen ebenso väterlich-verständnisvollen wie diplomatisch begabten afrikanischen Würdenträger erinnert gelegentlich die merkwürdig gestaltete Grasamphore.

Wo ist die Mutter? Sie ist im oberen Fach gegenwärtig mit einer Auswahl ihrer unzähligen Kunststrickdeckchen, eins schöner als das andere. Überall in der Wohnung, wo sich ein Plätzchen dafür findet, den Staub zu fangen, liegen die Spinnengewebe aus Glanz und Garn. Hier in der Vitrine erhebt sich auf goldbeigem Sonnenblumenmuster fremdartig die Grasamphore. Auf gleichem Glanz und gleicher Farbe, jedoch nur handtellergroß, steht der Tonfuß des Kerzenhalters vor dem Grab des Vaters. Unbesetzt liegt ein Netzmuster aus lockerem Geringel um einen dichtmaschigen Blütenstern weiß auf dem dunkelnußbraun polierten Holz vor der gesammelten Lyrik. Das größte und schönste Stück aus Goldglanz und Garn aber hängt vom mittleren Fach über das unterste hinab. Die Mutter ist allgegenwärtig.

Sie ist gegenwärtig in ihrer Hände Werk, dem selbst die poetischsten Beschreibungen nicht gerecht werden können. Fällt ein Tochterblick auf das präsentiertellergroße Strickkunstwerk, wie es üppig über die Kante des mittleren Faches fällt, das untere fast verdeckend, so gerät die Rhetorik ins Extravagante und Epideiktische. Was die Mutter auf der Rundnadel kunstgestrickt hat, versucht die Tochter nachzuweben mit Worten:

Das kostbare Goldbeige, ins Kupferfarbne gleitend! Der matte Perlglanz auf dunklem Grund! Die ungewöhnliche Geometrie! Wie eigenwillig weicht sie ab von der leichtgeschweiften Harmonie einfacher Stern- und Blütenformen. Hier löste sich von der Rundnadel der Mutter ein Reigen abgeblühter Lotosblüten, ein Kranz geöffneter Granatäpfel. Eine Rundung aus zehn handtellergroßen Ovalen, spitz zulaufend, gefügt aus nichts als Leere, fingerringgroß, dicht an dicht. Dazwischen und darüber ragend zum Rande hin Dreigezacktes mit Stiel, wurzelnd im Mittelpunkt; etwas, das den unbeholfenen Eindruck einer Kinderzeichnung macht. Es baut sich daraus eine Spannung auf, die den Blick umgarnt und bestrickt. Das Ganze – ein Dekadenrhythmus von abstrakter Eleganz um eine Mitte, in welcher zehn Elektronen um den Atomkern kreisen. Das ist das Lotos-, das Granatapfel-, das Neondeckchen, apart und selten wie ein Edelgas auf Erden.

Das Schwärmen der Gedanken einfangend führt das Maschenkunstwerk der Mutter den Blick langsam und bedacht wie auf rosaroten Flamingostelzen über sich selbst hinweg in den Hintergrund. Dort läuft an der Schrankwand entlang im Schattendunkeln die eigentliche Ahnengalerie: zweimal Hochzeit, einmal Silberhochzeit; dazu der Großmütter eine mit ihren vier Kindern und der Großväter einer allein. Das ist alles. Es ist viel und es genügt.

Genügen müssen knappe Bildbeschreibungen mit Seitenblicken, aber ohne Abschweifungen in die Schicksale der Abgelichteten und Abgeschiedenen. Denn sie sind alle, bis auf eine neunzigjährige Tante auf dem Silberhochzeitsbild, tot, Schatten in Persephones Reich und ein Memento an eine noch lebende Enkelin und Tochter. Ihnen allen wird eine kleine *Nekyia* gewidmet sein, aber nicht hier im Spannungsfeld zwischen Afrikakorb und Vitrinenschrank.

Da ist linker Hand das Großeltern-Hochzeitspaar vom Juni 1907. Ganz in Weiß die Braut, Brennscherenlöckchen, Myrte am hochverhüllten Busen und Schicksal im ahnungsvollen Blick - Scheidung? ‚Ach nein, da schlägt er uns alle tot. Der liebe Gott wird mir durchhelfen.' Auch durch Krieg und Flucht. Der Bräutigam, den Zylinder in der Hand, den Schnurrbart aufgezwirbelt, blickt ernsthaft drein mit klarer Stirn und selbstbewußtem Blick. An den unteren Rand der Fotografie geklemmt sind zwei Paßfotos vierzig Jahre später: die Flüchtlinge, halb verhungert. Die alte Frau mit bitter verkniffenem Mund und traurig ins Leere gerichtetem Blick; der abgezehrte alte Mann unter hoher Stirn mit wacherem Blick der Kamera standhaltend, im Jahr vor seinem Tod. Noch sechzehn Jahre später hat die Großmutter der Enkeltochter nachgeblickt, wenn diese vom Wochenendbesuch zurückfuhr zum Studium.

Nach dem Atelierbild des Brautpaares das Gruppenbild der Silberhochzeit im Freien, unter Linden vor dem schmiedeeisernen Tor der Auffahrt zu einem Schloß. Das Jubelpaar umrahmt von zahlreicher Verwandtschaft, Brüdern und Schwestern des Patriarchen und Brennereiverwalters; auf Seiten der Silberbraut - niemand. Drei Kinder aus fromm erduldeter Ehe, die Erstgeborene verschwommen im Hintergrunde; die spätgeborene Mutterschwester und der Mutterbruder ganz vorn. Alle sind sie, bis auf die hochbetagte Tante, tot. Wenn die Nichte fragt, erzählt sie. Es fragt sonst niemand. Eine Nichte, Tochter und Enkelin, sie allein, könnte alles weitererzählen.

Dann das Hochzeitsbild der Eltern, 1936. Fast Dreißig war die Braut, so lange hatte sie gezögert, ehe sie dem Mann, der zehn Jahre lang um sie geworben hatte, das Jawort gab. Da stehen der stattliche Vater und die zierliche Mutter – immer noch Brennscherenlöckchen und Schleier, aber der Bräutigam ohne die Zutat eines Zylinders. Er steht, Gleichmut im Blick und einen Kopf größer als die Braut. Was wäre geworden, wenn – ? ‚Ich hätte mich scheiden lassen.' Der Mutterroman ist erst zur Hälfte geschrieben.

Der Vater, er kam aus dem Halbdunkel der neumärkischen Wälder. Seine Mutter, die unbekannte Großmutter, früh verstorben, der Vater ein Sonderling im Waidmannsrock. Der Sohn, in einem Forsthause aufgewachsen, wollte Förster werden, mußte sich jedoch landwirtschaftlich bescheiden. Ein schweigsamer Mann, sagt die Fama und fügt hinzu: selbstbewußt auf bisweilen leichtsinnige Weise. Immer wieder arbeitslos, aber aufs Ende zu doch noch Forstverwalter. Die Tochter war sieben, als der Vater fiel.

Auf dem nächsten Bild der Galerie ist die andere Großmutter zu sehen. Der Großvater fehlt. Vermutlich war er im Krieg, im Ersten. Seine Frau nahm die vier halbwüchsigen Kinder und ging mit ihnen aus dem Forsthaus im Walde in die Stadt Landsberg an der Warthe, um dort die Aufnahme machen zu lassen, die einer Enkelin zeigt, was für eine stattliche und sicher nicht schüchterne Frau die Großmutter Anna im Unterschied zur Großmutter Emma war. Eine Spur um den Mund verrät es. Fast möchte die Enkelin sich darin wiedererkennen. Eine Dame sitzt da linker Hand. Der einzige Sohn, vielleicht fünfzehnjährig, steht in der

Mitte zwischen den Schwestern. Ein Jahr später war seine Mutter tot. Woran starb sie? Die Fama stottert.

Als letztes Bild in der Ahnengalerie steht allein für sich der andere Großvater. Der ‚Opa mit dem Spitzbart', schon leicht angegraut, er steht da abgelichtet bis zur Hüfte, die Arme hinter den Rücken gelegt, vor einem schemenhaften Baumgerippe. In hochgeschlossenem, maoistisch schlichtem Waidmannrock präsentiert er sich, einen Jägerhut mit Reichsadler und hochgewölbter Krempe auf kindlich rundem Kopf, und blickt mit schräg verkniffenen Augen, leicht erhobenem Kinn und fest geschlossenem Mund sehr souverän in die Kamera. Er blickt wie einer, der gern befiehlt und keinen Widerspruch duldet. Auf der Rückseite der Aufnahme hat er seinen Stand handschriftlich bezeugt als den eines ‚staatlichen Hegemeisters' – das wäre kaum mehr als ein Brennereiverwalter auf herrschaftlichem Gut östlich der Elbe. Beide Großväter – kleine Angestellte, große Familientyrannen, der Sage nach. Das ist die Ahnengalerie.

Großväternachlaß: Quirle und ein Wappen

An beide Großväter gibt es, von Urkunden, Briefen und Fotografien abgesehen, gegenständliche Erinnerungen, die wie Symbole anmuten. In der Ecke neben dem Hochzeitsbild von 1907 stehen zwei dünne Quirle. Ein alter, halb verhungerter Flüchtling hat sie aus einem Weihnachtsbäumchen geschnitzt, vielleicht im Winter 46/47. Sie sind, außer dem Ehering und einer goldenen Taschenuhr, die von den halbwüchsigen Vettern zerlegt wurde, das einzige, was der Großvater, einst ein wohlhabender Mann, hinterließ. Die Enkelin hebt die nutzlosen Holzstückchen auf als Sinnbilder dessen, was am Ende blieb: Armut und Hunger und ein Tagezubringen mit irgendetwas Nützlichem: Quirle schnitzen.

Von dem anderen Großvater, aus eigenem Häuschen vertrieben im Jahre 1946, bewahrt die Enkelin das ‚Wappen des Geschlechts C.' auf, irgendwo in einer Schublade. Früher, im Atelier, klebte es an der Wand. Es sah dekorativ aus und bedeutungsvoll. Der Großvater hatte es kurz vor seinem Tod als letztes Vermächtnis in die Flüchtlingsbaracke der Schwiegertochter geschickt. Es schien als wäre ihm nichts geblieben als der Glaube an adelige Abkunft.

Etwas wie ein Ahnenschrein.
Erinnerungen und Schatten aus dem Reich Persephones, die aufstiegen, während das Hochplateau Afrika absank: sie kamen langsam näher. Sie sind da. Sie breiten sich aus in Relikten, die aus dem Vitrinenteil des alten Schrankes beinahe so etwas wie einen Ahnenschrein machen. Beinahe nur, denn die unterste der drei Etagen, halb verdeckt durch das überhängende Lotosblütengestrick, enthält im Hintergrunde Ausgewähltes aus der Menge der Bücher, die sich im Lauf eines Lebens angesammelt haben. Auch Heilige Schrift ist da noch immer greifbar. Im Vordergrunde liegen Dinge des täglichen Lebens - Geld, Ausweise, Taschentücher, Brillen, Schmuck, Schlüssel, das Tagebuch, offene Rechnungen *et alia.*

Ein Blick in die ‚Grasamphore'.
Auf dem schüsselförmigen Flechtwerk über hohem Wulstfuß sitzt ein kegelförmiger Deckel. Die Henkel, zwei dünne Messingringe, ziehen trotz fehlender Wölbungen die antike Bezeichnung herbei. Das Gebilde kommt aus dem westafrikanischen Savannenbergland. Im Inneren befindet sich vorwiegend eigene Vergangenheit - ein Opernglas aus Studentenzeiten, eine Sammlung von Theaterkarten; ein jahrzehntelang getragener Wappenring, den die Mutter einst für die heranwachsende Tochter dem Urbild des geretteten Vaterringes nachgravieren ließ; ferner ein Kameenohrring

der Großtante Gouvernante, ein dicker Diamantring der Schwiegermutter und eine Verlustanzeige der Mutter: eine Anstecknadel, in goldene Eichenblätter gefaßte Hirschkuhgrandeln, ging verloren und war für immer dahin. (Zwei Grandelnadeln aus Vater-Muttererbe, die nicht verlorengingen, schmücken ein Jackettrevers und das goldbeige Ajour-Muster eines festlichen Sommerpullovers aus der Mutter unermüdlichen Händen.)

Das Wenige an Schmuck, das seinen Ort nicht unentwegt am linken Ringfinger hat (aus Muttererbe ein schmaler Diamant- und, einst Vatergeschenk an die Mutter, ein Grandelring neben dem Ehering), es liegt offen in einem Glasschälchen vor dem Hochzeitsfoto der Großeltern: ein abgetragenes Hugenottenkreuz aus Messing und Vatererbe, kleine Geschenke des Ehemannes, goldgeschmiedet Heimisches und Afrikanisches, hübsch und Talmi.

Ahnendokumente und *Kleine Nekyia*

Nicht nur die dreigeteilte Höhlung der Vitrine, auch fast alle übrigen Hohlräume des Schrankes sind angefüllt mit Schatten aus dem Reich Persephones. Nicht Wäsche lagert in den Wäschefächern zur Linken, und hinter der Tür zur Rechten hängen nur wenige Kleidungsstücke. Kein goldgerandetes Sonntagsporzellan steht hinter den unteren Türen und kein Silberbesteck glänzt in den Schubladen. Fast alles ist angefüllt mit Papier. Nichts als Papier. Papier – so leicht verbrannt, so leicht zerfressen, zerrissen, in Schuhkartons und Archiven vergessen, zum Altpapier entsorgt und wiederverwertet im Kreislauf der Materie. Papier, beschrieben teils und teils bebildert, füllt die Hohlräume hinter den Türen links und rechts und Mitte unten, und auch die beiden Schubladen. Aus dieser Fülle soll das Wichtigste aus ferner

Familienvergangenheit dem ungewissen Nachlaß-Schicksal von Papieransammlungen auf einem weiteren Faszikel Papier nach alexandrinisch-byzantinischer Manier so weit als möglich und in groben Umrissen – entrissen werden.

Hinter der Schranktür zur Linken, im zweiten Fach von oben, geht es zu oberst und als erstes tief hinab in Persephones Reich. Eine schwarze Mappe mit Gummizug schnürt zusammen Familienurkunden in handschriftlicher Abschrift, von der Mutter einst auf die Flucht mitgenommen. Es sind Zeugen aus einer Zeit, als bei Eheschließung ein Nachweis über Abstammung erforderlich war und alte Kirchenbücher ausgeschrieben wurden. Die Jahreszahlen reichen zurück bis in das Jahr 1833. Es weht viel Wind politischer Geschichte durch das Vorhandensein dieser Papiere. Sie geben vergessenen Ur-Urgroßmüttern einen Namen. Sie gaben den Eltern die staatliche Genehmigung, eine Ehe zu schließen im Windschatten von Bestrebungen, die nicht neu, aber unzeitgemäß und zum Scheitern verurteilt waren. Was läßt sich anfangen mit Namen, Orten, Daten und Berufsbezeichnungen der Väter und Ehemänner, mit welchen nichts weiter als Geburt, Taufe, Eheschließung und Tod beurkundet werden? Zusammen mit einem Exemplar der ‚Chronik der Familie C' von 1978 und verknüpft mit den wirren Fäden der Familienfama, soll daraus eine *Nekyia* für die Urgroßmütter werden.

Die schwarze Mappe enthält zum anderen Briefe der Großeltern und der Mutter aus den Hungerjahren im Thüringer Wald, 1945-48, wo der Großvater schließlich starb und mit seinem Tod der kriegsverwitweten, bei den alten Eltern ausharrenden Tochter, ihren Kindern und der Großmutter den Weg in den Westen freigab, in den die jüngere Tochter mit ihrem aus Gefangenschaft heimgekehrten Mann und zwei Kindern bereits übergesiedelt war.

Die Briefe, in der Mehrzahl Autographe in deutscher Schrift auf schlechtem Papier (nur die Mutter schreibt schon mit lateinischen Buchstaben), sie erzählen vom Mangel an Kartoffeln und Feuerholz, von dankbar empfangenen Päckchen mit Nahrungsmitteln; von Nachrichten aus der verwüsteten Heimat und von Bekannten, die, zurückgeblieben, von Polen ermordet wurden. Sie erzählen von Verwandten, die noch lebten und solchen, deren Schicksal ungewiß war - Sibirien, Dresden. Die Briefe der Mutter an Schwester und Schwager bezichtigen die Einheimischen der Hartherzigkeit und zweifeln an der Rückkehr des Ehemannes. Sie beklagen den schlechten Gesundheitszustand der Kinder. Es sind siebenunddreißig Briefe.

Ins Persephonereich der schwarzen Mappe ist mit eingeheftet ein Stück eigenes Dasein: Briefe von Kinderhand an Tante, Onkel und Vettern und von der Tante erst kürzlich zurückgegeben. Es fand sich im Nachlaß der Mutter ein Brief an Schwager und Schwester vom Januar 1948, dankend für das hochherzige Angebot, die Tochter, fast zwölfjährig, und Nichte in die Westzone des geteilten Deutschland zu holen, um ihr den Besuch der Oberschule zu ermöglichen. Der Brief des Onkels ist ebenfalls erhalten. Es waren Zeiten, als Verwandtschaft noch Rückhalt und Zuflucht bot in mancherlei Nöten.

Mit den Kinderbriefen sind zusammengeheftet die Abschrift eines Bescheids über Unterhaltszahlungen an die Mutter vom 5.7.44, aus welchem hervorgeht, daß der Vater zu jener Zeit Forstverwalter war; eine Fotokopie des letzten Vaterbriefes vom 3.10.1944; eine Fotokopie des Briefes von etwa 1950 (das Datum des Briefes ist abgerissen) einer entfernten Verwandten, die Sache mit dem Wappen betreffend; ein schmales graugrünes Heftchen mit Aufzeichnungen über magere Entlohnung von Strickarbeiten für Einheimische und Heimarbeit (die Erinnerung weiß von zwei riesigen Häkelstores aus Fallschirmseide). Dünne Bleistiftspuren halten durch Flucht Verlorenes fest (auch den weißen Spenzer, bestickt mit Blumenranken, an den die Tochter sich erinnert und: wie schön die Mutter darin aussah). Zwei ‚Kontrollkarten für Arbeitslose' aus den Jahren 1950-53 bezeugen, was ein Kind nicht ahnte: daß die Mutter lange Jahre ‚Hilfsarbeiterin' war. Hinzugeheftet ist die Originalabschrift von Mutterhand eines langen Briefes, geschrieben 1976 an einen Nachbarssohn und Spielgefährten aus Kindheitstagen, schildernd eine Reise zurück in die niederschlesische Heimat dreißig Jahre danach. Ein bemerkenswertes Dokument, das sich im Nachlaß fand. Es knistert vor Enttäuschung und Verbitterung - wie haben die Polen das schöne, reiche Schlesien heruntergewirtschaftet! Die siebenhundertjährigen Linden vor dem Schloß haben sie zu Feuerholz gemacht, und wo ein Blumengarten blühte, wuchert das Unkraut...

Die ‚Chronik der Familie C' , ein Opus für sich, handelnd von einer Neuruppiner Bäckerdynastie, von welcher der Enkel eines Stadtverordneten sich abzweigte und in die Wälder jenseits der Oder ging, um Förster und der Großvater einer Afrika-Enkelin zu werden, liegt da separat.

Eine durchsichtige Faltmappe vereinigt die Teile einer großen Schlesienkarte von 1937, die jeden Bach und jedes ‚Püschl', jedes Schloß und jede Mühle verzeichnet. Hinzu kommen Internetausdrucke von Vorkriegs-Luftaufnahmen der Kreisstadt, in welcher die Urgroßeltern der Mutterlinie lebten und starben. Schließlich eine Fülle handschriftlicher Aufzeichnungen einer Nichte nach Angaben der Tante, neunzigjährig, über das Dorf der Kindheit, über Schloß, Dominium, Dienstwohnung der Großeltern, Elternhaus der Mutter und Garten der eigenen Kindheit.

Unter der Last der Dokumente beider Mappen und der ‚Chronik' leuchtet hervor eine dünne hellgrüne Mappe mit Farbaufnahmen der schönsten Knüpf-, Strick- und Stickhandarbeiten der Mutter. Sie sollen dermaleinst dem Mutterhaus einer Schwesternschaft übereignet werden. Das Testament, noch unvollständig, liegt, in einem unscheinbaren Briefumschlag verwahrt, flach abwartend darunter. Wartend auf endgültig Formuliertes. Auf vorauslaufend Letztwilliges. Es sollte zuvor ein ‚Korb' zu Ende geflochten, Ahnendokumente sollten zu Texten gestrickt und zu einer *Nekyia* für die Urgroßmütter vollendet werden.

Eine *Kleine Nekyia* soll es sein. Das unvollendete Manuskript steht, ringbuchumklammert, neben den beiden Dokumentenmappen: dreihundert Seiten. Sie bedürfen noch einer letzten Überarbeitung; das Wichtigste ist festgeschrieben und ausgedruckt auf – wiederum Papier. Eine *Nekyia,* ein Totenopfer soll es sein nach antikem Vorbild. In einer Sandgrube der niederschlesischen Kindheit soll eine Urenkelin alle vier Urgroßmütter heraufbeschwören, um ihnen am Faden erhaltener Urkunden und brüchiger Familienüberlieferung zu erzählen, was aus ihren Nachkommen geworden ist. Daß den Urgroßmüttern am Ende ein Monolog über den eigenen Lebenslauf bis ins Abseits Afrikas zugemutet wird, weist auf den letzten Sinn der Reise in die Unterwelt hin: eigenes Dasein vergleichend zu begreifen.

Einen ersten Entwurf der *Nekyia* hat die Mutter gelesen. Und, abschätzig in Dialekt verfallend, kopfschüttelnd dazu bemerkt: ‚Daß de den Quatsch alles aufschreibst, nee, begreif ich nich. Was haste denn davon?' Es machte nachdenklich. Reden – gut. Sich alles von der Seele reden. Aber schreiben? Veröffentlichen gar? Was geht die eigene Familie und alles Unglück fremde Leute an?

Muttermonologe und *Mutterroman*

Ebenfalls ringbuchumklammert stehen neben der *Nekyia* weitere, durch klein gewählte Type auf zweihundert beschränkte Seiten: die vorläufig als *Mutterroman* betitelten Lebenserinnerungen der Mutter, entstanden aus endlosen Monologen und Wiederholungen, einer Tochter vorgetragen, die aus Afrika zurückkam, sich auf das Eisbärenfell vor dem roten Sofa der Mutterwohnung warf und ganz anderem nachträumte. Aus unwillig hingeworfenen Notizen im Tagebuch, verhakt mit anderem, das sich in der Erinnerung festbiß und endlichem Nachfragen ergab sich viele Jahre später eine vorläufige Fassung – beginnend mit dem Weggehen und Sterben einer Großmutter im März 1911 bis zur Flucht vierunddreißig Jahre später, im Januar 1945, und den Nachkriegshungerjahren im Thüringer Wald.

Die Erstfassung aus dem Jahre 1994/95, von der Mutter gelesen, während die Tochter wieder einmal in Afrika war, enthält auch einen Nekrolog auf den Vater. Die Mutter hatte dazu weiter nichts zu sagen. Sie fragte auch nicht: für wen schreibst du das alles? Den Sohn und die beiden überlebenden Enkel interessierte es nicht. Erst als die Tochter etwas von einem Buch murmelte, horchte die Mutter auf und wurde sarkastisch: ‚Willste denn alles an fremde Leute ausquatschen, wie mein Vater?' Die Tochter zuckte zurück. Zögerte. Überlegte. ‚Ich würde Namen ändern.' Das schien annehmbar. Es beantwortet freilich bis heute nicht die Frage: für wen?

Ursprünglich gedacht als vorletztes Kapitel XIV eines monumentalen Memoirenwerkes, konzentrisch um das eigene Ego gewickelt, beginnt der *Mutterroman* in der Tochter ambitioniert literarischen Darstellung mit der Existenz im Mutterleib, im Sommer der Olympiade, als der Vater im

Mecklenburgischen auf einem Gut angestellt war. Von da geht es zwei große Schritte zurück, erst in den Winter der Weltwirtschaftskrise, dann vom Abschiedstrauma 1911 zum Abschiedstrauma 1923. Da war die Mutter noch keine Siebzehn. Erst nach dem Zeitsprung ins Jahr 1936 geht es mit dem ersten Kinde chronologisch weiter bis zur Flucht vor der heranrückenden Front im Winter 1944/45.

Es fehlen im langen Leben der Mutter noch zwei umfangreiche Kapitel. Zum einen die Jahre, da sie, als mittellose Kriegswitwe mit unzureichender Rente auf Lohnarbeit angewiesen, nach und nach eine Mietwohnung möblierte und den schönen Vitrinenschrank erstand; zum anderen die Jahre des Alters, als Großmutter dreier Enkelkinder und einer Tochter, die heiratete, nach Afrika ging und kinderlos blieb. Als sie, ins Angestelltenverhältnis aufgestiegen, ‚in Rente ging', begann sie zu knüpfen, zu stricken, zu häkeln und mit dem Schicksal zu hadern immer, wenn die Tochter es hören konnte. Sie hatte allen Grund dazu. Der Sohn, weniger strebsam als die Tochter, hatte es nicht weit gebracht; der älteste Enkel starb. Die beiden anderen lebten das moderne Leben ohne Ehe und Kinder. Es ging zu ihren Lebzeiten nicht, wie bei der jüngeren Schwester, weiter zu Urenkeln. Daß ihr bißchen Familie nach ihrem Tod auseinanderlaufen würde ins Unbekannte, hat sie vielleicht geahnt. Ein rundum glückloses Leben. Es ging zu Ende, und die Tochter war wieder in Afrika. Es ist, als hätte sich in der Mutter langem Leben alles Unglück voraufgegangener Generationen noch einmal gesammelt und aufgetürmt, um herabzustürzen unter dem zusätzlichen Unstern politischer Katastrophen. Unter solchen Trümmern und aus dem Gestrüpp der Lebensenttäuschungen der Mutter kroch eine Tochter hervor, stieg auf, heiratete spät, stieg aus nach Afrika, kam zurück und schrieb und schrieb und schreibt und schreibt...

Alte Fotografien

Beschriebenes Papier ist nicht alles im zweiten Fach von oben. Neben den Erstfassungen von *Mutterroman*, Vaternekrolog und *Nekyia*, vereint in einer dunkellila Sammelmappe, steht ein leichter Waschbeutel aus Plastik, reseda. Er dient als Behältnis einer Sammlung von Fotografien, geordnet in handlich kleinen Alben, die nicht viel Raum beanspruchen. Bis vor kurzen waren die Zellophanheftchen umhüllt gewesen von einem lockeren Graugarngestrick aus der Mutter letzten Jahren. So locker, daß die Heftchen darin keinen Halt fanden. Der Waschbeutel hält nun Muttergestrick und Fotoalben handlich zusammen.

Drei Bändchen, kaum handgroß, sind mit Familien-Bildchen gefüllt, deren Vorhandensein ein Rätsel aufgibt. Es sind Schwarz-Weiß-Originale aus Vorkriegszeiten, von welchen nicht mehr auszumachen ist, wie sie nach der Flucht noch vorhanden sein konnten. Hatte nicht jemand der Großmutter geschrieben, die Familienfotos hätten auf der Straße herumgelegen, nachdem das Haus ausgeraubt worden war? Wurde, was vorhanden ist, nach dem Krieg zurückgeschickt von Verwandten, welchen die Flucht erspart geblieben war, weil sie weiter westlich wohnten? Es sind kostbare Quadratzentimeter abgelichteten Lebens.

Da ist eine Gruppenaufnahme von der Hochzeit der Eltern mit versammelter Verwandtschaft der Braut. Auf Bräutigamsseite nur sein Vater im Militärrock, Orden auf der Brust, und eine von drei Schwestern. Da sind zwei Aufnahmen vom Hochzeitsspaziergang durch die Maienwiesen, und die Mutter, in einem bodenlangen hellen Kleid, blickt gar nicht unglücklich. Da ist der eine Großvater mit dem ersten Enkelkind und zwei Jahre später der andere mit dem zweiten, dem Stammhalter. Da sind Spazierfahrten der Familie durch die Wälder, die der Vater verwaltete, und das ist das Abschiedsbild von Vater und Tochter vom Herbst 1944. Diese Tochter, eine Siebenjährige, die Krieg und Flucht überlebte und sich mit Siebzig erinnert...

Das zweite Bändchen zeigt als erstes ein geheimnisvolles Gruppenbild, braunstichig, im Walde. Inmitten schrathafter Weibsgestalten ist nur der Großvater Hegemeister eindeutig erkennbar. Die große, schnippisch blickende junge Frau im Vordergrund könnte die Großmutter Anna sein – als Braut? Ein stattlicher älterer Mann mit markigem Kinn und freundlichen Augen, wäre es der unbekannte Vater der Großmutter, die so frühe starb? – Das dritte Heftchen beginnt mit einem Familienfoto von der Großmutter 80. Geburtstag; es enthält Fotos von Geschwistern des Großvaters mütterlicherseits, von Onkeln und Tanten. Das Geflecht der Verwandtschaft weitet sich anhand der erhaltenen Fotografien. Die kleinen Alben erinnern an Schatten aus Persephones Reich. Hier leben sie auf in Augenblicken abgelichteten Lebens, so oft ein Blick auf sie fällt...

Ein Kindermützchen aus dem Winter 44/45

Vom Dokumentenfach hinter der Tür zur Linken führt der Weg schräg hinab in die unterste der Höhlungen hinter der niederen Doppeltür unter den Schubladen. Hier ist teils Persephones Reich und seit kurzem der schaurigsten Winkel einer; teils liegt hier ungeordnet Mutternachlaß und eigene Vergangenheit durcheinander.

Das Mützchen aus dünnem, graubraunem Plüsch mit einst weißem Rand, setzte die Mutter im Januar 1945 der knapp Achtjährigen auf, als sie mit Bruder, Vetter und Nachbarskindern im Planwagen verstaut wurde und die Pferde anzogen im knirschenden Schnee. Etwas, das die Flucht überstand, der Großmutter letzte Jahre und ihr kleines weißes Haupt bedeckte und seit ihrem Tode Zeugnisse schlimmen Angedenkens bewahrt. Jahrzehntelang lag es im Schreibtisch (ein Damenschreibtisch, geradlinig schmalbeinig, mit dem warmen Glanz einer Maserung, die den Blick fängt in einem Netz stillen Wohlgefallens). Im rechten Fach lag es zusammen mit Dokumenten aus Studium und Beamtung und einem fast leeren Familienstammbuch. Nun aber liegt es in der rechten Ecke unten, vollgestopft mit schlimmen, kaum bei einem Namen nennbaren Dingen.

Da ist zum einen, gedruckt in Köln im Jahre 1949, eine Broschüre voller Ruinen, verkohlter Wälder und nackter Knochenreste: ‚Verbrannte Erde. Düren. Hürtgenwald. Jülich' auf deutsch und englisch. Das bekam die Mutter damals zugeschickt (die Postkarte aus Berlin vom 11. Juni 1952 liegt dabei), als der Vater, oder was von ihm übriggeblieben war, in den verbrannten Wäldern gefunden worden war mit Erkennungsmarke und Taschenuhr. Diese ist vorhanden, eingepackt in ein Stück Wellpappe, und des Vaters Initialen sind eingraviert. Es ist beigelegt der letzte Feldpostbrief vom 14. November 44, schlechtes, graugrünes Papier und mit Bleistift beschrieben. Hinzugefügt, herausgerissen aus einer Illustrierten, hat die Tochter eine Seite mit drei Fotos: ein britischer Bomber, Leichen der Länge lang zwischen rauchenden Ruinen, und ein Scheiterhaufen, hochgehäuft. Alles eingewickelt in graue Wellpappe. Im Laufe eines halben Jahrhunderts ist *das* nur selten ausgewickelt worden, widerstrebend und am Rande des Umkippens. Es hat gemacht, daß anderes, das auch schlimm war, nach erstem Schock gleichmütiger hingenommen wurde. Gab es nicht Opfer und Täter auf beiden Seiten? Es gibt, seit einem halben Jahrhundert, tonnenweise Geschichtsschreibung und immer das gleiche, Einseitig-

Undifferenzierte. Es gibt keinen Thukydides mehr. Es darf ihn offenbar nicht mehr geben. Es harrt eines Jüngsten Gerichts, sei es auch nur als Postulat.

Es liegt bei der Wellpappe des Vaters Arbeitsbuch aus dem Deutschen Reich vom 11.3.36, also kurz vor der Eheschließung. Vorn lose eine Fotografie: der Vater in Knickerbockern, mit Hut, Stock und Zigarette; hinter ihm ein schönes Pferd. Letzter Eintrag vom 1.2.4O: ‚Wirtschaftsbeamter'. Hinzugefügt Bescheinigungen der Angestelltenversicherung, ein Führungszeugnis vom 8. August 39; in Plastikhülle ein Brief aus Linz, Flak, an ‚Mein liebes Tochterlein!' vom April 44 und ein Brief der Zehnjährigen ‚Lieber Vati', vom Februar 47 und eine kindliche Buntstiftzeichnung, ‚Das Heldengrab'. Eine zweite Plastikhülle enthält Aufstellungen der Mutter, ihre Sparbücher betreffend, eine amtliche Bescheinigung, daß eine Elfjährige ‚ohne Nachzug von Angehörigen' im Mai 48 aus der Ost- in die Westzone umsiedeln durfte, und das Original des Briefes, das Wappen der Vatersfamilie betreffend. Schließlich entdeckte sich später Nachforschung in dem Kindermützchen noch ein unvollständiger, nicht datierbarer Brief des Großvaters C. an die Schwiegertochter; die Grüße nennen ‚Schw.-Vater und Mama': des Vaters Stiefmutter. Auch hier geht es um das Wappen, das der Mutter herzlich gleichgültig gewesen sein mochte. (Totenköpfe, ein roter Löwe, eine Baronskrone.) Den Siegelring des Vaters ihrer Kinder hatte sie immerhin mitgenommen auf die Flucht.

Das Kindermützchen und sein Inhalt, sie lagen also bislang im Schreibtisch. Fortan soll dieses Päckchen schlimmster Vergangenheit im untersten Fach des Vitrinenschrankes liegen, verwahrt in einer Einkaufstasche der Mutter, in welcher auch ein gerahmtes Foto, das jahrelang unverborgen in ihrem Wohnzimmerschrank stand, nun im Verborgenen aufbewahrt bleiben soll. Es ist ein Porträt des Enkels und Neffen, schmal aufgeschossen und in sich gekehrt, ein Jahr oder zwei vor seinem Tod.

Ungeordneter Mutternachlaß

In diesen letzten Tiefen des Vitrinenschrankes, ganz unten, so daß der Rücken schmerzt beim Nachkramen; in einem Dunkel, das bei jedem Öffnen der Türen ungehindert hervorquillt, Winterdüsternis noch frostiger, Sommerschwüle noch unerträglicher macht; hier, wo Persephones schwarzverschleierte Gegenwart und bedrängende Macht am spürbarsten sind, hier befindet sich auch der schriftliche Nachlaß der Mutter, ihre Briefe, und die Menge der Faxnachrichten, die während der vier letzten Jahre wöchentlich hin und her gingen zwischen einer Tochter in Ostafrika und einer alten Frau, die sich ängstigte und wartete. Es ist noch nicht sagbar. Es liegt da und wartet - worauf?

Der Nachlaß an Papieren und kleineren Habseligkeiten – , Stricknadeln, Fingerhut, Waschbeutel, Fotografien (darunter die eine des Einen, mit Widmung vom November 1923, „...ohne Ende', von der Tochter ersetzt durch eine Fotokopie so dunkel, daß die Züge des Mannes nicht mehr zu erkennen sind), Schmuck ohne Materialwert, Zeitungsausschnitte zu politischen Kontroversen – es ist alles noch ungesichtet, ungeordnet, unkommentiert. Es reichte die Kraft noch nicht hin, die Briefe eines Enkels an seine Großmutter zu lesen und den einen, von unbekannter Hand in kleine Fetzen zerrissenen, zusammenzusetzen. Es reichte die Kraft gerade noch, die schrecklichen Bücher der Mutter in den Keller zu tragen und nicht wegzuwerfen. Die Mutter, sie forderte stur und verbissen Gerechtigkeit. Die Bücher stellten ihrer Meinung nach verdrehte Wahrheit historisch richtig. Sie prangern Kriegs- und Nachkriegsverbrechen der anderen, insbesondere von Polen und Tschechen, an. Sie schildern den ‚Kampf um Schlesien'. Es sind schreckliche Bücher mit schrecklichen Bildern. Sie liegen im Keller. Die Tochter hat sie angeblättert, hier und da. Zu mehr reichte die verkraftende Kraft nicht.

(Studium der Geschichte nach dem 3. Semester und einer Vorlesung über die römischen Bürgerkriege abgebrochen. Eine bittere Erfahrungswahrheit, ein Wort weiser Einsicht blieb. Was sagte der siegreiche Gallier auf dem Forum Romanum und was tat er? Was sagte ein Scipio mit dem Beinamen Africanus, als er Karthago dem Erdboden gleichmachen ließ? – Es trifft die Nemesis immer und unvermeidlich auch Unschuldige Die Mutter hinterließ der Tochter ein politisches Erbe, das da unten im Vitrinenschranke geduckt im Dunklen liegt und knurrt.)

Des Vaters Soldatentod, des Neffen Drogentod: sinnlos erscheint beides. Sinn erschafft bisweilen die Religion. Die Mutter kam ohne die ererbte aus. Sie glaubte dumpf an das Schicksal und daran, daß die Toten nicht ganz tot sind. Sie hatte gewisse Erlebnisse gehabt und der Tochter davon erzählt, ‚Du brauchst es ja nicht zu glauben.'

Verbitterung über den Verlust von Heimat und Habe, Trauer um den Enkel und Sorge um die Tochter – die Mutter ließ es nicht los. Es will auch die Tochter nicht loslassen. Wer wen oder was? Das Archivieren des Inhaltes eines Vitrinenschrankes, so weit er Ahnenschrein ist, mag eine Art Versuch sein, sich loszumachen durch Standhalten statt durch Flucht. Standhalten und zurückblicken. Denn nach rückwärts blickt, wer keine Zukunft hat oder von ihr nichts Gutes und noch weniger an Besserem erwartet.

Der Schrank als Memento und Archiv II

Von der Sorge um einen Nachlaß – Briefe, Tagebücher und ein *Kenotaph*

Die Mutter, der Vater, Großeltern, Urgroßeltern – Namen, Daten, Urkunden; eine verrostete Taschenuhr, letzte Briefe, Handarbeiten; alles, was an Dahingegangene erinnert: es ist das eine, der rückwärtigen Nacht Zugewandte. Hinzu kommt der Vitrinenschrank als Hinterlassenschaft des Neffen. Als Ahnenschrein und Archiv wirft das alte Möbel nicht nur Schatten der Fragwürdigkeit auf einen schönen Korb aus Raffiabast und Afrika. Es ist zugleich Mahnung *ad se ipsam – Memento mori.*

Die Zeit kommt allgemach heran... Nach allen Voraufgegangenen kommt die Reihe an mich. 'Ημεῖς δ', οἷά τε φύλλα φύει... *Wir aber, gleich wie Blätter in blumigen Lenzestagen...* Der Lenz ist längst dahin. Der Sommer auch. *Work, for the night is coming...* Und was wird aus dem Nachlaß zu Lebzeiten, der sich in dem Schranke stapelt?

Wie handlich ist eine verrostete Taschenuhr. Wie immer noch irgendwo unterzubringen wären die Handarbeiten der Mutter. Wie aber kommt ein Schrank voll beschriebenen Papiers vorbei an Mülltonne, Reißwolf oder unbefugten Augen und Händen und in Sicherheit vor dem Niedergang einer Kultur und Sprache noch keine zweihundert Jahre nach Goethe? Der Korb steht nicht nur über Andenken an Tote der Familie. Er steht mit flachgeflochtenem Fuß auf Dokumenten von Stadien auf dem eigenen Lebenswege. Hier setzt das Archivieren noch einmal an.

Abgelichtetes Leben

Das Buchhüllengestrick aus der Mutter letzten Jahren, fest umfaßt von einem Waschbeutel, es umhüllt nicht nur drei Heftchen Familienfotografien aus Vorkriegszeiten; es kommen hinzu fünf weitere Miniaturalben, in welchem das eigene Leben, so weit es Lichtbild wurde, in Auswahl aufbewahrt ist. Das erste enthält kostbare Originale, schwarzweiß, aus Vorkriegskindheitstagen -

- da lehnt der selige Säugling in einem Korbstuhl, im Rükken eine schöne Richelieustickerei, vor kaum vorhandener Nase den Duft einer dunklen Nelke. Da lacht ein Vierjähriges zwischen kahlen Himbeerstauden empor, umrahmt vom weißen Rand eines grauen Plüschmützchens - desselbigen, das die Flucht überstand und nun Behältnis ist für schlimme Dinge. Da sitzt eine Siebenjährige auf dem Schoß des Vaters in Uniform im Großelterngarten, weinerlich als wüßte sie, daß es ein Abschied für immer ist. Eine bezopfte Dreizehnjährige nach dem Krieg blickt genau so skeptisch melancholisch drein wie der Vater als Neunzehnjähriger auf dem Foto daneben.

In den übrigen vier Bändchen wird es bunt - Besuche, 1975 mit der Mutter, 1992 mit dem Ehemann, im Dorf der Kindheit; Besuche, 1987 mit entfernten Verwandten, 1991 mit der Mutter, im Dorf der jungvermählten Eltern und der Erstgeborenen am ‚Müthelsee'; je ein Bändchen Kamerun, Tansania, Griechenland. Das letzte Album enthält Bilder des ‚Atelier' um 1990 mit Handarbeiten der Mutter.

Dies und weniges andere bis vor kurzem, als windverweht und grau eine Sechsundsechzigjährige am Rande des Ngorongorokraters stand; in weißem Talar und grüner Stola neben einem afrikanischen Kollegen nach Amtsgeschäften sich ablichten ließ unter den hohen Bäumen eines Campus in Ostafrika - es befindet sich ins Vorläufige geordnet in dem resedagrünen Waschbeutel. Alles übrige und viel zu viel liegt in den beiden Schubladen.

Nur wenig vom Vielzuvielen ist im Bereich des Vitrinenschrankes auf- und ausgestellt, Schicksalhaftes andeutend und Höhepunkte - nein, kein Hochzeitsbild, denn es gibt keins nach Art der Eltern und Großeltern. Aber oben auf dem Schrank ganz rechts, dicht neben dem Korb, ist eine Vierzehnjährige als Haremsdame zusammen mit zwei Freundinnen im Kinderfestzug zu sehen. Sie folgt einem kleinen Pascha mit Turban und Krummschwert. Die Augen des Kleinen blicken selbstbewußt. Die schöngewölbte Stirn ist noch immer die gleiche.

Die übrigen drei von sieben aufgestellten Ich-Fotos sind so dicht umdunstet von Afrika, daß die Beschreibung zunächst einen großen Bogen um sie machen wird. Zuvor soll, was vor und neben Afrika Andenken auf und in dem Vitrinenschrank hinterlassen hat, festgeschrieben werden.

Bücher als Schicksal

Andenken hinterlassen hat ein umfängliches Kapitel Bildungsroman: Briefe, Schulhefte, Sonntagsgemälde. Vor allem aber Bücher. Tagebücher und andere Bücher.

Bücher als Transportmittel und Spur sozialen Aufstiegs. Bücher, die zum Schicksal wurden. Im Hause der Großeltern habe es nur die Bibel, das Gesangbuch und ‚Die Gartenlaube' gegeben, sagt die Fama. Der andere Opa habe sonntags gemalt. Auch Vater und Mutter hatten wenig Zeit und Lust zum Lesen; der eine streifte lieber durch die

Wälder, die andere stickte kleine Blüten, kleine Blätter auf Leinen und weiße Spenzer. Die Tochter holte alles nach, las und las, lernte, studierte und schoß vermutlich über ein der Mutter erwünschtes Ziel hinaus. Die kleine Wohnung ist nicht nur voller Kelim, Duchrow, Richelieu, Kreuzstich und Knüpfknoten; sie ist auch voller Bücher und Manuskripte, ja und auch Gemälde von eigener Sonntagshand sind vorhanden. Bücher haben vieles ermöglicht und anderes verhindert. Bücher förderten den sozialen Aufstieg. An Büchern und Afrika scheiterte die Vollendung einer späten Ehe durch Kinder. *Aut liberi aut libri.* – Es scheiterte an Büchern letztlich auch der erste Roman. Es wurde kein Roman; es wurde eine Revue sämtlicher Bücher, deren Einfluß noch bewußt war.

Bücher, zischelte das Schlänglein Selbstvertrauen einst, sollten Stufen zu literarischem Ruhme werden. Dafür ist es nun zu spät. Das Wenige, das bislang und immerhin zustande kam, es will, pseudonym und in verschleiert autobiographischer Form, Sinnlinien ausfindig machen im so weit gelebten Leben – für wen? Für den Einen zum einen; zum anderen zur Selbsterbauung, und zum dritten – für eine ostafrikanische Ameise.

Eine Revue soll nicht noch einmal unterlaufen. Was an Büchern *auf* dem Schranke steht, (hinter den Türen steht kaum mehr) ist wenig; das Wenige ist wesentlich, und das Wesentliche fällt ins Auge.

Ins Auge fällt, was auf ein Flüchtlingskind von neun oder zehn Jahren Eindruck machte, die Phantasie naturmythisch ins Bildhafte beflügelte und die Lust am Malen beförderte: das Märchen einer Mondfahrt mit Maikäfer, antiquarisch spät erworben, eine Vorkriegsausgabe mit allen schönen Bildern von Sturmriesen, Morgensternprinzen, melancholisch bleicher Nachtfee und lieblicher Morgenröte im Tauperlenschleier. (Es würde noch manches mehr dazugehören aus Nachkriegstagen, eine ‚Mutter Erde' etwa von 1943; aber die steht woanders.) ‚Peterchens Mondfahrt' lehnt vor einer breiten Reihe umfangreicher Bücher, die dem schweren Materialuntergrund eines großen Ölgemäldes aufrecht als Podest dienen. Sieben Titel, *Die Veranda* und alles übrige; auch ein Band Wissenschaft und eine Auftragsarbeit Essayistik. Ein achter Titel ist soeben erschienen unter eigenem Namen, und ihrer drei harren der Endfassung und eines weiteren Pseudonyms, dieser *Korb* einbegriffen. Möge die Zeit hinreichen und vor allem der Verstand...

Viel Zeit wurde einst verschwendet, um mit der Wissenschaft abzurechnen. Wie dadurch die Kluft sich weitete, die zwischen ungleich veranlagten Geschwistern befestigt war und ist, des sind zwei schwarze Gegenstände Zeuge, einer aus Eisen, einer aus Pappe. Sie ragen linker Hand auf dem Schrank, stehen da zufällig und doch symbolisch beisammen: schmiedeeisern ein dreibeiniger, dreiarmiger Leuchter für dicke, kurze Kerzen, und ein schlanker Zylinder. Der Leuchter ist ein Geschenk der Handwerkskunst des Bruders aus verträglichen Zeiten nach der Rückkehr aus Afrika. Im Pappzylinder steckt eine Promotionsurkunde.

Was an Büchern einst gewälzt wurde, um ein Dokument dieser Art zu erwerben, ist längst in den Keller verbannt und wartet auf Abschiebung in ein Antiquariat. *Ta biblia* allein und in mehreren Sprachen haben eine Bleibe im Hintergrunde des unteren Vitrinenfaches gefunden – kein alter Luther, aber eine neuere Zürcher, ein ganz neuer *Nestle-Aland* und der gleiche kanonische Text in der Sprache Shakespeares, und, winzig genug fürs Fluggepäck, Racines. Zwei handliche Gesangbüchlein in Duala und Kiswahili – *Loba a leele mba ndedi. Mungu amenihurumia* –

erinnern an Afrika und daran, was den Jahren daselbst einst Substanz und dem Beruf die Farbe und den Geschmack von Berufung gegeben hat.

Alles übrige an Büchern, fast alles Taschenbuchformat, steht da mehr oder weniger zufällig, Reste aus einem Erststudium, ungeordnet ins Vorläufige weggesteckt. Müßte, abgesehen von den Lyrikbänden, *Trésor de la poésie* und *Albatross Book of Living Verse*, ein Titel herausgegriffen werden - nun, vielleicht *A Passage to India.*

Dies und kein Wort mehr zu den Büchern. Sie haben des Lebens Lauf und Richtung mitbestimmt, aber nicht das eigene Schreiben. Es hat nach Ursprung, Stil und Ziel kein bewußtes Vorbild in Geschichte oder Gegenwart. Es löste sich mühsam von Systematik und Akribie akademischer Wissenschaft auf der einen, von Briefen und Tagebüchern auf der anderen Seite. Es fand und findet kein Echo und sucht auch keines mehr. Es genügt sich selbst.

Briefe, Asche und Ratlosigkeit

Es genügt sich selbst, und die Fingernägel der linken Hand sind länger als die der rechten. Die Erdbeermarmelade auf dem Frühstücksbrötchen hat die Mutter vor zwölf Jahren in Berlin gekocht; in der Kristallvase blühen Pfirsichrosen. Eine Kristallvase hatte die Mutter zu der Zeit, als sie auch ein Dienstmädchen hatte, und als sie nichts mehr hatte, wollte sie wieder eine Kristallvase. Die steht nun hier neben dem Bildschirm und es ist Hochsommer draußen auf dem Balkon zwischen den Tomaten. Aber hier drinnen ist es schon Herbst, und nun wären die Briefe und Tagebücher an der Reihe - aus der Steinzeit bis zu diesem Tage. Die Steinzeit begann 1947.

Das Briefeschreiben begann. Ein ungelenker Kinderbrief der Zehnjährigen an den im Kriege gebliebenen Vater fand sich im Nachlaß der Mutter. Die Briefe und Buntstiftmalereien - Blumen, Käfer, Elfen, Zwerge - an Tante, Onkel und Vettern aus der gleichen Flüchtlings- und Hungerzeit machten, daß die Nichte in den Westen geholt und zur Oberschule geschickt wurde. Geholt? Zusammen mit der Mutter stolperte sie in einer Maiennacht des Jahres 1948 schwarz über die Kartoffelackergrenze bei Sonneburg...

Es folgen eine Untat und ein Häuflein Asche. Was die Jugendjahre bis über das Abitur hinaus an rhetorischem Pathos und Blödeleien - ‚o meine Theuerste! Wahrhaftig und bei den Göttern!' ‚Ich dacht, mich laust ein Affe!' - philosophischen Grübeleien - ‚Wenn es nun aber doch einen Gott gäbe?' - und frühen Unglückseligkeiten - ‚Er darf es niemals erfahren!' - mit sich brachten, ergab einen stattlichen Stapel Briefe an die einzige Freundin, die blonde von Sylt, die dann eines Tages, als sie an den Mann gekommen war, an die vielen Briefe ein einziges Streichholz hielt, die Gute. Ein Schuhkarton, aus den Bindfäden platzend, enthält die Gegen-Briefe. Aus ihnen ließe sich wohl manches rekonstruieren. Wäre es der Mühe wert?

Ungleich wichtiger als die zu Asche reduzierten Briefe sind *die* Briefe, alle erhalten und sorgfältig aufbewahrt. Zusammen mit der Menge der Tagebücher sind sie einem hohen braunen Weidenkorbe eingezwängt, der mit seinen vier Ecken im Kleiderfach des Vitrinenschrankes Platz findet, zur Zeit jedoch als Bettzeugablage vor statt hinter der Schranktür steht. Die Briefe - eben und nur diese - sind es, die das vorausschauende Nachdenken schon früh in Ratlosigkeiten versetzten. Was soll dermaleinst aus ihnen werden? Spielten Schreiberin und Schreiber eine Rolle auf der literarischen Bühne als *homme* und *femme de lettres*, wie etwa Elsa Triolet einst und Louis Aragon, ein Archiv wie das in Marbach würde sich zweifellos dafür interessieren und sie eines Tages in mehreren Bänden als *lettres croisées* herausgeben – nicht wahr? Nun aber...

Die Briefe, mit Tinte und Füllfeder geschrieben, es sind ihrer nicht wenige. Sie ersetzten einst vieles und anderes – Tanzcafés, Parties, Kino und ähnliche Gelegenheiten jugendlicher Suche nach einander und dem Glück. Hier saßen zwei zusammen auf der Schulbank und eher am Rande, abgesondert vom *volgos*; man tanzte nicht, man paddelte einen Sommer lang auf dem Pappelfluß und schwieg den Vollmond an; man wanderte, philosophierte über Gott und die Welt und begann, als es eines Tages so nicht weiterging, mit dem Briefeschreiben und der Suche nach dem Sinn. Das ergab zwei Schuhschachteln voll. Die ersten vierzig Briefe und Zettel ab Herbst 55, noch vor dem Abitur in klassischer Manier zurückerbeten, sind extra gebündelt und zusammen mit einem zweiten Bündel, das mit Ansichtskarten von einer Fahrradreise durch die britischen Inseln beginnt, in eine nougatbraune Elite-Briefpapier-Schachtel ‚Fontainebleau' gequetscht. Auf dem Deckel faucht ein goldener Drache. Das war die erste Phase.

Die zweite Phase, die in eine flachere Schachtel paßt, lief durch die ersten Studiensemester 57/58 und in eine Sackgasse. Man hatte sich eigentlich nichts mehr zu sagen und zu schreiben auch nicht. Welten und Anschauungen klafften auseinander. Fast zwei Jahre lang Schweigen. Aus den Augen, aus dem Sinn? Zum 23. Geburtstag kam ein Brief aus Paris – wo ist er? Der Brief. Wo sind die wenigen Briefe eines zögernden Neuanfangs bis zum ersten Besuch in einer winzigen Studentenbude zwei Jahre später? Und die danach bis in den Winter 63 hinein? Es müßten zwei dicke Päckchen, zwei Hände voll sein – wo sind sie? Sie finden sich nach langem Suchen neben einem dicken Bündel dunkelblauer, zu drei Bänden vereinigter Schulhefte (höhere Mathematik mit lyrischen Ableitungen bis zum Abitur) in einer weißen Schuhschachtel eng gedrängt mit allen übrigen, nach Jahren gebündelten Briefen eines ganzen Jahrzehnts, von 1960 bis 1970. Die Schuhschachtel fand sich hinter den unteren Türen des Vitrinenschrankes. Sie soll fortan im Weidenkorb aufbewahrt sein. (Die Mathematik mag bleiben, wo sie ist. Die Lyrik, ausgesiebt und zu kleinen Küchlein gebacken, ist in der *Veranda* aufgehoben.)

Dann ist da eine Schatulle, außen samtbraun, innen mit Musik beklebt, der ‚herbe Brahms', Fidelio und so. Darin sind aufbewahrt die Briefe von 1964 bis 1966. Es sind nur die der einen Seite an die andere, für welche das Behältnis als Geschenk in stillem Sinnen einst gebastelt wurde. Es sollten damals die Vergangenheit, Gegenwart und Zukunft bedenkenden Briefe bei ihrem Empfänger nicht so unordentlich herumliegen. *Seine* Briefe der drei Jahre zwischen einem Staatsexamen und einer Verlobung finden sich eingeordnet in dem weißen Schuhkarton.

Damit ist alles Grundlegende beieinander. Zwölf Jahre, zwei Schweigejahre eingeschlossen: Drum prüfe... Per Post, Papier und Tinte prüften zwei, eigensinnig der eine, zögernd die andere, hin und her, durch endlose Bedenken innere Abhängigkeiten erzeugend, seelenosmotisch, sprachvermittelt, alles neben dem Studium her und darüber hinaus. Heiraten – wozu? *She* could have gone on making love by letters indefinitely. Schließlich, denn die Zeiten waren noch nicht postmodern, ergab sich ‚die natürliche Lösung': Standesamt und eine erste winzige Wohnung mit Dachkammerblick nach Afrika. Eine dunkle Wolke am Horizont, lauernd hinter akademischen Vorwänden und immerhin noch sechs Jahre fern. Das Briefeschreiben aber, es war mit geteiltem Bett und Tisch nicht zu Ende. Es blieb ein Ausweg ehelang, von einer geschlossenen Tür hinter die andere, in labilen Situationen und in festgefahrenen.

Festgefahren in Ratlosigkeit ist die Sorge um das Schicksal dieser Ansammlung von Papier. Was soll aus solchen Dokumenten einer langwierigen Annäherung an Ehe und ewige Treue dermaleinst werden? Soll ein Streichholz auch sie in Rauch aufgehen lassen? Wen gehen sie etwas an? Niemanden, gewiß. Und dennoch - wird nicht eine Geistesspur, wird nicht ein Stück materialisierter Seele vernichtet mit der Vernichtung von Briefen, die Widerstand bezeugen gegen das, was der Geist der Zeit, liberal verpöbelt, aufgeklärt enthemmt, Schindluder treibend mit dem Schönen und Schwierigen, damals, in den sechziger Jahren, von unten nach oben zu spülen begann?

Tagebücher, bunt und schwarz

Briefe füllen den Weidenkorb nur zum kleineren Teil. Den größeren nehmen Tagebücher ein. Alle Tagebücher dieses Lebens. Zwanzig bunte Poesiealben, kleine und große, das sind die Jahre vor Afrika, vom Schicksalsjahr 1955 bis Mitte 73 (England 60/61 und Frankreich 61 runden achtzehn Jahre zu zwanzig Alben). Bis 62 sind sie klein, dann sind sie groß, aber 67 und 68 schrumpfen sie wieder auf Kleinformat, malvenlila und kupfergrün. Mit Bindfaden gebündelt liegen sie in der Tiefe des Weidenkorbes und der Zeit, die vergangen ist, seit eine Achtzehnjährige den Mann, der ihr laut Lehrplan Mathematik beibringen sollte, und den Klassenkameraden, der ihr von ungefähr Wiesenblümchen brachte, abwechselnd mit Einträgen bedachte. Das letzte der bunten Tagebuchalben ist dunkelblau grundiert und um das Doppelte erweitert durch eingefügte Blätter. Daran war *Bethabara* schuld.

Danach, noch vor der Ausreise, schon in Oxford, Ende Juli, begann die Zeit der schwarzen Tagebücher. In vier schweren Bündeln, zusammengehalten von Hohlsaumhüllen aus hellem Leinen, daran die Mutter fast neunzigjährig sich ein soeben staroperiertes Auge verdarb, sind knapp dreißig Jahre versammelt, von 1973 bis 2002. Das ist das Todesjahr der Mutter, und seitdem ist manches anders.

Das erste Bündel enthält die Afrikatagebücher 73 bis 83, sechs dicke Hefte; das zweite und dritte Bündel umfaßt die Dreiecksjahre danach, 83 bis 90, fünf Hefte, und sechs Hefte 91 bis 98. In dem einen Eck stand die Graue Villa zu Berlin, im anderen ein Atelier in Babingen und ab 94 die Eigentumsklause in Rebtal. In der dritten Ecke befand sich die letzte der Mutterhöhlen. Das vierte Bündel, sechs Hefte, umwickelt mit einem Streifen vom schwarzen Samttuch der Großmutter, das sind vier von den fünf Jahren in Ostafrika. Die Mutter sorgte sich vier Jahre lang, wurde pflegebedürftig und starb. En dünnes dunkelblaues Heft und drei Hefte von normalem Umfang, zwei davon zusammengeklebt zu einem: das sind die Tagebücher seit der Mutter Tod – das letzte Jahr in Ostafrika und die ersten achtzehn Monate nach der endgültige Rückkehr bis Ende 2004. Sie stecken in einer lindgrünen Hülle, zierlich bestickt mit einem Blümchenbukett: das Letzte aus der Mutter kunstfertigen Händen. Das Bündel liegt noch herum; es ist noch nicht im Weidenkorb verstaut.

Zehn Jahre Westafrika begnügten sich mit sechs dicken Heften und Bleistift. Fünf davon wurden fotokopiert, vieles ist kaum leserlich, manches kaum lesbar. Immer flogen diese schwarzen Hefte im Handgepäck mit über die Sahara. Was habe ich Wertvolleres geschrieben als meine Tagebücher? Was wird dermaleinst aus ihnen werden? Das meiste ist ausgeschrieben, einiges davon pseudonym an eine gleichgültige Öffentlichkeit gelangt. Das Gefühl freilich, daß diese Tagebücher das Wichtigste an Hinterlassenschaft wären, es wird dünner und abstrakter...

Ein Bündel für sich sind die Reisetagebücher in Postkartenformat, passend in eine Kasacktasche. Es beginnt dunkelblau mit goldgepunkteten Wolken: die Reise in die Savanne, allein, Januar bis März 85. Dann zwei giftgrüne vom unteren Kongo 87/88; gelb Tansania 90; rot die Besuchsreise 95 - alle sind sie bereits ab- und ausgeschrieben, teils verdichtet zu einem ,fernen Leuchten', teils in Rundbriefen zu Fufu gestampft und mit Vergißmeinnicht verziert, macht zwei Bücher. Im Weidenkorb liegen die Originale, für den Fall, daß es jemals jemanden nach Ursprünglichem gelüsten sollte, um es mit eigenem Senf zu würzen.

Es findet sich darunter hinweg noch Tagebuchähnliches. Ein Schulheft etwa aus archaischen Zeiten, dokumentierend, daß in einem Kindererholungsheim auf Sylt im August 1951 das Tagebuchschreiben begann, tagtäglich fünf Wochen lang: das Meer, die Dünen, eine neue Freundin und die erste entsagende Ferienverliebtheit. Ein Heft aus dem Jahre 1953 notiert die letzten Wochen in einer Barakke und den Umzug in die erste bürgerliche Mietwohnung – hier, dem Bildschirm und der Alterswohnung schräg gegenüber: ein großer Garten um ein kleines Haus. Aus dem Jahre 1954, März/April, gibt es die ,Schlußakte' einer strebsamen Schülerin und daher Klassenprima, pathetisch-heroisch entsagend einem ebenso gescheiten wie großklappigen Klassenkameraden als möglichem Freund. Aussortiert aus der bunten Folge der Blümchenalben wurde ,Mein Graues Buch', Skizzen und Vermischtes aus den Jahren 1952 bis 1954: Reste, Schutt und Abfall, denn das Beste jener Jahre ging, wie gesagt und leider nie vergessen, an die treulose Freundin mit ihrer Freude an dicken Schlußstrichen und Schwefelhölzchen. - Des weiteren gibt es ein Heft über zwei Wochen im Schullandheim mit Wiesenblümchen, Weizenbier und Ahnungslosigkeit darüber, was einst daraus werden sollte. In Sils-Maria blauten 1957 zehn Tage und im August/September 1958 fünf Wochen und färbten pathetisch ab in ein jeweils Extra-Tagebuch. Aus dem einen, dicken, wurden vierzig Jahre später zwei Kapitel, Landschaftsglück und das Unglück einer Ferienverliebtheit, in einem Buch, in dem Stationen und Episoden ‚aus der Jugendzeit' eng gedrängt in einer *Veranda* zusammenfanden.

Wäre das alles? Ein Sudelheft aus dem Jahren 1955 bis 58 mit der irreführenden Aufschrift ‚Tagebuch' mag als No 8 gelten; immerhin findet sich unter den Bleistiftskizzen eine, die eines späten Tages zur Tagtraumskizze ‚Im Wintergarten' kristallisierte und als gut befunden in die *Veranda* gestellt wurde. Dann ist da noch ein dünnes schwarzes Heft, zehn Tage Südtirol, letzte Augustwoche 1960, die Großmutter knapp am Tode vorbei im Krankenhaus, die Existenzkrise schwelend seit dem Berlin-Ultimatum vom November 1958. Frustrierte Tanzlust vergaffte sich in einen feschen Solotänzer, und die Etsch war gletschergrün. Sie erinnerte an einen Brief, der erst Monate später von England aus beantwortet wurde - und ankam.

No 10 schließlich wäre ein Packen dünner Hefte, sechzehn, vom Sommersemester 1957 bis zum Referendarjahr 1966 - so lange dauerte es, mit dem Jubiläumsjahr 1965 dazwischen, bis dem Studieren das Geldverdienen und Steuernzahlen folgte. Da kommt nun ein Bindfaden drum herum, damit es aufgeräumt aussieht. Es harrt, nach vierzig Jahren, der Lektüre und des Ausschreibens. Vielleicht, wer weiß, wurden damals Gedanken gedacht, die es wert wäre, nachgedacht zu werden?

Im Kleiderteil des Vitrinenschrankes hätte das alles, eng gedrängt in einem braunen Weidenkorb, einem hohen, schmalen, viereckigen, den ein Deckel deckt und davor ist ein Vorhängeschloß - es hätte alles hinter der rechten Schranktür Platz, denn es hängen da keine Kleider und nur ein einzige Kostüm: das Examenskostüm, Erlemodell, nicht schwarz und nicht mahagoni, eine feingestrichelte Mischung dazwischen, etwas, worin eine Studentin Philosophikum und Staatsexamen bestand und eine Studienassessorin Verlobung und Standesamt. Am Bügel, über dem die Kostümjacke hängt, hat sich eine Reliquie aus dem Reich Persephones festgebissen: der Großmutter schwarzbrauner Fuchs, einäugig, dem die Flucht gelang, weil es Winter war und so bitterkalt. Er hängt da aus Pietät und zur Erinnerung zwischen Blusen, Hosen und Pullovern. Wer trägt denn heute noch Fuchs oder Fluchterinnerungen von damals. Er hängt da gut und bewacht einen Weidenkorb voller Nachlaß zu Lebzeiten, wenn dieser bisweilen hinter statt vor der Schranktür steht.

Das Kenotaph - unvollendet

Briefe und Tagebücher, sind sie nicht das ideale Rohmaterial für Memoiren? Hinter der Schranktür zur Linken harrt seit zweimal sieben Jahren der Vollendung *Das Kenotaph*. Unten im vorletzten Fach liegt es dicht auf dicht gestapelt, und wieder schmerzt der Rücken beim Hervorholen der dicken Packen Papier. Wie viele sind es denn? Ein Dutzend, wahrhaftig, und das ist noch nicht einmal alles. Das Seufzen, erpreßt von zweitausend Seiten Schreibmaschine, was hilft's? Wie viele Bücher sollen es denn werden?! Wie bitte? Fünfzehn? Oder vielleicht doch nur vierzehn? Wo ist der Gesamtüberblick? Was war da vorgesehen? Waren es nicht fünf umfängliche Teile, betitelt mit Geometrie - zwei

Bögen, ein Dreieck, Fluchtpunkte und Elliptisches? So ist es. Es sind der Bögen zwei, ein großer zu Beginn: von einem gegenwärtig gedachten ‚Häuschen im Eukalyptusmond' zurück zur ‚Fliederlaube der Kindheit', und ein noch größerer am Ende: von der vorgeburtlichen ‚Kate am Müthelsee' zu einem ‚Kenotaph im tropischen Arkadien'. Das Dreieck ist offen zwischen einer ‚Grauen Villa in Berlin', einem ‚Atelier in Babingen' und der ‚Mutterhöhle' in Rebtal. Der Fluchtpunkte gibt es vier: ‚Bücher und Buden', das Ehegehäuse, der Regenwald und das Grasland - hier müßte umkonstruiert werden. Elliptisches rotiert um die beiden Brennpunkte Afrika und Europa: von Schwabing nach Mbebete, von Babingen zum Kongo erst und dann zum Kilimandscharo.

Die Mitte des unvollendeten Ganzen, ein umfangreiches Kapitel Sieben mit sieben Unterkapiteln (Distelwiese, Artemissyndrom, Traumpalast, Rundtempel, Krisenkonglomerat, Vita nuova in drei Etappen, Erste Ehejahre mit Dachluke zum Absoluten) - tausendundreihundert Seiten ‚Ehegehäuse', ein unförmiger Brocken und warum? Die siebzehn Jahre *vor* Afrika, gezählt von 1955 an, davon nur sechs Jahre Ehe, sie wurden den Tagebüchern nachgeschrieben. Daher. Tagebücher verlängern das Leben. Sie sind eine Hilfsquelle der Erinnerung. Aber sie wissen alles zu genau und zu ausführlich. Gelebtes Leben wird zum Bergrutsch, tonnenweise Wortgeröll fährt zu Tale: wem ist das zuzumuten? Das Kapitel Sieben ist nicht nur *ein* Buch, es sind sieben Bücher.

Was, nach einer Atem- und Besinnungspause, haben wir außer, vor und hinter dem episch breiten ‚Ehegehäuse' und seiner romanhaften Vorgeschichte? Hier - das sind die nach Behausungen sortierten Jahre *nach* Afrika, drei dicke Faszikel. Zum einen Atelier und Graue Villa der späten achtziger, frühen neunziger Jahre: eine akribische Inventarisierung von Stifterscher Verbohrtheit ins Dingliche: Teppicharabesken, Schnörkelschnitzereien einer Großmutterkommode, ein englischrotes Treppengeländer. Zum anderen ‚Die Mutterhöhle' mit abgeschabtem Sofa und politisch verbitterten Monologen einer alten Frau. Ein schwieriges, ein geradezu brisantes Kapitel, das die Tochter in allerlei Verlegenheiten bringen könnte. Die Lebenserinnerungen der Mutter, abbrechend mit der Flucht nach Westen im Januar 1945, wären ein Kapitel für sich. Als ‚Kate am Müthelsee' soll der Anfang des eigenen Lebens am Anfang des Mutterromans und für sich stehen - als vorletztes Kapitel am Ende eines Memoirenmonuments.

Afrikanisches drängelt sich hier herein - es soll einem antikisch angehauchten *Kenotaph* einen exotischen Rahmen geben. Am Anfang Idylle mit Vollmond, am Ende tropisches Arkadien. Dazwischen die noch weithin unbewältigte Masse des bislang abgelebten Lebens, beginnend mit einer ‚Fliederlaube der Kindheit'. Was fehlt noch? Es fehlt der größere Teil des Bildungsromans ‚Bücher und Buden' und alles, was in Teil Vier die ‚Elliptische Existenz' zwischen Europa und Afrika ausmacht. Es fehlen vor allem Maß und Ausgewogenheit zwischen den einzelnen Teilen

Das Unternehmen *Kenotaph*, angefangen im Oktober 91 nach der ersten Rückkehr aus Ostafrika; der kunstvoll architektonische Aufbau mit dem siebenten Kapitel ‚Ehegehäuse' als Mitte, es soll- wie würde ein Klappentext es formulieren? Das Memoirenwerk soll am Leitfaden wechselnder Behausungen - von der Kate bis zur Villa, von einem Verandahaus auf Steinpfeilern zu einer Kleinstwohnung unterm Dach - es soll am weltfremd frommen Gedanken ‚Denn wir haben hier keine bleibende Statt' des Lebens Sinn und Faden abwickeln. Das würde noch manchen Umbau erforderlich machen. Wird die Zeit hinreichen? Könnte das Ganze nicht ebensogut auseinanderbrechen in einzelne Bücher, dicke und dünne? Hat das Herausbrechen einzelner Themen und Teile nicht schon begonnen? Der labyrinthische Vorbau zum ‚Ehegehäuse' wurde in die *Veranda* eingearbeitet. Die ‚Kate am Müthelsee' kann als ‚Mutterroman' Selbständigkeit beanspruchen. Das Afrika der ‚elliptischen Existenz' ist in Texte eingegangen, die bereits Bücher sind: Fufu und fernes Leuchten.

Das unförmige Memoirenwerk, wird es als Steinbruch enden? Würde es sich wiederaufbauen lassen um die Mitte ‚Ehegehäuse'? Ein *Kenotaph* soll es sein und bleiben, ein papierenes *Semeion*, Zeichen und Denkmal - wofür? Für Afrika als Ort der Berufung, der besten Jahre des Lebens, der Tagträume und der Enttäuschungen. Zugleich aber auch als Denkmal für eine schwierige, in vieler aber nicht in jeder Hinsicht altmodisch lebenslange Gefährtenschaft, die nach Afrika führte.

Gedichte, Konzepte und ein *Graienauge*

Das ‚Kenotaph' ist eines, und es füllt ein ganzes Wäschefach. Von hier geht der Blick wieder nach schräg unten, hinter die Doppeltür. Auf alle Viere nieder geht die ungelenke Suche, und es beginnt ein Herumkramen im Halbdunkel. Es liegt da nicht nur Mutternachlaß und ein Kindermützchen voll schlimmer Erinnerungen. Es liegt da noch eine Menge anderes, Halbvergessenes aus einem halben Jahrhundert, überwiegend weniger Wichtiges.

Das Gezettel der Konzepte von allerlei Lyrik bedarf keiner Kommentierung. Die Endfassungen von knapp zwanzig Gedichten, auf drei Bücher verteilt, mögen in Sicherheit geglaubt werden. Das Heftchen, das sie alle, handgeschrieben, versammelt, liegt in der Nachttischschublade. Was an verjährter lyrischer Erstinspiration im unteren Dunkel gebündelt diverse Plastikbeutel und Schachteln füllt, harrt des Schwefelhölzchens.

Was indes soll mit dem unsäglichen ‚Akazienmärchen' von 1954 geschehen? Agenturvermittelt (der Mutter zwanzig Mark abgebettelt) im Feuilleton eines Provinzblättchens erschienen - wer mochte diesen Stil inspiriert haben - Storm? ‚Zwei schmale bleiche Mädchenhände' und ein ‚Weib', dunkelsamten, das in Bekenntnissen der Entsagung schwelgt. Der erste Meilenstein einer Schriftstellerkarriere...

Zu schade für Veraschung wäre ‚Graf Ulf brach sein Versprechen' vom Januar 1966 - Verulkung und Veredelung von Lieschen Müllers Groschenromanen: ‚das kann ich auch'. Aus der Zeit der ersten Ehejahre gibt es Entwürfe und das erste Kapitel, *Coup de théâtre*, zu einem Maria-Martha-Roman: eine Studienreferendarin sehnt sich nach *vita contemplativa,* zurück in Hörsaal und Bibliothek. Ihre Freundin hat sich emanzipiert, ‚Was schiert mich Mann, was schiert mich Kind, laß sie betteln gehen, wenn sie hungrig sind'. Waren die Ausbrüche ohne Kind einfacher?

Des weiteren ein ganzer Packen berufsmäßiger ‚Ansprachen', eigene und einige von einem, der einst Komödie spielend die Flamme tragischer Inspiration entfachte und auch nicht daran dachte, das zwanzig Jahre später ein Buch daraus werden könnte. Die Entwürfe dazu, mehrere blaßblaue Schulhefte voll, stammen aus den ersten Jahren in Afrika. Ein Rundbrief und zwei Familienanzeigen liegen dabei und - ach, es müßte alles noch einmal gelesen und aussortiert werden, all das Gezettel, die Skizzen, Zeichnungen, Konzepte, so viel Durcheinander, Wichtiges und Unwichtiges, und dazwischen zwei Schächtelchen Eheringe Abgeschiedener, abgebrochene Zähne, eigene; noch ein Ehering und goldene Ohrringe, Taufgeschenke der Patentante, wenige Jahre getragen und dann nicht mehr und immer noch mehr an Gezettel und Gestrichel. Alles ist Spur, alles erinnert, zu allem ließe sich eine Geschichte erzählen, eine Betrachtung anstellen, eine Elegie dichten oder eine milde Satire verfassen - wozu?

Und was haben wir hier? Drei Päckchen Briefe - aus Lissabon, aus Kopenhagen, aus Chateauroux und Algerien - *Tant d' étoiles, et toutes elles brillent!'* Die Brieffreunde der frühen Jahre, immer nur Knaben, *all over Europe.* Man konnte sie sich bestellen, man übte sich in Literatur, Politik, Moral und Fremdsprachen; man kam sich näher auf ideal geistige Weise bis hin zu Erklärungen und Bekenntnissen. Man müßte sie noch einmal lesen, diese Einübungen ins Unabsichtliche. Und dann?

Hier noch drei großformatige Faszikel Hochzeitsbilderbuch, grauer Karton, vom Säugling bis zu Bräutigam und Braut, Malereien beider, ein blauer Nymphenreigen, Abstraktes zwischen Klee und Kandinsky - sie gehören auf den Stapel *Kenotaph* und sollten fotokopiert werden; Grautöne könnten Buntes noch aparter zur Wirkung bringen. - Eine *Reise ins Riesengebirge* aus dem Silberhochzeitsjahr gehört ebenfalls ins *Kenotaph* zusammen mit Festschriftähnlichem zum Fünfundsechzigsten, gut gemeint im Vorausblick auf Echteres unter der Mitherausgeberschaft der Kollegin Ehefrau zwei Jahre später. Einige Anmerkungen des Ehemannes zur Literatur der Ehefrau und schließlich -

Das Graienauge, unvollendet, aus dem Jahre 1998. Briefe an eine Kusine und deren imaginäre Erwiderungen zum Thema Gegenwartsliteratur in Deutschland und warum siebenundsiebzig Verlage eine Absage erteilten, als eine Unbekannte mit einer ‚Spur im Staub' ankam und meinte, dergleichen hochstilisierte Harmlosigkeiten mit ein wenig afrikanischem Lokalkolorit könnten in großen Verlagen eine kleine Nische finden. Das *Graienauge*, es schielt ins Selbstkritische. Der Graienzahn, er nagt am Sinn von etwas, das einst einer Inspiration gleichkam und nun langatmig wird.

Damit genug des kleinen Gefuzzels aus dem Diesseits von Afrika. Was gibt es noch, das der Beschreibung wert erscheint? Zwei Gemälde, eine Intarsie von eigener Hand; Stickereien der Mutter, Schmuck und schließlich die Terrakotten, zwei kleine und die eine große.

Vogelwolke, Strohnixe, Stickereien

bekunden Kunstversuche, Kunstgewerbe und Nadelkunst – in dieser Reihenfolge. Die Versuche einer Sonntagsmalerin nach dem Vorbild des Großvaters hängen an den Wänden und liegen in Schubläden. Dem wird hier keine Beschreibung zuteil; es müßte ein weiteres Buch, ein Bilderbuch werden aus alle den für die Mutter abgemalten Bergen und Blumen, roten Tulpen und rosa Hyazinthen, aus einem freiphantasierten afrikanischen Triptychon und dem Gelbkörpergespenst in Öl auf Pappe, aus Kopien nach Kunstpostkarten und allem übrigen in Deck- und Wasserfarben von der Schulzeit bis zu dem Tag, da der Computer leichteres Spiel zu bieten schien.

Auf dem Vitrinenschrank stehen der Gemälde zwei. Das eine, unvollendet, gehört in dem Umkreis des Raffiakorbes und ins nächste Kapitel. Es taugt nicht viel. Mehr taugt und gefiel auch der Mutter so gut, daß es bis zu ihrem Tode bei ihr blieb, eine Großkopie von Feiningers *Vogelwolke*, in Öl auf Karton einer Kunstpostkarte nachgemalt, ein ausladendes Gemälde, größer als das Original und schwer, auf Bücher und eine Vase gestützt und gegen die Wand gelehnt den freien Raum über dem Kranzgesimse beherrschend, höher ragend als der Korb und von oben herab den Blick bezaubernd mit majestätisch dahinschwebender Geometrie in kristallinem Türkisblau und Elfenbeinrosé über sonnigem Strand und schwarzblauem Meer, gemalt 1969, als die Mutter Bilder für ihre neue Wohnung brauchte und für den Bruder auch gleich zwei gemalt wurden. Kein einziges Gemälde irgendeines Malers hat die Sonntagsmalerin je gekauft. Sie malte, wenn sie nicht wußte, was sie sonst anfangen sollte, und sie malte, wenn es auf der viel breiteren Palette der Sprache keine Worte mehr gab.

Nach den Kunstversuchen das Kunsthandwerk. Hier gibt es eine Nixe, die halb versteckt hinter einer Grasschüssel sich in der Vitrine rekelt, rechts in der Ecke der Ahnengalerie. Was hat sie da zu suchen? Nicht viel; aber es gibt sonst keinen Ort für die Strohintarsie. War die Nixe nicht ein Archetyp des eigenen Unbewußten und seiner Abneigung gegen typische Allgemeinheiten des Weibseins? Auf ein Oktavheft geklebt war die Bastelei ein Geschenk für die Mutter aus dem Jahre 1953 und stand in ihrem Wohnzimmerschrank ein halbes Jahrhundert lang, gefangen in einem grobmaschigen Netz. Das Wasser ist dunkelgebügelt und braun wie in einem Schloßteich. Die Nixe ist goldgelb und ihr Schwanz gewaltig, vom Nabel abwärts, bootzertrümmernd und dem Haifisch gleich. Das Büchlein ist fast leer. Die Mutter hat nie etwas hineingeschrieben. Von Tochterhand mit Bleistift eingetragen sind ein paar poetische Blüten – ‚Sie sangen von Marmorbildern...', ‚Klingend strömt des Mondes Licht...', ‚Es lacht in dem steigenden Jahr dir...' Von der Mutter Hand findet sich auf einem losen, gefalteten Blatt, spät entdeckt, ein Gedicht von Karl Gerok, das gar nicht zu einer patrogenen Abneigung gegen die ererbte Religion passen will: ‚Durch manche Länderstrecke...' Das Gedicht verherrlicht das ‚Kreuz von Golgatha'. Davon hat die Mutter ein Leben lang nie etwas wissen wollen oder verlauten lassen – wie kam sie dazu, das Gedicht mit eigener Hand abzuschreiben?

Aus dem Netz der Nixe hervor mag der Blick noch einmal über Miniaturen des Kunsthandwerks der Mutter gleiten. Den Boden der Vitrine bedeckt ein Platzdeckchen aus steingrauem Leinen, kreuzstichbestickt mit grünen Eichenranken geradlinig rechts und links. Taschentücher aus feinem Batist und noch feiner umhäkelt, weiß, rosé, bleu und in unendlich zieren Spitzenmustern, Häkchen, Knötchen, Stäbchen, Luft und Maschen – diese Kostbarkeiten und das tägliche Geld sind in weißer Serviettentasche mit weiß gestickter Blütenranke aufbewahrt, beide ordentlich in ein afrikanisches Bastkörbchen sortiert. So viele Serviettentaschen hat die Mutter genäht und gestickt, ein Paar immer schöner als das andere, Hohlsaum, Ginko-Biloba in allen Rottönen, bunte Rokokoblüten, daß sie als Behältnis für allerlei anderes, für Disketten, Fotos, Brillen- und Bildschirmputztuch dienen. Sie sollen nicht unbenutzt herumliegen. Wer würde sie schätzen als Geschenk?

Schmuck und Terrakotten

Das mittlere Fach des Vitrinenteils ist nicht nur Ahnengalerie; es ist auch Ablage für allerlei wichtigen Kleinkram, der täglich griffbereit sein muß. Vor allem aber ist es eine offene Schatulle für Kunsthandwerk aus Familienerbe und Afrika – eine Handvoll Silber, Gold und Hirschkuhzähne: Schmuck aus Messing, Gold, Silberblech, Platin und Perlen. In einem flachen Zierschüsselchen aus Glas, nahe beim Hochzeitsbild der Großeltern, liegt das vom Material her wertlose Hugenottenkreuz aus Vatererbe. Die Tochter hat es getragen auf allen ihren Reisen durch die Savanne und bergsteigend bis nahe unter den Gipfel eines Zweitausenders im Regenwald. Aus Muttererbe stammt die Perle in durchbrochener Goldovalfassung, neben einem schmalen Diamantring das einzige Wertvolle an Schmuck, das die Mutter sich je gegönnt hat. Von den alten Grandelbroschen sind zwei verlorengegangen, zwei sind noch vorhanden neben dem Grandelring, den die Tochter zur Silberhochzeit bekam und seitdem trägt zusammen mit der Mutter Diamant- und dem eigenen Ehering.

Die ehelichen Schmuckgeschenke sind von andersartigem Wert, Selbstentworfenes, von der Schwägerin Goldschmiedin gefertigt einfach, unauffällig, von der Perle auf schmalen Silbersteg einer Anstecknadel bis hin zur edlen Einfalt eines blauen Tansanit in flachgewölbtem Platinschild. In wessen Hände sollte das alles einmal gelangen? Soll es absichtsvoll verlorengehen? Soll ein Wasserfall es schlucken? Wer sollte aufbewahren oder gar tragen, was Wert und Sinn nur als Geschenk haben könnte?

Der hübsche Tinnef aus Afrika bereitet weniger Kopfzerbrechen: schwärzliches Silberblech aus Westafrika, quadratisch mit Glöckchen; eine Ashanti-Sonne aus Talmigold und ein nubisches Kreuz, auf Flughäfen gekauft; eine Halskette aus Elfenbein – es liegt da alles beisammen in dem Schüsselchen aus Glas. Eine hohle Hand kann es fassen.

Die Terrakotten oben auf dem Schrank und weil sie so klein sind erhöht auf einem Schächtelchen mit gestickten Nadelkissen der Mutter: es sind zwei bemalte Henkelkrüglein aus dem Touristenkunsthandwerk Griechenlands. Sie bezeugen zwei späte Studienreisen, die eine, um den sechzigsten Geburtstag auf der Akropolis von Athen und in den Ruinen von Mykene zu begehen; die andere, im Jahr darauf, um in Mistra erlaubterweise allein zu Villardouins Ruinenburg hinaufzusteigen, in Delphi heimlich und allein in die verbotene Kastaliaschlucht zu kriechen und in Olympia durch Schutt und Uferdickicht vorzudringen bis zum Zusammenfluß von Alphaios und Kladeos.

Ein winziges Gegengewicht zu dem großen Korb am anderen Ende des Schrankes sind diese beiden Tonkrüglein. Daß beim Herumkramen da oben noch eine verstaubte Ansichtskarte von Sils-Maria und eine vergrößerte Briefmarke mit Heidelberger Schloß zum Vorschein kommen, fügt dem Sammelsurium zwei Stationen des Lebens hinzu - kurze Sommerferien und lange Studienjahre. Es liegt flach zu Füßen von Vogelwolke und Raffiakorb.

Diesen beiden Großformen auf dem Vitrinenschrank gesellt sich als dritte hinzu ein Stück anerkannt richtiger Kunst: das lebensgroße Terrakottaporträt eines jungen Mannes. Es steht dicht neben dem Korb, mit schmalen Schläfen und ruhigem Blick aufragend, dickes Gelock über hoher Stirn, bis zur Nasenspitze Edeljüngling. Rund und weich ist allein das Kinn, wenig ausgeprägt, und der Mund - byronisch. Die Ohren klein und feinhörig noch immer. Das Ganze in jeglicher Hinsicht das ansehnlichere Gegenstück zu der Frau, die das Kunstwerk, modelliert von der Künstlerin-Schwiegermutter nach dem Erinnerungsbild eines kriegsverschollenen Bildhauers und Vaters ihrer Kinder, von unten betrachtet und sich fragt: Wie bin ich dazu gekommen? Das Kunstwerk, gehört es mir? Gehörte es nicht in die Kunstsammlung ein Stockwerk tiefer, wo das Original, um ein halbes Jahrhundert gealtert, von Hand schreibend am Schreibtisch sitzt? Das Porträt des Gebers, es steht neben der Gabe. Es steht neben dem Korb aus Raffiabast. Es steht da gut und sinnvoll - Afrika erinnernd.

Afrika als Album und Romanfragment

Eine unvollendete *Reise nach Mbe*

Das Terrakottaporträt neben dem Raffiakorb; der Geber neben der Gabe - ansehnlich und bedeutungsvoll steht er da, den Blick nach vorn gerichtet, der Mann, um dessentwillen das fromme Abenteuer Afrika einst als Kamel durchs Nadelöhr der Ängste einer aus Flüchtlingselend Aufgestiegenen und später Sinnkrise Entronnenen ging.

Es ging. Es ging aufs Ganze gesehen - gut.

Weniger gut ging es bislang mit dem Versuch, die Erfahrung Afrika zu verarbeiten und zu überlebensfähiger Literatur zu machen. Eines ist das Unvollendete eines umfassenden Memoirenwerkes im Schatten des Mementos, das der Vitrinenschrank mit seinem Vorhandensein über den Rest des Lebens wirft. Ein anderes sind die Fragmente einer großangelegten *Reise nach Mbe*, unvollendet wie *Das Kenotaph.* Sie füllen ein weiteres Wäschefach. Abschrift und Bearbeitung der Afrikatagebücher ziehen sich seit zwanzig Jahren hin. Ein *Tagtraum*, ein *fernes Leuchten* und ein gewaltiger Kloß aus *Fufu* sind immerhin schon erschienen. Eine ostafrikanische Ameise krabbelt darüber hin.

Krabbelt über den Anspruch, schöne Literatur zu sein. Wie? Ist das gelebte Leben nicht wichtiger? Wie zu Trost und Grund zur Dankbarkeit ging so vieles in, um und neben Afrika her - gut. Die auf dem Vitrinenschrank ausgestellten Afrika-Fotos bezeugen es. Sie sollen betrachtet werden, ehe das Lamento über Afrika als Romanfragment Papier und Druckertinte in Anspruch nimmt.

Afrika in Albumformat

Es wäre, wollte man alles in allem nehmen, eine umfängliche Sammlung von Motiven, so Landschaft wie Leuten. Aus einer Auswahl ist nur eine Auswahl der Erwähnung wert, und das wären vorab ausgestellte Selbstdarstellungen. Afrika, das war - in aller Unbescheidenheit und Vordergründigkeit - Ich. *Honi soit...*

Ein Porträt. - Einem Paßfoto abfotokopiert, übersehbar ob seiner Winzigkeit, steht es schwarz-gold gerahmt im offenen Hemdkragen der Terrakottabüste. Eine Erinnerung an Afrika als Bildnis einer Frau Mitte Vierzig, Heldin aller Abenteuer jener Jahre, aller jener Episoden von überwiegend innerlichen Ausmaßen und poetischer Inspiration. Als lebensgroße Kohlezeichnung von Künstlerhand ist das Porträt wiederzufinden an der Innenseite der Tür eines taubengrauen Turmschrankes gegenüber. Eine Selbstbewußte. Eine, die sich mit Genugtuung wiederkannte, damals, im hochmütig-melancholischen Brillenblick, in skeptisch herab-, ironisch hochgezogenen Mundwinkeln: das Können des Künstlers gibt die Frau wieder, die eines Tages davonging - aus dem Regenwald in die Savanne.

Von sieben aufgestellten Afrikafotos stehen drei in unmittelbarer Nähe von Korb und Terrakotta. Da ist das Gruppenbild, schwarz-weiß, mit Prinzessin Elster und Operettenprinz am Bitu-Berg. Im Atelier einst in eine dunkle Ekke verbannt, steht es nun am flachen Bastfuße, klein und auch fast übersehbar. Übergroß hingegen, in einem Posterformat, das die gleiche Höhe erreicht wie der Korb, lehnt an dem wölbigen Behältnis der ‚Blick nach Mbe-Mbong' in Regenzeitfarben, wolkengrau und magermilchblau. Sogar das Elefantengras im Vordergrunde ist eher grau als grün. Aschgrau ist die Hemdbluse und eisgrau das aufgebundene

Haar der Frau, die, dem Betrachter den Rücken zugewandt, bis zu den Schultern im Grase steht und hinüberblickt zu dem Koloß eines gipfelkahlen Berges inmitten bewaldeter Höhen. Habe ich den wirklich bezwungen, zu einer Zeit, da ich auch schon nicht mehr jung war? Im Mittelgrunde hellgrau das Gesprenkel von Wellblechdächern zwischen dem Schwarzgrün der Baumkronen - eine zu Besuch Weilende, 1995, eine Abschiednehmende sinniert hinüber und dem Traum der wunderbaren Jahre nach.

Hinter dem Großformat des ergrauten Traums steht, dreizehn Jahre älter, ein anderes Abschiedsbild, gerahmt, schwarz-weiß mit rückseitiger Widmung, überreicht einer Tutorin, die vorzeitig den Dienst quittierte. Ein Gruppenbild mit Studenten und Kollegen; unter den drei Weißen eine Frau, ausnahmsweise damenhaft in weißer Volantbluse und schwarzem Abendrock mitten am hellen Tag und im tropischen Sommer. Fortan wird sie ein ganzes Jahr lang in wallendem Gewand nur am späten Abend erscheinen, wenn sie, der Reisekleidung ledig, an entlegenen Orten der Savanne sich mit einem Gastgeber in hölzernen Sesseln unter einem Wellblechdach mit Übernachtungsmöglichkeit zu Bier und Gesprächen niederläßt.

Halb versteckt, aber doch so, daß ein aufmerksamer Blick sie entdecken kann, stehen hinter dem ‚Blick nach Mbe-Mbong' und beidemal die gleiche spätsommerliche Melancholie verbreitend, zwei Farbaufnahmen, am Auslöser in perspektivengünstiger Hocke der Ehemann. Auf dem Foto von 1982 Abendrock und Volantbluse auf Steinstufen vor Wellblech (Wellblech bedeutet Afrika; vom Fachwerk des alten Verandahauses ist nichts zu sehen) - und ein versonnener Blick seitwärts ins Jenseits der Bougainvillea. Hinter diesem Porträt einer Abschiedstraurigkeit steht ein Foto von 1975 mit entsprechend jüngerer Frau aus dem ersten

Heimaturlaub. Angetan mit knöchellang geblümtem ‚Polenrock' und der gleichen satinweißen Volantbluse steht sie, leicht aufgestützt auf Hotelgestühl, vor Sommerhimmel mit Renaissanceturm einer süddeutschen Stadt. Eine schöne Aufnahme im halben Gegenlicht. *Bethabara* lag erst zwei Jahre zurück. *Die Komödie unsrer Seele* - alles andere als heiter gestimmt. Ein Abglanz davon liegt noch im Blick und auf haselnußbraunem Haar, und im Ahnungslosen liegt noch, was die nächsten Jahre an Quälereien bringen werden. Der Mann, der als Knabe in dieser Stadt die gleiche Schulbank drückte; einer, mit dem eine Spätentschlossene in die Ehe und dann nach Afrika ging, wird Grund und Anlaß sein, daß die Entscheidung schwer werden wird.

Das sind die Impressionen aus dem Dunstkreis Afrikas, die auf dem Vitrinenschrank stehen. Die Zahl deren, die in den beiden Schubladen in Alben und Briefumschlägen ins Vorläufige geordnet liegen und der Diapositive, die weithin ungeordnet im Keller und sonstwo herumliegen, ist Legion. Ihrer vierzig, schwarz-weiß und von vierhundert Seiten Text umgeben, wurden mit ins Fufu gestampft. Weitere vierzig oder hundert könnten folgen, umrahmt von Kurztexten.

Afrika in Öl auf Pappe

Fotos sind das eine; wer macht sie nicht und meist in überflüssigen Mengen. Gemälde von eigener Hand sind seltener. Gemalt wurde auch in Afrika und sogar in Öl, seit im zweiten Jahr ein Ölfarbenkasten unter der Weihnachtsbananenstaude lag. Von den Gemälden aus jenen Jahren fand nur ein einziges auf dem Vitrinenschrank Platz, versteckt in der Ecke hinter dem großen Korb: ein unvollendetes. Das Format bleibt knapp hinter der Höhe des Korbes zurück. Was ist das? Helles Nougatbraun wölbt sich wie ein Bauch vor Dunkelbraun; in einem Rosé wie Rosenholz spannen sich Blenden wie etwas Bekanntes; davor steht weißgrau ein Glaskrug mit Regenwaldlilien, Knospen, Blüten, voll entfalteten und schlaff dahinfaulenden, ratlos hingepinselt. Nein, es taugt nichts. Aber es erinnert. Es gehört in den gleichen Zyklus aus Inspiration und Frustration wie das schmale Triptychon auf Pappe, im Wohnzimmer über einem großen Spiegel rahmenlos festgezweckt: in der Mitte eine abstrakte Doppelknospe, smaragdgrün, theophan; rechter Hand ein hell-dunkles Stilleben mit roten Beeren unter weißem Sternblumenblick; zur Linken eine schüttere Eukalyptin neben einem kompakten Thuja und ‚Astarte ou le goût de l'absolu' im Wipfel vor türkisblauer Tropennacht. Pappe, ein reines Weiß, ein Nichts, mit Farben und Symbolen zu übermalen - es hat einst mit Anstand Geheimnis bewahrt und Seele besänftigt.

Afrika als Literatur - unvollendet

Um ‚Afrika zu verarbeiten' ließ sich einst eine *rite* Beamtete beurlauben - bis zum Ruhestand. Was dabei herauskam, steht zum einem als stützende Phalanx unter der schweren ‚Vogelwolke' oben auf dem Schrank. Zum anderen füllt es zwei Wäschefächer hinter der Schranktür zur Linken. Liegt da und wartet, wartet und liegt da und beschwert das Dasein mit der Sorge um seine Vollendung. Wie? Sollte nicht Genugtuung über soweit Zustandegebrachtes die Sorge um noch Unvollendetes mildern? Haben nicht ein *Tagtraum* und ein *Fernes Leuchten* das Libri-Licht erblickt auf eigene Kosten, um pseudonym dahinzudämmern in den Archiven der Deutschen Bibliothek? Prangt nicht ein epistolarisches Werk aus der Sicht der Frau des Feldforschers, das *Steppenperlhuhn* der Serengeti von 2003 mit einfangend, unter eigenem Doppelnamen? Gewiß und dennoch.

Das unvollendete Afrika, es besteht aus Tagebüchern, Abschriften, Auszügen und umfangreichen Fragmenten in Schreibmaschine. Archivluft weht aus den zweckentfremdeten Wäschefächern des alten Vitrinenschrankes. Wird das alles noch einmal etwas werden, und wenn - was? Ein Roman? Kurzgeschichten, Skizzen, Miniaturen? Alles Mögliche vielleicht, nur keine Wissenschaft mehr.

Ein großer weißer Ordner liegt im obersten Fach seit Jahren unberührt und wartet. Er liegt auf einem dicken durchsichtigen Ordner mit mehreren Exemplaren einer *History and Religion of Ancient Greece* aus dem letzten Jahr in Tansania, zusammen mit Griechischpräparationen und einem Memorandum über der Mutter letzten Sommer 2002. Darüber liegt ein dünner orangefarbener Ordner mit Kisuaheli für den Alltag, ein Schulheft mit Vokabeln der Dualasprache und ein zerfleddertes Lehrbuch für Koine-Griechisch. Es geht um den weißen Ordner. In ihm liegen zwischen zweihundert Seiten Maschinenabschrift die Afrika-Tagebücher No 2 und 3.

Zwei dicke schwarze Hefte liegen quer und gedulden sich. Sie harren des ersten Schrittes auf dem langwierigen Weg einer ‚Verarbeitung der Jahre in Afrika': der Abschrift weithin unleserlicher Handschrift ins Leserliche. Vor Jahren ward ein Anfang gemacht mit dem Anfang, dem Afrikatagebuch No 1. Die Abschriften mit Schreibmaschine auf Durchschlagpapier beginnen mit der Überschrift: *Die Afrikatagebücher 73 - 78.* Es folgt ein Prolog: ‚Rebtal, Dezember 2000. Ich bin aus Ostafrika zurückgekommen, um meine Mutter zu pflegen.' Da ergaben sich nebenher, während die Mutter schlief, und sie schlief viel, über hundert Seiten Abschrift von längst Vergessenem oder am Bewußtseinseinshorizont Verschwimmendem. Das erste der Afrikatagebücher begann nicht in Afrika. Es begann in England, in rückwärtsgewandter Tristesse. ‚Oxford, Sonntag, 29.7.73. Sanftgrauer Sommermorgen und das bißchen Graphit, so leicht zu verwischen und auszulöschen' – und es endete mitten im ersten Heimaturlaub – ‚Freitag, 4.7.75. ‚Sie (eine geschiedene Bekannte) ist ebenso in sich verliebt wie ich es vor zwei Jahren in Bethabara war.' In B. hatte der zwölfwöchige Ausreisekurs stattgefunden.

Damit, mit der ersten Hälfte des ersten Heimaturlaubs, war das erste der schwarzen Afrikatagbücher abgeschrieben und zu Ende. Dann gingen Zeit und Atem aus. Anfang Dezember 2002, nach dem Tod der Mutter, im Nebenzimmer der Tante, reichte es nur zu einem kalendarischen Überblick über das zwei Jahre zuvor Abgeschriebene. Die zweite Urlaubshälfte 75 (‚Fang ich mal ein neues Tagebuch an, mitten im Jahr, mitten in einer Kulturlandenttäuschung, daß alle Zahnärzte in Urlaub gehen...') und der Rest des Jahres 75, elf Blätter, liegen bislang nur als Autograph vor. Das ist der Grund, warum No 2 (75/77) zusammen mit No 3 (77/79) schwarz in dem weißen Ordner liegt.

Die unausgeschriebene Krise.

Zurück in Ostafrika und am Computer ging es über das Jahresende 02/03 hinweg weiter, aber anders. Mit dem Entschluß, die Allein-Reisen von einst zu einem Buch zu machen, wurde es notwendig, das Jahr der ersten Allein-Reise, 1976, nicht ab-, aber auszuschreiben. 1976 war das Jahr, in welchem eine unerwartete Krise begann mit Folgen über den Tod hinaus. Die Krise blieb unausgeschrieben. Daß sie unausgeschrieben blieb, muß hier festgeschrieben werden innerem Widerstande zum Trotz. Unausgeschrieben blieb auch das gesamte Krisenjahr 1977. Mitten im zweiten Heimaturlaub springt es am 12.9. in das schwarze Heft No 3 hinüber. Es fehlt des weiteren die erste Hälfte des Jahres 1978 samt dem Privat- und Wissenschaftsurlaub im Sommer. Es ist das Jahr, in dem der 41. Geburtstag auf einen Karfreitag fiel. Die Krise kann vermutlich erst ab- oder ausgeschrieben werden als Vorbereitung zu einer *Apologia pro vita sua.* Es sind die dunkelsten Stunden, Tage und Nächte der Afrikajahre. Die mit Computer ausgeschriebenen vierundsechzig Seiten des Jahres 76 sind dem weißen Ordner hinzugeheftet. Das Jahr 1978 fehlt bis zum 2. Oktober.

Im Oktober 1978 begann etwas Neues.

Weil etwas Neues begann und weil es fortdauerte, grünte und blühte über die Rückkehr nach Europa hinaus, wurde von den sechs Afrika-Tagebüchern aus zehn Jahren als erstes ausgeschrieben das letzte Jahr 82/83. Vor den Glasfassaden des Betonbungalows von Babingen blühten die Oktoberrosen. In einem Schlaf- und Arbeitsgemach zu ebener Erde, in einem Boudoir mit Bastmatten und Antilopenfellen auf dem Teppichboden saß eine nach rückwärts Verzückte und schrieb und schrieb aus und ab mit Schreibmaschine, träumte von Rückkehr nach Afrika, schrieb und wartete auf Briefe.

Das letzte Afrika-Jahr war das Jahr in der Savanne gewesen. Das Jahr der Aushäusigkeit, der Abenteuerreisen und des Raffiakorbes mit allem, was hineinkroch. Ausgeschrieben wurden die sieben Besuche hinüber zum Bitu-Berg und von dort herüber nach Mbebete. Sie illuminierten ein graubanales Dasein in Europa; sie warfen Visionen an den Nachthimmel, es zuckte und flimmerte und generierte Zustände von psychedelischen Ausmaßen. Es entstanden die ersten gewölleartigen Miniaturen...

Zeitlich vor dem Savannenjahr lag in den Tagebüchern eines halben Jahrzehnts verstreut wie Blüten- und Sternenstaub der Stoff, aus dem die Träume waren, und so wurde nach und nach nicht aus-, es wurde abgeschrieben alles, was nach der Rückkehr aus einem privaten Heimaturlaub zu Wissenschaftszwecken auf den 2. Oktober 1978 folgte. Da nämlich begann der Tulpenbaum zu blühen. Im Tagebuch No 4 (79/81) entzündete sich mit dem ersten Besuch in Mbe-Mbong das ferne Leuchten, das einen unvollendeten Roman hinter sich her schleifte durch endlose Labyrinthe. Es leuchtete weiter durch No 5 (81/82) und durch No. 6 (82/83). Erst kürzlich wurde das letzte der sechs Afrikatagebücher ausgeschrieben im Hinblick auf die ‚Reisen unter dem Harmattan'. Die bunten Reisetagebüchlein nämlich verzeichnen weder Erwartungsrituale – ‚Wie duftet das Rosmarinhaar! Wie säuselt es in den Volants der meergrünen Nixenbluse! Nehme ich *Belle vie* mit oder einen Nachtopf?' – noch registrieren sie Nachbeben. Die schwarzen Tagebücher gaben dem, was zum ‚Tagtraum Afrika' und zum ‚Fernen Leuchten' wurde, die Bestätigung des wirklich Erlebten. Die Inspiration kam nicht aus dem Nichts. Die Muse aber, sie kam nicht aus Pierien oder vom Parnaß; sie kam aus den Bergen von Mbe...

Sie kam in uneindeutiger Gestalt und klumpfüßig. Was hat sie aus- und angerichtet im Laufe der Jahre? Sieben mal blühte der Tulpenbaum; sie hinkte darum herum, in immer engeren Spiralen Geheimnis einkreisend, gewissenhaft, als ginge es um Wissenschaft. Konnte das gutgehen?

In einem staubgrauen Mammut-Ordner, im dritten Wäschefach von oben, liegt es drohend teils und teils beruhigend abgeheftet: das Ab- und Ausgeschriebene – Schreibmaschine auf dünnem Papier – vom Oktober 78 bis zum Juli 83, knappe fünfhundert Seiten; mehrere Faszikel. Als letztes kamen kürzlich und im Hinblick auf den Korb aus Raffiabast hinzu fünfzig Computerseiten Exzerpte aus dem Tagebuch No 6.

Dies also ist in optisch leserlicher Form das Rohmaterial, das zu verarbeiten war und zu einem größeren - oder kleineren? - Teil immer noch wäre. Zwölf Jahre der Beurlaubung sind längst in den Ruhestand übergegangen. Was ist noch machbar, was ist sinnvoll, welchen Stellenwert hat dieser Afrika-Idiotismus im untergehenden Abendland?

Stadien des Scheiterns der *Reise nach Mbe*

Das Ab- und Ausschreiben von Tagebüchern war nicht der erste, es war der *zweite* Schritt auf dem Wege des ersten Afrikaromanunternehmens. Der *erste* Schritt war ein Straucheln und Stürzen. Wie läßt es sich nach einem Vierteljahrhundert noch sagen? ‚Auf dem blanken Bretterboden lag ausgebreitet die ganze irre Innerlichkeit...' Der Bretterboden befand sich im Schlafzimmer des alten Missionshauses im Regenwald. Es war um Mitternacht, und was da lag, war wirres Traumgewölle...

Die erste Reise nach Mbe hatte, was seit drei Jahren schwelte, zum Aufflammen gebracht. Im Harmattan der ersten Inspiration formte sich am nächsten Morgen (tropischer Dezember, kurz vor Weihnachten) der erste Satz - ‚Es war schon spät am Nachmittag' - eines Monumentalromans, dessen erstes Kapitel alsbald zu einem Bildungsroman ausuferte. Die Heldin sollte wie Schillers geharnischte Jungfrau in voller Rüstung ihrem Schicksal begegnen. An dieser vollen Ausrüstung mit Bildungsgütern, an virtuellen und realen Bücherregalen, scheiterte der Roman nach zahllosen handschriftlichen Entwürfen und fünfzig Seiten Schreibmaschine auf lindgrünem *foolscap*-Format. Ein närrisches Unternehmen in der Tat. Seitdem ein Steinbruch für das fünfte oder sechste Kapitel des *Kenotaph*.

Eine graue Mappe mit Gummizug dokumentiert die Stadien des Scheiterns. Es war auf dem Hochseil einer freibalancierenden und weitausholenden Darstellung des langsamen Heranreifens einer hochqualifizierten *midlife crisis* offensichtlich nicht zum Ziele zu kommen. Es bedurfte eines Leitseils und des festen Bodens verbürgter Fakten. Es bedurfte der Tagebücher. Die Tagebücher aber waren Kata- und Anabasis in einem. Das ersehnte Ziel entzog sich. Keine *Thalassa* kam in Sicht, nur Seen und Sümpfe.

Das siebente Jahr in Nyas.

Einen Neuansatz vermerkt der 14.Oktober 1985. Es hatte im Januar-März die große Revenant-Reise aus europäischem Winter in den wohlig warmen Staub der Savanne stattgefunden und im September der Einzug in ein Atelier am Rande der Stadt und in die Freiheit einer Beurlaubung.

Der Neuansatz versuchte es mit dem guten alten Rat *medias in res* zu gehen und erwählte zu diesem Zwecke das siebente Jahr in Nyas, das Jahr vor der ersten Reise nach Mbe. Es begann mit der Rückkehr aus dem Freijahr in Europa. Nach einem letzten *rite* und mit säuerlichem Lob absolvierten Wissenschaftsritual im Examenskostüm richtete die Heldin ihr Sinnen auf *die* Reise. Das Sinnen ward spiralig dargestellt und machte langsame Fortschritte. Mit der Schilderung sozialer Aspekte des Lebens in Regenwald als äußerstem Kreis; mit individuellen Daseinstopoi (eine Kapelle, ein Garten, das Ehegehäuse) als innerem und den Geheimnissen des Tagebuchs als innerstem Kreis ergaben sich über dreihundert Seiten graugrünes *foolscap* Format Schreibmaschine (das wäre ein Doppeltes an Seiten in Buchformat). Sie waren gedacht als Hinführung zum ersten Aufstieg ins Abseits der ersehnten Berge. Die Reise war endlich eingefädelt, der Landrover steht bereit –

Da springt im dritten Kreis, im innersten, im Tagebuchmodus, die Zeit zurück vom siebenten ins sechste Jahr. Warum? Nun, man will doch wissen, wie alles anfing. Auch das Wissenschaftsjahr dazwischen bedurfte der Skizzierung. Alles zusammen ergab ein dickes gelbes Bündel, welches ein Gummiband nur mühsam zusammenhält: *Das siebente Jahr in Nyas* ist ein Monumentalfragment der ausweglos versteinerten und auseinandergebrochenen *Reise nach Mbe*. Einer Reise ohne Hoffnung auf Ankunft. Dann brachen auch die Kreise des *Siebenten Jahres* auseinander.

Der Isidor-Roman und anderes.

Als drei Kreise und neun Kapitel beieinander waren, begann die thematisch gegliederte Masse in ihre thematischen Teile zu zerfallen. Das Kapitel VII, *Isidor oder die Ehe*, war so eindeutig ein Roman im Roman, daß es schon in Juni 88 herausgebrochen, in Schulheftformat umgeschrieben und fotokopiert wurde für denjenigen, welchen es anging - ‚Hier, sieh mal, wie es sich aus meiner Sicht ansieht.' Die Kapitel mit Schilderungen des Lebens in einem Campus im Regenwald, samt Wanderungen, Reisen und Ausflügen - zu Kraterseen, in die Hauptstadt, ins Nachbardorf - würden recht gut taugen für anspruchsvolle Rundbriefe. Sie wurden ebenfalls herausgelöst und liegen seitdem unbearbeitet da. Desgleichen das Wetter. Die meteorologischen Tagebucheinträge - ‚Dann zogen die Monde vorüber. Regen rauschte, Wind und Wetter fuhren einher, Sommer blühte ums Haus...' - ließen sie sich nicht zu einem dithyrambischen Prolog komponieren? Diese Bruchstücke hält ein hoffnungsvoll grün glänzender Ordner zusammen. Es kam der Morgen im Herbst 1988, an dem das Schreiben mitten in einem Satz abbrach. Seitdem liegt Afrika als Monumentalroman *unvollendet* da.

□

Teil Zwei

Ein Korb

und der Glanz der Savanne

Reliquien und Miniaturen

Übergänge

Die sieben Gesichte am Bitu-Berg
Späte Miniaturen

Trockenzeitfieber
Frühe Miniaturen

Übergänge

Das Unvollendete der Erfahrung Afrika - eine Verschriftlichung mit literarischem Anspruch erst würde Vollendung bedeuten - es füllt zusammen mit Ahnendokumenten und Erinnerungen an Familienschicksale den größeren Teil des Vitrinenschrankes. Im Sog der Sorge um mancherlei - um Gesundheit, Muße, Jahre bei Geisteskraft und Seelenfrieden - durchflackert es das Dunkel, das sich in dem alten Familienmöbel im Schatten Persephones angesammelt hat. Noch geht alles gut. Aber wie lange noch und was soll mit dem Unvollendeten im Rahmen noch unbestimmter Nachlaßverfügungen geschehen?

Welches Gewicht dürfen Sorgen dieser Art beanspruchen im Blick auf das Schicksalsdunkel der Familienüberlieferung, in welchem sich kaum Übergänge zu helleren Schattierungen andeuten? Worin bestand der Lebenssinn der Ur- und Großmütter? Vermutlich in Kindern und Enkeln. Was hatte der Vater von seinem kurzen Leben? Was der Neffe? Was die Mutter von ihrem langen? Was würden sie von einer *Kleinen Nekyia* halten? Vermutlich wenig. Was soll's. Was wäre Afrika für sie? Ein frommer Spleen, wie für die Mutter. Wo finden sich Übergänge - von Schicksalsschwere aus dunkler Eiche, von Sorgen um einen Nachlaß zu leichtgewebtem Savannenglück aus Raffiabast?

Vielleicht finden sich Übergänge von Dunkel nach Hell, von Schwer nach Leicht in dem Wenigen, was sich an bereits Veröffentlichtem angesammelt hat. Stützt nicht eine Phalanx von sieben Büchern die Vogelwolke über dem Gesimse des Schrankes? Müßte es nicht genügen? Ach nein.

Es ist ja bei weitem noch nicht alles. Zwei monumentale Fragmente, das unvollendete *Kenotaph*, die abgebrochene *Reise nach Mbe* und die noch unbewältigten Stoffmassen in Wäschefächern und Weidenkorb, sie lassen Zweifel aufkommen. Der zähe Stoff, den jedermann vor sich sieht, die anspruchsvolle Form als Wanderhorizont...

Bescheidene Kleinformen

Vielleicht - nein, sicher entsprang das Fragmenten-Malheur einer Unbescheidenheit der literarischen Form. Das Lebensabenteuer Afrika, ungeeignet für Wissenschaft, Politromane oder Exotikvermarktung, eignet sich offenbar eher für bescheidene Kleinformen. Nahm es nicht nach und nach Gestalt an in Texten unbeträchtlicheren Umfangs? Eine *Spur im Staub,* als dünner Separatdruck, ein Gemisch aus Landschaftslyrik, Schicksalserzählung, Kulturphilosophie und verheimlichtem Eigentlichen: war machbar und ist zumutbar. Ein *Tagtraum Afrika* beginnt mit dem leicht überarbeiteten ersten Kapitel des unvollendeten *Kenotaph* und fügt andere Kleinformen hinzu - einen Reisemonolog, einen Kurzroman über die Tanzträume der Lebensmitte, und als viertes ein Episodenmosaik, das siebenundsiebzig Verlage nicht haben wollten. Ein Buch von 370 Seiten ist daraus geworden, pseudonym und lesbar - für Leser, die jede zweite Seite zweimal lesen und auch lyrischer Langeweile Reize abzugewinnen wissen. Weitere 400 Seiten erinnern nicht nur *die* Reise nach Mbe, die erste; sie erzählen auch alle übrigen Reisen den Reisetagebüchern nach.

Das unvollendete Afrika, es ist - im Blick vor allem, wenn auch nicht ausschließlich, auf das Erlebnisschöne - mosaikartig greifbar geworden in Kleinformen, aus welchen Bücher wurden. Vielleicht reichen Lebenszeit, Verstand und Neigung hin, um aus den monumentalen Fragmenten des dritten Wäschefaches weitere, in sich geschlossene Kleinformen zu basteln. Die Steinbrüche der *Reise nach Mbe* und die Tagebücher, sie sind bei weitem noch nicht erschöpft. Die Tagebücher vor allem warten, und es wartet *Das Kenotaph*, in welches sich allerlei Kleinformen einbauen ließen. Und darüber wölbt sich der Korb.

Was sich in dem Korb befindet

Ahnenschatten und die Erinnerungen an katastrophale Vergangenheit füllen mehrere Wäschefächer des Vitrinenschrankes; vorauslaufende Sorgen bereitet der Nachlaß zu Lebzeiten. Wäre das alles, es wäre traurig und kaum erträglich. Über den Schatten und Sorgen aber thront ein Stück Afrika, ungetrübt von Enttäuschungen und Vergeblichkeiten. Blick und Seele erheben sich zu dem Wunderbaren des einen Jahres, als dessen spätes Symbol der Korb sich erweist. Es ist der Vollendung nahe. In dem Schönen befindet sich Schönes und ein wenig Geheimnis.

Es befindet sich darin der Glanz der Savanne.

Etwas, das auf der einen Seite weder Leib noch Leben noch Freiheit bedrohte, auf der anderen nichts gemein hatte mit Urlaubsluxus, Genußsucht oder publikumswirksamen Sensationen. Die Möglichkeiten waren bescheiden, das Abenteuer in Zaum gehalten durch den kategorischen Imperativ. Das Nervensystem war filigran, der Genuß subtil, der Luxus ein Luxus der Bedürfnislosigkeit. Des Daseins Leichtigkeit, das Schwebende des einen Jahres unter dem Harmattan, es verdankte sich Erlebnissplittern, die sich als inspirativ erwiesen ob ihrer Winzigkeit. Erinnerungen und Andenken an das Jahr in Mbebete enthält der Korb: Reliquien und zweihundert Seiten Miniaturen.

Wenige Reliquien aus Textil und ein Fotoporträt: Dinge, deren hier Erwähnung getan werden soll. Wären die Texte, wäre das beschriebene Papier nicht, diese stummen Zeugen würden, zusammen mit einer Handvoll Fotos und einer Schnabelschale aus schwarz gebranntem Ton mit Goldglimmer alles sein, was aus dem schönen Jahr in der Savanne eines Tages übrig bleiben würde, um weggeworfen zu werden oder in einem Ramschladen zu enden.

Wo wäre Raum für die Beschreibung textiler Erinnerungen, wenn nicht hier? Raum wäre in der Wölbung des Korbes für sehr viel mehr als was sich tatsächlich darin befindet. Es könnte sich daselbst zusammenrollen vieles von dem, womit eine Umherreisende, eine öffentlich Amtierende und privat Präsentierende sich einst kleidete – ein hüftlanger Kasack, Beinkleider und ein Batistoberhemd in unscheinbarem Staubbraun; ein bodenlang fließendes Rabenschwarz mit Silberschnalle am Gürtel, daraus hervor lilienweiß Volants und lyrische Stimmungen sich kräuselten: Prinzessin Elster und ihre Verwandlungen am Bitu-Berg. Ferner eine meergrüne und mit ähnlich wellenrauschenden Volants verzierte Nixenbluse für abendliche Stunden zu zweit auf einer Bank vor rosa getünchtem Backstein, und ein faltenreiches Colanußdunkelbraun, silbergestickt von den Schultern fließend bis hinab zu leichten Sandalen für den frühen Morgen, den Tau zu betreten im kühlen Sand hinter einem gastlichen Haus. Es hätte Platz in dem Korb, aber es ist darin nicht vorhanden.

Vorhanden ist halb Vergessenes, mürbe vor Alter und ausgeblichen. Es entzündet sich kein fernes Leuchten mehr daran. Es schaukelt sich nichts mehr auf in berauschend hohen Bögen von Kontinent zu Kontinent. Keine Tagträume zirpen mehr unter nachtblauem Gefieder hervor.

Nichts von alldem ruht da mehr auf dunklem Grund - aber wenige Reliquien erinnern daran und wecken alte Träume wieder auf. Es liegt in dem Korb ein ausgeblichener grüner Kittel, ein ausgefranstes blaues Polohemdchen, ein braunstichiges Lächeln und eine alte Kleinbildkamera.

Die alte Kamera der Schwiegermutter hat längst ausgedient. Sie machte nur ganz kleine Bildchen; aber sie fing so viel an Augenblick und Savannenglück ein - Aussicht von hohem Berg hinüber und hinab zum Hexenpilzring eines Dorfes auf einem Kraterrand; einen letzten von vielen Abschiedsblicken zurück nach Mbe - so viel, daß es nicht möglich war, den ausgedienten Apparat wegzuwerfen. Er ist ja so klein und es hat so viel Platz in dem großen Korb.

Alt und abgetragen sind die Textilien, die ein Nachkramen zutage bringt. Zusammengerollt sank in den Staub der Gleichgültigkeit, was einst mit wechselnden Wellenlängen zwischen Traumblau und Tulpenbaumrot Theophanes abstrahlte und Gedichte (‚Wenn das Glück nun autochthon erschiene / Apfelgrün auf melanidem Grunde...') inspirierte. Der ausgewaschene Baumwollkittel, mehr grau als grün. Schlaffes Gewebe. Es entrollt - ach, find ich das hier? - ein mürbes Polohemdchen, pflaumenblau, Nadelstreifen, weißes Krägelchen, streng und sportlich, darin sich einst die gespannten Jahre des Übergangs gefielen, erfüllt von ruhelosem Wandern schweifenden Blicks über Gehügeltes hin bis zum Horizont und, ganz nahe und in unmerklich-merklicher Auflösung begriffen - das!

Zwischen dem grünen Arbeitskittel (Gartenarbeit, drei Jahre Radieschen und Radieschengespräche) und dem Polohemdchen steht sperrig etwas, das seit zwölf Jahren keinen anderen Ort mehr findet: ein Bildnis, halblebensgroß und gerahmt. Aufrecht in ganzer Höhe steht es in der Höhle des Korbes: das braunstichige Fotoporträt eines Aufrechten, der nie aus einem Rahmen fiel und geschehen ließ, daß *Na'any* eines Tages das Bild von der Wand und mitnahm. In der Höhle des Korbes steht es zwischen den übrigen Überresten des Wunderbaren. Über der Korrektheit einer Krawatte zwischen breiten Jackettrevers hält sich in der Schwebe ein ernst verschwiegenes Lächeln.

So weniges, das so viel war und bewirkte. Erlebnissplitter. Sie inspirierten ein Schreiben als Mittel zum Zweck von – nun, Gefühlskultivierung und Selbstbewahrung.

Schreiben zu jener Zeit eines krisenhaften Übergangs bedeutete ein Doppeltes. Es war zum einen *Daseinsüberhöhung*. Etwas ist schön und wird noch schöner, wenn es sich schön sagen läßt mit Worten, die es bewahren. Es bedeutete zum anderen *Krisenbewältigung*. Etwas droht zu überwältigen nach der unrechten Seite hin. Wenn es nicht in Worte gebannt werden kann, gerät es aus den Geleisen dessen, was sich ziemt. Die Zeiten, die Sitten und die eigene Überzeugung waren streng, und es war gut so. Sehr gut sogar. Das Schreiben im stillen Kämmerlein, ins verschwiegene Tagebuch, es verhinderte Ungehöriges, Verstörungen und Peinlichkeiten. Ein altes Rezept? Es werfe sich aufs Tagebuch, wer Verwerfliches zu sagen oder zu tun vermeiden will. Es notiere Tagträume, wer wach und nüchtern bleiben will.

Dem Schreiben also konnte einst ein autotherapeutischer Zweck zugestanden werden. Was dabei herauskam, war ungenießbar. Durch mehr als zwanzig Jahre hindurch ist an den damals entstandenen Texten verbessert und verschönert worden: könnte das die Appretur sein, die, wenn auch keine literarische Hochform der damit behandelten Texte garantierend, so doch dem Wortgewebe einer so langen

Penelopeia-Bastelei Sinn und eine Daseinsberechtigung zu geben imstande wäre? Ließe sich damit ein Befall durch die Schimmelbakterien des Zweifels, die mühsam Hergestelltes verunzieren könnten, verhindern? Wer soll die Frage beantworten? Im Bauche des Korbes rumort es. Nach einem Vierteljahrhundert des Zögerns und der Bedenken will es ans Licht und zwischen zwei Buchdeckel.

Miniaturen

Ins Innere des Korbes also krochen irgendwann und unbemerkt die sieben Gesichte am Bitu-Berg und die übrigen Tagträume jenes Jahres in der Savanne und einer vorübergehend Ehemüden. Sie krochen hinein und verpuppten sich und brauchten lange, um langsam dunkelsamtne Tagpfauenflügel auseinanderzufalten.

Was in der Wölbung des Korbes rumort und nach fünfundzwanzig Jahren herauswill, sind zweimal knapp hundert Seiten: zu wenig für ein Buch, zu leicht für ernsthafte Besinnung auf den Sinn der Jahre in Afrika. Dennoch und trotz der Schatten, die in dem alten Vitrinenschranke hausen, soll das Schöne von einst ans Licht geholt werden.

Der Deckel schiebt sich zur Seite. In die Wölbung senkt sich zögernd ein noch immer mißtrauischer, ein skeptischer Blick. Um die wenigen textilen Reliquien und das braunstichiges Fotoporträt ringeln sich, grüngold geschuppt, die *Sieben Gesichte am Bitu-Berg*, ausgekrochen erst kürzlich. Sodann der Falter *Trockenzeitfieber*, noch schlaff von den Mühsalen der Entpuppung, fünf Miniaturen, langsam gewachsen in fünfundzwanzig Jahren, immer wieder neu zurechtgebogen, gewogen und zu leicht befunden und nun –? Sollen die Kleinigkeiten, weil sie so leicht, so schlaff, so unvollkommen sind, als *quantités negligeables* in Verschollenheit geraten? Soll das Wenige, das schön und harmlos war, im Staub des Vergessens enden? Es soll nicht. Es soll nicht sein als sei es nicht gewesen. Das Zwielicht der Fragwürdigkeit freilich, es wird am Ende um diese zu leicht befundenen Kleinigkeiten am unruhigsten flackern.

Ein zweiter, ein freundlicherer Blick taucht ins Gewölbe des Korbes. Unterhalb der Korrektheit einer Krawatte ringeln sich um die Doppelreliquie Gartenkittel und Polohemdchen die ehrbaren Abenteuer einer Frau Mitte Vierzig im Freiraum dessen, was das eine Jahr in der Savanne ermöglichte. Ehrbar ja, und harmlos auch, und im Grunde - in lidlos schmalem Augenschlitz spiegelt sich wider, was einst Gesichte heraufbeschwor, entzündet und entzückt an Winzigkeiten: ein Diamantblitzen der Empfindsamkeit.

Die Sieben Gesichte am Bitu-Berg, dem Tagebuch überhöhend nachgeschrieben, sind Altersprosa, erst wenige Wochen, wenige Monate jung und raschelnd wie eben geschlüpfte grüngoldene Schlänglein. (Wofern es nicht gewöhnliche Eidechslein wären, geschrumpft aus den Dinosauriern eines ursprünglich großen Gefühls). Das *Trockenzeitfieber* hingegen ist alt sowohl als jung. Ein schwieriges Gemisch aus beidem. Es hat Stadien durchlaufen. Ursprünglich ein Hybrid aus Tagträumen und Schreibtherapie, rann es, anadyomenischer Seelenhauch kondensierend an kühler Vernunft wie Atemluft an Fensterscheiben, hernieder aufs Papier. Wer wird denn weinen, so lange es Papier, Bleistift und wohlfeile Worte gibt?!

Eiertanz und Rührei.

Die Wohlfeilheit der Worte machte, daß aus klebrigdicken Tropfen Raupenähnliches kroch – es kroch über das Papier in nackt-naiver teils und teils in haarsträubend hochgestochener Sprachgestalt. In Ruhe gelassen verpuppte es sich. Und versuchte zwischendurch und jahrelang immer wieder, dunkelbraunsamtene, saphirblau äugelnde Falterflügel zu entwickeln, um hervor- und hinaufzuschweben, wenn möglich bis zum Parnaß – ach, es kam wohl nur bis in die Kastaliaschlucht, wo der Drache strenger Selbstkritik haust und faucht.

Einige wenige der Miniaturen gerieten in abendlich-gutwillige Lektüre- und Echobereitschaft ein Stockwerk tiefer, wo auf champagnerfarbenem, rotwein- und zwiebelkuchengeflecktem Sofa ein anderes Stilgefühl sitzt, das sich bisweilen kundtut in spitzzüngigen Apercus.

- Nun, was meinst du?
- Ein Eiertanz, Lieschen.
- Hm. Ich will's noch einmal durchsehen auf –
- Rührei.

Rührei? Es sei, was es wolle. Es war, wie es war – es war schön. Schön war das Savannen-Abenteuer der Lebensmitte. Es wäre indes und bei aller Ehrbarkeit ohne das sichere Gehäuse der Ehe nicht möglich gewesen. Nicht einmal vorstellbar. Daher Gratwanderung. Daher Eiertanz.

Shall I compare thee to ...

Einem Sommertag? So war es einst. Inzwischen würde ein Vergleich eher auf ein Behältnis von solch wölbiger Fassungskraft und schöner Gestalt wie der bastblonde Korb auf dem Vitrinenschrank zielen, dicht neben dem Ziegelrot des Terrakottaporträts, und in Erinnerung rufen: ein Geschenk. Der Korb und das Jahr in der Savanne, Geschenk war beides. Geschenk und Ausdruck frommer Vernunft, damals; vielleicht auch allmählichen Verstehens und darüber hinaus heimlichen Heim- und Zurückwerbens. Ein Geschenk und Symbol der Zugehörigkeit ist der Korb.

Denn im Grunde - im Grunde war und ist das stabile Gerüst aus biegsamen Raffiarippen, überspannt vom Mattgold des Raffiabastes - im Grunde und so weit des Lebens Radius reicht, ist der schöne Korb Sinnbild eines Sinngeflechts und einer Zuflucht.

- Du bist mein Mbebete-Korb. In dich kann ich mich verkriechen.
- Schön und gut. Und du? Warum strampelst du darin herum und kratzt mich von innen an?

Das ist ein anderer Roman, und auch er ist noch nicht zu Ende geschrieben.

*

Der Korb und die Körbe

Nun fehlt noch ein szenischer Übergang von dem Korb auf dem Vitrinenschrank im Schatten Persephones zurück zu dem Korb, der einst in Mbebete, blonder als der Geber der Gabe und schöner als alle anderen Körbe, aus einem grauen Jams- und Kartoffelsacke stieg. Ein solcher Übergang findet sich am Leitfaden der Afrika-Souvenirs, die eine Alters- und Doppelwohnung füllen.

Wer Abschied nimmt nach langen Jahren, nimmt Andenken mit. Am leichtesten sind Erinnerungen und was je und dann eine Kamera festgehalten hat. Es läßt sich hervorholen, wann immer jemand käme, zu Besuch etwa, der es hören oder gar sehen wollte bei einem Gläschen Trollinger mit Lemberger und im Falle höflicher Nachfrage.

Dieses Foto etwa: ‚Ach ja, da bin ich über einen Fluß gekrochen, mit gebogenen Knien und hangelnden Armen.'

Das Abenteuer läßt sich auf Glanzleinwand werfen. Das Gehangel ist kaum sichtbar im Geflecht einer Lianenbrükke und der Fluß ist flach; man könnte ihn ebenso gut durchwaten. Aber es ist noch nicht jeder über eine Lianenbrücke gekrabbelt. Es kribbelt ein wenig, angehaucht von einem Hauch Abenteuer. Aufs ganze gesehen freilich – nun, es ist am abendlichen Fernsehschirm Abenteuerlicheres zu haben.

Aus Tagebüchern, die etwas schwerer im Fluggepäck hängen, läßt sich vielleicht ein Buch machen, vierhundert Seiten dick und mit Schwarz-Weiß-Fotos verziert. Ehe die Disketten in den Archiven gelöscht und die wenigen gedruckten Exemplare im Limbus der Antiquariate verschwinden, erfreut es sich des papierenen Daseins und der ihm eingeprägten Spur des vergänglichen Geistes.

Mit solchen Andenken aus Geistesspur und Papier läßt sich in heimischen Landen freilich keine Wohnung ausstatten zum Staunen von Daheimgebliebenen oder allenfalls bis zur Chinesischen Mauer Gelangten.

Zum Staunen kaum, allenfalls zu einem höflichen Gemurmel würde es reichen, wenn einige wenige raumgreifende Dinglichkeiten aus äquatornahem afrikanischen Kunsthandwerk zur Geltung kämen. Textilien etwa –

‚Diese Decke aus grober Baumwolle haben kunstfertige Männer gewebt und bestickt mit Schlangen und Skorpionen.' ‚Dieses Prachtgewand aus nougatbrauner Kunstseide mit barocker Silberstickerei kann man im Vorübergehen am Straßenrande erfeilschen.' ‚Von diesen naturfarbenen

Batikbildchen möchte ich Ihnen eins verehren – Giraffen oder Nashörner?' ‚Dieser geschnitzte Schemel? Nein, kein Ebenholz. Die Schwärze ist Schuhwichse. Aber hier, dieser Brieföffner ist echt und Ebenholz. Und der da Elfenbein. Ja, naturgeschützt. Das da? Gebrannter Ton, unglasiert, rauchgeschwärzt, eine schöne Schnabelschale, nicht wahr? Sehen Sie den Goldglimmer? Es ist die Gegengabe für ein Sofakissen in Kelimstickerei. Vermutlich haben es inzwischen die tropischen Motten gefressen. Aber das hier könnte die Jahrhunderte überdauern. Erde, die nicht so schnell wieder zu Erde wird.' Auch Bronze käme in Frage – ‚Ja, eine echte aus Benin; so schön wie sie teuer war. Der Händler Ali hat sie mir besorgt.' Oder Fell – ‚Das hier war einst eine Antilope und das da eine Buschkatze; sie halten Motten nicht allzu lange stand; aber für eine paar Jahre können sie, wenn man ein ganzes Haus zur Verfügung hat, dem einen oder anderen Zimmer ein exotisches Flair verleihen. Finden Sie nicht?' Weitere Kleinigkeiten aus Ebenholz und Elfenbein, aus Messing, Blech und Kaurimuscheln könnten am Rande von Bücherregalen oder auf Fenstersimsen herumliegen.

Nein, kein Wort über das Afrika der Katastrophen und des Elends, der Bürgerkriege, der Krankheiten und des Hungers. Da kennen sich andere besser aus. Es gibt ein Afrika, das hinreichend arm, aber nicht elend ist.

Daher der Gast sich guten Gewissens weiter umsehen möge. Dort drüben etwa – Gegenstände aus Gras und Bast; geflochtene Taschen, Schüsseln, Schalen und Körbe groß und klein und in der Mehrzahl durchaus brauchbar. In ihre überschaubare Zahl gehört der große Korb auf dem Vitrinenschrank. So schön, so repräsentativ. *A thing of beauty*, aber praktisch zu nichts nütze.

Er ist nicht der einzige seiner Machart. Zwei Körbe ähnlicher Art, kleiner und anspruchsloser, flogen vor mehr als zwanzig Jahren nordwärts über die Sahara. Auch sie sind schön. Auch sie waren Geschenke; jedoch aus anderen Händen und als Zeichen herkömmlicher Höflichkeit.

Die Hände, die den einen der beiden Körbe übergaben, waren irgendwie im Spiele beim Zustandekommen der Gesichte am Bitu-Berg. Aus den Händen derer, die dem Spiele zusahen und Anlaß hatten, einen Gast zu ehren, kam der andere, kleinere Korb. Beide Körbe sind handliche Einkaufskörbe. Weil sie einen Deckel haben, fürchten sich die kleinen Verkäuferinnen hierzulande wie zum Spaß und fragen: Ist da eine Schlange drin? ‚Sogar ihrer zwei.' ‚Huch.' Nicht wahr? Und ein Lachen.

*

Drei Körbe aus Raffiabast; drei Geschenke aus dem einen Jahr in der Savanne. Drei ineinandergreifende Ereigniskreise. Mit dem Bitu-Berg verbunden sind alle drei.

Zum ersten, weitesten und öffentlichsten der drei Kreise gehört der kleinste der Körbe und ein kleines Dorf, verstreute Lehmgehöfte zwischen Kaffee und Bananen, eine Siedlung an den Hängen des Bitu-Berges unterhalb der Hochfläche und der Kraterseen. Die Dorfbewohner, zumindest ein den Sonntag heiligender Teil von ihnen, sie bildeten den weitesten Kreis. Eines Tages fühlten sie sich einer Weißen zu Dank verpflichtet für Gefälligkeiten, die sie ihnen erwiesen hatte. Da kamen die Ältesten und überreichten in feierlicher Zeremonie einen Korb aus Raffiabast, groß genug zum Einkaufen von Kleinigkeiten. Die Öffentlichkeit, die das Korb-Geschenk umgab; das Redenhalten und Repräsentieren einer Prinzessin Elster, so wie sie sich damals sah und fühlte, war die Bannmeile, innerhalb welcher die Gesichte am Bitu-Berg sich zeigen und in hohe Höhen hinaufzustrahlen vermochten.

Zum zweiten und engeren Kreis gehört der mittlere der Körbe und ein Haus am Bitu-Berg auf halber Höhe, in welchem ein Gast von Mbebete herüber, eine Frau und Fremde, als Gast willkommen war. Auch zum Übernachten. Der Gastgeber, der das schöne, oval gewölbte Raffia-und-Bast-Gebilde eines Tages schenkte, hatte weit zurückreichende und noch viel weiter vorausschauende Gründe, sich zu Dank verpflichtet zu fühlen. So kam aus seinen Händen in die Hände des Gastes dieses Stück einheimischen Kunsthandwerks. Dabei ergab sich, längs der Verwerfungslinien zweier Kulturen, daß der Schenkende nicht wissen konnte, was er in metaphorischem Sinne tat. Die Beschenkte, seit Jahren hin und her bewegt, halb beschuht, halb nackten Fußes dem Sand Spuren einprägend, innerlich unbefangen nicht, in jeder Öffentlichkeit jedoch überlegenes Selbstbewußtsein zur Schau tragend - sie bekam, was sich nur auf dem herkunftsbedingten Hintergrunde ihrer Sinnwahrnehmung ins Anders-Bedeutsame übertragen konnte.

Sie bekam also diesen Raffiakorb und alles war in bester Ordnung. Der Korb war schön. Dunkelgrünes Strickzeug paßte hinein samt den sperrigen Nadeln. Eine Jacke ward gestrickt, gedacht als Gegengeschenk für den großen Korb vom März aus ehelichem Gedenken an eine Aushäusige. So überkreuzten sich Gaben und Inhalte. Denn während in dem Korb, den eine vorübergehend Ehemüde bekam, das eheliche Strickzeug Platz fand, krochen in den großen Mbebete-Korb irgendwann die sieben Gesichte am Bitu-Berg, und fünf weitere Miniaturen fanden später ebenfalls darin Platz. Auch das war in Ordnung. Denn das Sehen der

Gesichte und das Träumen von Tagträumen verdankte sich im tiefstem Grunde dem Gebundensein, fester als mit Bast, und der Fassungskraft des wölbigsten und schönsten der drei Körbe, eben jenem auf dem Vitrinenschrank. Eben jenem aus dem Kartoffelsack und einer lyrischen Stimmung *‚Shall I compare thee...'*

Im tiefsten Grunde - gewiß. Denn anfangs und an der Oberfläche mochte es sich ungehörig angefühlt haben. Aber dann erschien, zur Beruhigung aller, die Wert auf Gehörigkeit legten, es erschien die Weiße am Bitu-Berg in ehelicher Begleitung. Der Ehemann, welcher sich anfangs unwillig, allmählich jedoch verständnisvoller zeigte, tat es einer Eigenwilligen zu Gefallen. Er kam zu Besuch aus dem Waldland im Januar; seiner Zustimmung und Vermittlung verdankte sich die zweite Reise nach Mbe-Mbong im Februar und im Alleingang. (Eine ganze Woche lang trieb sich eine Ehefrau und Fremde auf eigene Faust und auf eigenen Füßen im Abseits der Berge von Mbe herum.) Dann stieg Ende März der große Korb aus dem grauen Sack; das Stricken einer grünen Jacke unterbrach Reisen und Tagebuchschreiben, und Anfang Juli kam der im Regenwald Zurückgelassene herauf nach Mbebete, um sein ehelich Weib verabredungsgemäß heimzuholen auf dem Umweg über ein zweites Erscheinen am Bitu-Berg. Mußten nicht alle Verdächte vollends beiseite rollen?

Das Jahr in der Savanne rundete sich ins Ehrenwerte. Alles wandelte auf den geraden Wegen des Gehörigen. Der eine Korb, der große schöne, und die beiden anderen Körbe, die kleineren, ebenso schönen, sind des Gehörigen und Ehrenwerten erinnerungswürdige Zeugen.

DIE SIEBEN GESICHTE AM BITU-BERG

SPÄTE MINIATUREN

Wie es begann

Das erste Gesicht

Die Orange

Wiedersehen und Besichtigung eines Hauses

Das zweite Gesicht

Berg über Bandiri

Bei seinem Anblick straucheln und Blütenrot erblicken

Das dritte Gesicht

Rauch

und eine gewisse Traurigkeit aufsteigen sehen

Das vierte Gesicht

Sternenspreu

in der Morgenfrühe durch Baumkronen rieseln sehen

Das fünfte Gesicht

Nympheen

auf einem Kratersee und dem Höhenwind nachträumen

Das sechste Gesicht

Thronende mit Hof

Prinzessin Elster auf einem Gruppenbild

Das siebente Gesicht

Ein apfelgrüner Kittel

Abschied und blindes Nachtasten

Wie es begann

An einem elften Oktober, und es ist nun fast ein Vierteljahrhundert her, als in Europa eine sozialliberale Koalition in die Brüche gegangen war und man sich weiter südlich wieder zu Fuß nach Gibraltar begeben konnte, da leuchtete die westafrikanische Savanne goldgelb und glückverheißend. Des eigenen Daseins eheliche Koalition driftete in ein für damalige Gepflogenheiten ungewöhnlich liberales Stadium, so daß es manchen Leuten scheinen mochte, es wollte eine zu Fuß über die Grenze und am Felsen eines Abenteuers abspringen und übersetzen. Die Leute sahen das Band nicht, das feste, dehnbare, das der eine so locker in Händen hielt, daß die andere Seite sich gut angebunden und dabei einigermaßen frei fühlen konnte. Gewiß, die Angebundene wollte das Abenteuer, aber sie wollte es in kleinen, harmlosen Dosen. Nur ein wenig Beweglichkeit und Freiheit, um vom Rand eines Felsens, ähnlich dem von Gibraltar, zur nahen Küste eines anderen Kontinents hinüberzublicken, mehr nicht. Keine Feldforschung, kein Tourismus, kein seliges Verschollensein. Aber auch kein Sprung ins Meeresleuchten der Träume; erst recht keine ‚Reise in die schwarze Haut'. Kein Fuß, nicht einmal ein kleiner Zeh, ins Abseits. Kein ordinäres Abenteuer. Keine dummen Geschichten.

Auf dem schwarzen Kontinent lebte die weiße Hilfs- und Entwicklungswilligkeit damals schon seit fast zehn Jahren, eingesperrt wie in einem Käfig, ohne Auslauf in die weitere Umgebung, ohne Aussicht auf anderes als den soliden Lattenzaun täglicher Pflichterfüllung. Es kriselte, es gärte, es schäumte schließlich auf. Raus aus dem ewigen Regenwald, hinauf in die offene Savanne! Keine Unmöglichkeit. Ein Stübchen in Mbebete, zwei solide Vorwände, drei Pfund Mut und Selbstvertrauen, und es klappt.

Die Käfigklappe tut sich auf. Der Landrover, beladen mit Büchern, Wäsche, Bettzeug und Schreibmaschine; mit einer grünen Nixenbluse, Rosmarinwasser und staubrosenroten Träumen, setzt sich in Bewegung. Auf nachdrückliches Ersuchen fährt der Ehemann mit. Widerwillig. Wortkarg. Aber immerhin.

So fuhr man los; fuhr einen halben Tag lang, hinaus aus dem Regenwald, hinauf in die Savanne. Fuhr schweigend dahin, kam an und war da.

Mbebete. Nicht weit entfernt von der großen Provinzstadt und daher bequem für allerlei Einkäufe und sonstige Besorgungen. Ehe die lateritrote Straße ins Dorf hinabrollt ein offener Campus mit rauschendem Eukalyptus und weit verstreuten flachen Gebäuden, blumenumrankt, Clematis, gelbe Lilien und sogar Rosen – weiße, in der Knospe blaßrot überhauchte Mbebete-Rosen. Sie blühten vor vergitterten Fenstern. Drinnen zwei ‚hygelige' Stübchen, mit wenigem schnell eingerichtet; eine gastfreundliche ältere Kollegin als Haus- und Tischgenossin – was will das vorsichtig abenteuernde Herz mehr!

Hier fand sich fließendes Wasser, ein gedeckter Tisch und erste Nachtruhe nach des Tages ermüdender Reise. Der Ehemann wollte sogleich am nächsten Tag zurück. Es gab in dieser Gegend nichts zu erforschen. Es gab nur eine Ehefrau ihrem selbsterwählten Schicksal abzuliefern. Man war nur anstandshalber und sozusagen mitgekommen. Ohn' alle Freundlichkeit. Es wäre zu viel verlangt gewesen. Gehört eine Ehefrau nicht dahin, wo der Mann sich eingenistet hat? Wenn sie sich selbständig und davon macht, und sei es auch mit schriftlicher Genehmigung von beruflich vorgesetzter Seite, dann kommen womöglich dumme Gerüchte auf.

So hat es angefangen.

Das erste Gesicht

Die Orange

Wiedersehen und Besichtigung eines Hauses

In der ersehnten Gegend, wo löwenmähnig das Gras am Straßenrande steht und der bunte Staub wie ein warmes Bad das Dasein mit Wohlbehagen umspült, ward am Morgen des elften Oktober, am Tage nach der Ankunft, ein Entschluß gefaßt: Ich fahre zum Bitu-Berg, und zwar mit dem Landrover. Kommst du mit? Nein.

Verstimmung. Wir scheiden grollend. Bisweilen scheint es, als ginge es wirklich nicht mehr. Eine hausbackene Moral und schwelende Eifersucht verunstalten ‚das bißchen Glück'. Wie können zwei so hart aneinander vorbei empfinden. Es trübt das Vorgefühl des Wiedersehens, das die Wochen der Bade- und Erholungskur in den Endmoränen Europas tropfnaß mit Tagträumen durchtränkt hat. *Ship me somewhere east of Suez...* Fly me somewhere south of Tunis...

'John, drive me over there.' Die Frau, die aus dem Waldland kam, steigt ein und läßt sich etliche Kilometer ins Unbekannte chauffieren. Suchen, Fragen, Zeitverfahren zwischen Markthütten und Schulgebäuden. Schließlich ein Fingerzeig ins Grüne den Berg hinan. Der schmale Weg, Staub und Schatten durcheinanderschaufelnd, windet sich durch Waldiges und Gärten. Eine Anmutung von Paradies weht herbei – hier, eines auserwählten Tages, zu Fuß und allein...! Bananenhaine und Maisfelder gürten sich um Hütten und Gehöfte, Das Purpur der Bougainvilleen wölbt sich zu Lauben, und das Gras, speerstark, mannshoch, steht wie eine Ehrengarde. Ein Bach rieselt herbei in steinigem Bett, murmelt ein kühles

Willkommen und plätschert hinweg. Das flache Bohlenbrücklein schwankt unter dem Vierradantrieb und der Last von fünfundfünfzig Kilo geballter Erwartung. Zur Rechten ein größeres Gehöft hinter Lehmgemäuer und Mattengeflecht, beschattet von hochgewölbten Baumkronen. Die Stille. Der Motorenlärm frißt sich hindurch und hinauf; unter dem ragenden Grün werden die Steigungen steiniger und breiter. Die Erwartung hält den Atem an – in welches Abseits hat das Wiedersehen sich verstiegen? Wo endlich – ? Dehnt sich die Zeit, führt der Weg ans Ziel? Hier vielleicht? Linker Hand eine ebene Lichtung, ein ovaler Sand- und Rasenplatz umrandet von Eukalyptus und Drazänen. Im Hintergrunde, unter dem weitersteigenden Berg, ein Haus, ziegelrot unter Wellblech. Einfach. Ärmlich? Idyllisch! Was der erste Anblick nicht zu erfassen vermochte, das Nachhinein wird es ausmalen bis zu den rührend dürren Rosenranken unter dem Wellblech.

Vorfahren in großem Bogen, aussteigen, durchatmen, den papiernen Vorwand fest im Arm. Die Tür steht einladend offen. Die Schwelle ist nach dem ersten Schritt der Annäherung verstellt. Es quillt aus dem Haus und streckt Hände entgegen.

Wie? Was? Wo – ? Verwirrung. Die vielen Leute, die immer wieder die Träume heimsuchen werden, und ich suche doch nur den Einen. Händeschütteln. Willkommen. Ja danke, aber ich bin in Eile. Man wartet auf Landrover und Chauffeur. Man will noch heute zurück ins Waldland, und ich – abgefangen auf der Schwelle des Hauses, ein ungewiß erwarteter Gast, dem kostbare Zeit abhanden kommt. He! Ihr kennt mich doch! Freilich. Es ist noch kein Jahr her, daß eine Weiße ihr Bergnest verheißungsvoll heimsuchte. Ich nun aber – *was soll ich nun vom Wiedersehen hoffen* inmitten dieser wachsamen Meute?

Die Meute weicht wie auf Anpfiff zurück. Aus dem Dunkel des Inneren naht es bedächtig und nestelt im Nahen an Knöpfen und Knopflöchern. Der Herr des Hauses. Wie empfängt man eine Frau wie *Na'any*? Möglichst zugeknöpft. Und mit etwas wie einer Erklärung im Blick auf etwaige Verwunderung: ‚I was just resting a bit.' Am hellen Vormittag?! Das Zuknöpfen eines Oberhemdes soll häusliche Bequemlichkeit mit höflicher Korrektheit beenden. Es verheddert sich dabei. Es sind zu viele Knöpfe. Die Höflichkeit muß währenddessen an alles denken, auch an ein Lächeln zum Willkommen im Näherkommen. Das wäre der Augenblick – gewesen.

Vertan. Verfehlt. Verzichtet. Wie, unter so vieler Augen Wachsamkeit, hätte sich ein einziger Augenblick aufs Spiel setzten sollen? Ach, wieder nichts. Es öffnet sich keine Schatzhöhle im schwarzen Felsgestein, um Kleinodien, von den Drachen Artigkeit und Achtung bewacht, aufglänzen zu lassen im Licht des Wiedersehens. Es spiegelt nichts zurück aus dem Tagtraumschatz zwischen den Endmoränen. Nicht einmal Flüchtiges flattert auf, *a route of evanescence – a resonance of emerald* – nichts, weder Erhaschen noch Losgelassen. I came *with a revolving wheel*, but it was no *easy morning's ride*. Drüben in der Stadt wartet wer und verübelt mir diesen ersten Besuch auf der Suche nach – ja, wonach? Nach irgend etwas. Etwas wie eine Vision, ein Gesicht...

Der Gast, auf der Schwelle festgebannt, streckt eine Hand aus in das Nahen der Bedachtsamkeit hinein und in das Genestel mit Knöpfen und Knopflöchern. Begegnung auf der Schwelle. Begrüßung, ach, so *native*. Denn wie man hierzulande Gäste empfängt, um sie ins Haus hereinzuziehen, am Unterarm untergefaßt, beider Rechte ineinanderliegend – so, sanft und leutselig, zieht der Herr des Hauses die Frau, die da kam und da ist, ins Haus hinein. *Native, really*. Eingeboren unbefangen.

Es geht gegen Mittag. Es ist sehr warm. Die Hände, welche da loslassen, wenden sich wieder Knöpfen und Knopflöchern zu, um schief Zugeknöpftes aufzuknöpfen und offen zu lassen. Aus dem Vormittagsschlaf gerissen. Ein wenig oder etwas mehr als zerstreut. Wer würde sich andernfalls einem Gast, einer Frau, in offenem Hemd, mit nacktem Bauch zumuten? Ach, die abendländischen Verfeinerungen des Nervensystems. Das Zerfasern der Empfindlichkeiten in den Nanobereich...

Die Besichtigung beginnt mit absichtlichem Wegsehen. Das Innere des Hauses – ? Wir wollen erst hinaus und in Begleitung eines Ältesten das Kirchlein besichtigen, ein willkommener Vorwand aus solidem Backstein. Kühn den nächsten Brückenpfeiler schlagend in ungewissen Grund, ruft der Gast begeistert: ‚Oh, you can invite me – !' Aber natürlich, und warum nicht. Der begleitende Älteste wird es sich merken. Der Mann im offenen Hemd auch.

Nun das Eigentliche. Der Besuch darf das Innere des Hauses besichtigen, darin der Besuchte seit wenigen Monaten haust. Es ist wieder Oktober, und der Tulpenbaum blüht wie er blühte vier Jahre zuvor. Das Haus, von Schatten spendenden Baumkronen überwölbt, ist innen wohltemperiert, das Wohnzimmer, spärlich möbliert, kennen wir schon. Alle Welt kommt hier zu Besuch und sitzt herum. Weiter. Zur Linken ein Gastzimmer. Ein tagtraumblaues Flämmchen Möglichkeit hüpft herbei und darauf zu: es ist leer. Eine Nichte habe hier vorübergehend gehaust. Soso. Auf einem Strohsack vermutlich. Kann man Nichten heiraten? Ein zweites Flämmchen hüpft herbei. Es ist von unangenehmer Farbung: grellgelb, mit einem Stich ins Schwefelsäuerliche. Weiter.

Das Amtszimmer, ein Stübchen mit Tür nach draußen; drinnen ein wüstes Durcheinander auf Tisch und Stühlen, in den Regalen und auf dem Betonboden: Bücher, Hefte,

Broschüren, Kalender, Karten, Briefumschläge – Papier in allen Formaten und Zuständen, gebunden, gestapelt, zerstreut, zusammengeknüllt. Auch eine Schreibmaschine ist vorhanden. Auf dem Fenstersims zwei blaue Luftpostbriefe vom September, unbeantwortet. Verschlissene Vorhänge. Hier sitzen gewöhnlich auch Leute. Hier werden sie beseelsorgt und verwaltet.

Und ich? Ich stehe herum als wüßte ich nicht, was ich wollen soll oder darf. Sehe hierhin und dorthin und immer vorbei und sage leise etwas von Projektgeldern, als teilte ich ein Geheimnis mit. Ich rede zu schnell, wie immer und gegen bessere Einsicht. Zu schnell und wie in taube Ohren. Keinerlei Gemütsbewegung tut sich kund. Kein Wörtlein deutet Echo an. Weiter.

Ein Zimmer mit breiten Betten und Kleiderleine für die Halbwüchsigen, die das Haus verwandtschaftlich füllen. Für die Meute, die den Gast auf der Schwelle abfing. Die hintere Haustür, vorbei an einer letzten Kammer rechter Hand, führt zur Außenküche. Drei Steine auf nackter Erde, ein Wackeltisch, Schüsseln und Töpfe, Feuerholz und Körbe mit Knollen, Kochbananen, Grünzeug. Ein älterer Neffe hantiert da in Ermangelung einer Hausfrau herum. Etwas abseits Duschkabinen und eine Latrine, solide betoniert, weniger ‚Busch' als die Küche. Gut. Keine völlige Wildnis. Eine Weiße könnte sich das, als Gast übernachtend, zumuten. Nur – wo sollte sie schlafen? In welchem oder in wessen Bett?

Der Hausherr öffnet die letzte, mit einem Schlüssel verschlossene Tür. Ach, darf ich wirklich –? Aber gewiß doch. Was gäbe es hier zu verheimlichen. Dunstkreis und Dämmerschein? Es ist alles und in aller Einfalt – alles ganz einfach. In dieser Armut welche Fülle. Auf der Kleiderleine über dem Bett hängt zwischen allem, was Blöße von unten bis oben bedeckt, ein apfelgrüner Kittel.

Der Blick bleibt wiedererkennend daran haften. Der Glanz, den das Textil einst abstrahlte, ist noch nicht gänzlich verblichen. Ein Elefantengrasgrün, ins Bläuliche schielend. Einst, im Waldland unten, haben Ölfarben auf weißgekleisterter Pappe; Pastellkreiden auf braunem Karton die Netzhautirritation festzuhalten versucht. Es geriet immer einen Halbton daneben. Kann dennoch nicht entgehen. Wird, als Gegengabe längst erbeten, als leere Hülle zum Fetisch nicht, aber zur Reliquie taugen.

Ach und was ist das?! Ein wohlig Weh. Ausgebreitet über dem einzigen Stuhl liegt es, gern getragen, frühe hingegeben, angetan davon am Morgen nach der Nacht in Mah, nougatbraun mit Rosenholzblenden: der Plüschpullover. Would you like to wear it? – Zu einem Mehr an Einzelheiten führt kein Weg ins Nachhinein der Erinnerung. Auch das Tagebuch sagt nichts. Koffer, Taschen, Kisten, ein Baumstamm, liegend, und das Bett – es lag und stand so stumm herum wie das stumme Herumstehen zu zweit allein, das die enge Kammer noch enger machte. Der Holzladen vor dem Fenster. Dämmerschein. Halblicht macht befangen. Müßte eine Besichtigende nicht etwas sagen? Was denn? Was denn bloß? *Like a patient etherized upon a – a table.* Well, okay. *Let us go now...* Der Gast wandte sich zum Gehen, als sei des Hauses Innerstes nicht eigentlicher als die Küche. Als sei es im Grunde und wahrhaftig - nichts. Ein Flirren. Eine Nebensache.

Was nun? Der Garten? Gut. Gleich hinter dem Haus, an der Schmalseite. Da standen zwei drei schmale Minuten lang allein und hatten auf einmal ein Thema. Nicht Gemüse, ein kleines Motorrad schwebte dem Hausherrn vor. Das war sein Thema. Der Weg sei doch so weit. Aber die Straße schlecht, ward ihm zu bedenken gegeben. Dort hinter dem Haus, um dessen Ecken sich keine Blicke krümmen konnten, dort war es, daß der Gast noch geflissentlicher auswich. Sind Kohlköpfe und Tomaten nicht viel sehenswerter? Anziehender und angezogener? Nein, ein Motorrad stand nicht auf der Liste förderungswürdiger Projekte. Eine ansonsten überaus Freigebige und Schenkfreudige blieb unnachgiebig und zugeknöpft.

Und wiederum: was nun? Ach ja, hier habe ich, weswegen ich kam – hier, bitte sehr, ein triftiger Grund, sechzig Seiten. Man befand sich wieder im Wohnzimmer unter Leuten. Die Frau, die ihren Mann warten ließ, zog einen Packen beschriebenes Papier aus der Schultertasche und blättert es allen vor: Da seht, das ist es, weswegen ich gekommen bin; damit nicht etwa einer von euch auf Gedanken kommt. Hier ist Arbeit für den Herrn des Hauses und seine Schreibmaschine. Anspruchsvolle Arbeit, für die er ein entsprechendes Honorar erwarten darf.

Man saß in unbekannter Mehrzahl um den großen Wohnzimmertisch. Schwarzer Tee und Weißbrot. Der Herr des Hauses, seinem Amte gemäß, sprach ein Tischgebet. Unbefangener Dank für das Wiedersehen. John-the-driver sah stumm vor sich hin. Der eine Älteste sah den Gast an. Stumm. Der andere Älteste sah den Gast an. Wortlos. Der Neffe aus der Küche sah den Gast an mit besonders großen Augen und gekrauster Stirn. Der Gast drängt plötzlich zum Aufbruch.

Das wär's dann wohl gewesen. Ach. Eine mißgünstige Sternschnuppe über dem ersten Besuch am Bitu-Berg. Etwas Voreiliges zur unrechten Zeit. War *das* die Ouvertüre zu der großen romantischen Oper, komponiert zwischen Endmoränen, orchestriert mit erlesen seltenen Saiteninstrumenten, lyrisch gezupft, äolisch geharft?! – Der Tisch war im Nu abgeräumt, der Gast hatte sich erhoben. Wartete nicht ein Schmollender, ein Grollender da unten, drüben in der Stadt? Wartete nicht schweigende Abstrafung zum Abschied? Möge das dehnbare Band sich nicht überdehnen. *Let go. Let's go.*

Da ertönte ein Gong.

Da leuchtete es auf.

Orange. Rot. Silber.

In diesem Abschiedsaugenblick des Wiedersehens legte der Hausherr wie aus dem Nichts und vor aller Augen eine Apfelsine auf den abgeräumten Tisch. ‚Here is an orange.' Gleich darauf liegt daneben ein rotes Taschenmesser. Das Silberkettlein ist noch damit verhakt.

Der Atem stockt. Der Mund, der Schwarztee und Weißbrot schweigend durcheinandergekaut schluckte, klappt auf und schluckt auch *das*. Das gänzlich, das gongartig Unerwartete. Es schmeckt nach – nach Orangenschokolade. Ein *Symbolon*. Nur zwei sind eingeweiht, und einer wagt das Wagnis der Wiedererkennung. (Ein Dritter saß dabei, als Taschenmesser und Kettlein überreicht wurden.) Die Orange: ein Vorwand, das Geschenk hervorzuholen, um das Wiedersehen am Bitu-Berg mit dem Abschied, vier Monate zuvor, zu verknüpfen? Wie anders? Es glänzt auf. Es verschlägt den Atem.

Glänzt auf und erlischt im übernächsten Augenblick. Die Orange – soll ich? Muß ich nicht? Schnell geschält unter dem Schweigen der Umstehenden, in der Eile, auf dem Sprunge zurück, ein Biß hinein und das Beinahe-Verhängnis. Ein Tropfen des süßen Saftes gerät in die Atemwege. Räuspern, Husten, die Kehle verkrampft sich. O nein und nur das nicht! Die Luft anhalten, den Reiz abwürgen. Die Prinzessin hat sich an einem Stück der Frucht verschluckt, die der ehrbare Mann in einem inzwischen ordentlich zugeknöpften Hemd ihr gab. Woran etwa noch? An einem nicht ganz guten Gewissen? Das macht ihr einer, der nicht wollte, daß eine honorable Missis auf der Reise in die Eheferien als erstes zum Bitu-Berg hinauffährt. So als könnte sie es nicht erwarten. Ja, was denn?

Sie wollten alle mitfahren, als Ehrengeleit. Der Hausherr ging, sich umzuziehen. Man stieg ein. Die zweite Reihe quetschte sich voll. Der Hausherr, in hellem Oxfordhemd, auch ein Geschenk, kam und stand unschlüssig– wohin gehörte er? Zweitrangig ins hintere Gedränge? Ist nicht in einem Landrover vorne bequem Platz für drei? ‚You can sit with me in front. No problem.' Wirklich, wo wäre hier ein Problem? Man drückt sich allenfalls etwas enger an die Tür, die Arme langärmelig verhüllt. Wie beruhigend. Oder nicht? Das ordentlich bekleidete Ehrengeleit saß auf einem Platz, den üblicherweise einer seiner Tutoren einnahm. Na und? Die Tutorin redete und erzählte. Sie erzählte und redete den ganzen Berg hinab. Hinter dem Gestrüpp der Worte verschwand die tropische Romantik der Palmengärten und Bananenhaine. Macht nichts. Ich komme wieder. Zu gelegener Zeit und zu Fuß...

*

Das erste Gesicht am Bitu-Berg: eine Komposition aus Orange, Rot und Silber. Es gruppierte sich im nachhinein um den Apfel aus China, die Frucht aus Asienferne, herbeigebracht einst unter weißen Segeln oder auf schwarzen Dampfschiffen, angepflanzt in Plantagen, an der Küste erst und dann in des Landes gebirgigem Inneren, gehandelt auf jedem Markt, in der kühleren Höhe am Bitu-Berg unerwartet einem unterwarteten Gast angeboten als Willkommensgeschenk in der Eile des Aufbruchs – eine Orange. Was schälte sich daraus hervor?

Eine Vision. Auf dem Lotterbett im Nebenstübchen von Mbebete lag der voreilig-unzeitig erste Besuch am Bitu-Berg, und in eine lapislazuliblaue Nacht stieg ein orangenroter Mond. Wie ein Gong aus Gold und Kupfer stieg er auf, arabesk vergittert hinter dem unhörbaren Flüstern der Eukalyptuswipfel, dem lautlos fauchenden Laub der Drachenbäume – ein Mondener und Besonnener naht der Prinzessin, die, rundum in rosenroten Staub gehüllt, mit einem hauchdünn geringelten Silberkettlein spielt – sieh doch, wie zerbrechlich. Wie das Wiedersehen am Bitu-Berg – husch, fort. Fort und vergessen?

Es läßt sich noch immer beschwören. Es harrt der nachgetragenen Bilder. Es wartet darauf, als Kostbarkeit präsentiert zu werden auf flacher Porzellanschale, bemalt mit chinablauen Drachen. Blaue Nacht am Bitu-Berg? Nein. Es sind der orangeroten Monde schon zu viele aufgegangen. Ermöglicht der Apfel aus China nicht einen Kulissenwechsel? Schon ertönt ein ferner Gong – wo? In einem Tempel mit aufwärtsgeschweiften Dächern. Von unten herauf schlängelt der Blick über Sandalen, darinnen frommen Fußes der Mönche einer wandelt in eisgrauem Wüstengeröll; der Saum seines Gewandes aus weithin leuchtender Weisheit und Askese weht faltenreich im Himalayawind. Das Eis der Berggipfel umkränzt ein kahlgeschorenes Haupt, rund und besonnen. Das Orange einer Orange in mönchischer Verfremdung...

Das Rot aber, es leuchtet entgegen aus zwei Armen voll Amaryllis von da, wo verwildert nur eine einzige blühte, unter dem Bumabaum, am Morgen in Mah. Nur das Silber, ein dünnes Glitzern zwischen Satinvolants weiß, schwarz, aschviolett, es wäre gewagt und verdächtig. Halskettlein und Taschenmesser – *‚Take this as a farewell present'.* Wäre ein Dritter nicht Zeuge gewesen, ein Rechtschaffener hätte nicht gewagt, es anzunehmen.

Zwischen Geben und Nehmen und Wiedersehen lagen Endmoränen, leuchteten die roten Berberitzen am Rande eines Kurwaldes und der Tagträume. Fernes kam nahe bis zur Unnahbarkeit und legt auf den Tisch Kostbarkeiten rot und silber. Legte als Gegengabe hinzu eine Orange – spottbillig und köstlich. Etwas, das Durst hätte stillen können. Etwas, das in die falsche Kehle geraten konnte...

Das zweite Gesicht

Berg über Bandiri

Bei seinem Anblick straucheln und Blütenrot erblicken

Das Winzige, das Unscheinbare klaube ich aus dem Staub und stelle es in den Glasschrank der Erinnerung. Aus dem Raffia-Korb beschwöre ich das lebendigste und kräftigste der Schlänglein grün und gold. In beschwingten Sinuskurven lief es durch die Felder von Mbebete in türkisfarbener Morgendämmerung. Es zukkelte und ruckelte durch den heiß aufwölkenden Staub zwischen Babu und Bulu. An sich haltend wand es sich durch die schattigen Arkaden den Berg hinan über Bächlein und Bohlen. Es überquerte den ovalen Rasenplatz, schlüpfte über die Schwelle, war da und dachte sich nichts dabei. *O for a draught of vintage... cooled* –? ‚No. Let me rest for a while!' Aufgehoben mit vorsichtigen Händen, getragen ins dämmernde Schlafgemach, lag es und ringelte sich wohlig ein, unterm grüngoldnen Lid einen erfüllten Traum. Es war der zwanzigste Dezember.

Dann, nach dem Ausruhen, der Zwischenfall im Angesicht des Berges und das, was in den Sand zu Füßen tropfte, aufglühend wie Rubin, kühl gefaßt in schwarzes Silberfiligran. Was ließ das Schlänglein, als es sich aufrichtete und auf zwei Beinen wieder davonging, zurück? Nein, keine Schlangenhaut. Etwas festlich Schönes aus Nylonspitze, himmelblau, tauglich als Tugendzier für einen würdigen Mann unter so vielen jungen Mädchen. Die lachten vor Verlegenheit. Eine nicht mehr junge Frau saß hernach in Mbebete über ihrem Tagebuch, schrieb und weinte ein wenig und weiß im nachhinein nicht, wie sie es drehn und wenden soll.

Es war tropischer Dezember, kühl die Nächte, die Tage geplagt von Staub und Hitze, gebadet in dunstverhüllter Sonnenglut, sobald das Gestirn über dem Horizont stand und aufquoll, ein glühendes Gespenst, unsichtbar und omnipräsent, dichtverschleiert den vorüberrollenden Gürtel des Erdballs mit brennendem Auge versengend. Quer durch die Felder sind es zwanzig Kilometer von Mbebete hinüber und hinauf zu dem Haus am Bitu-Berg.

Es war ein Montag. Es war, im Jahr zuvor, ein Sonntag gewesen: ein Tag in abgelegenen Bergen, in einem Dorf, das einen solchen – einen, der Tagebuchgekritzel, Sagbares und Unsägliches um sich herum ansammelte – hervorgebracht hatte. Einen, der ins Waldland gezogen war und von dort das Gekritzel und das Unsägliche in die Savanne gezogen hatte. Es war der zwanzigste Dezember vor Jahresfrist gewesen, als am hellen Mittag Blitzähnliches eingeschlagen hatte, seelenversehrend. Zur Erinnerung daran, *O Muse, spectre insatiable* – ? C'est bien moi qui te demande si long... Es läßt sich nicht lassen. Es hat dem Leben zwar keinen neuen Sinn gegeben, aber eine kurpfuschende Psychotherapie ersetzt. Es gehört nicht zum Restmüll des Lebens.

*

Montagmorgenerwachen ins Stockdunkle. Der Schlaf der Nacht ein leichtes Netz, durchrieselt und durchflimmert von einer Anmutung von Abenteuer. Jetzt, da ich alt werde, wage ich das Ungewöhnliche. Stockdunkel und dennoch nicht zu früh, um sich selbst und alles übrige sorgsam vorzubereiten, frischgewaschenes Haar, leichtlockige Verführung zum Narzißmus, aufzubinden und vor allem ordentlich zu frühstücken, um durchzuhalten. Ein Vorwand fand sich auch diesmal. Wieder ein Päckchen, aber kein beschriebenes Papier. Ein Weihnachtsgeschenk ist es, gesucht und gefunden im Marktgetriebe der großen Stadt. Ein Spitzenkittel, nein, nicht türkis. Hellblau. Ein Saphirblau. Ein leuchtendes Oktoberhimmelblau, festlich und kostbar.

Gegen 6 Uhr steht vor vergittertem Fenster ein ferner Streifen Morgendämmerung, der schnell aufhellt, Blaßblau und Pastellgrün ineinanderhauchend. Hinaus und fort, dem Aufgang der Sonne entgegen! Heut abend will ich zurücksein, verstaubt, erschöpft, gebadet im Wagnis eines memorablen Tages.

Der Feldweg, eine Sekante Abkürzung des Bogens, den die Taxis fahren, schlängelt durch morgengraue Hügellandschaft, durch Raffianiederungen und sandige Senken, durch Struwwelpetergras zwischen Baumkrüppeln und Gestrüpp. Der Mais ist geerntet, im dürren Kraut raschelt die Feldmaus. Eine Anhöhe legt sich quer, Gehöfte liegen verstreut; Leute begegnen und grüßen verwundert – unter weißem Hütchen ein weißes Gesicht; der Wanderschritt langbehost, über dem Arm ein leichter Mantel, über der Schulter eine abgetragene Tasche: eine Ungewöhnlichkeit zu Fuß und zu so früher Stunde.

Des Tages Wagnis: zwanzig Kilometer – keine Alltäglichkeit. Das eigentliche Abenteuer freilich ist der Jahrestag als Erinnerung und Erwartung. Über die langweiligen Felder von Mbebete und was daran angrenzt breitet sich Seelenlandschaft wie ein englischer Park mit smaragdenem Rasen, erglänzend in romantischem Morgenglanze bis zum orangenen Horizont. Noch wenige Schritte, eine Biegung nach Osten – *and the sun comes up like thunder.* Seitlich vom Bitu-Berg geht die Äquatorsonne auf, ein gewaltiger, rottönender Gong, und der Weg läuft geradewegs und wie blind in den lautlos geballten Donner hinein. Wie das Herze springt! Es pocht dem blutroten Donner nach, hoppelnd durch Staub und Gestrüpp. Eine hochfrequent pulsierende Metapher tanzt geradewegs in die aufgehende Sonne hinein, als wollte sie verglühen in der Glut – ach, armes Geschöpf. Es ist der letzte Schluckauf lebendigen Lebens. Auf der Regenbogenbrücke hochgemuten Selbstvertrauens läuft ein konzentrierter Rest Lebenslust dem kleinlichen Verzicht und innerem Verkrüppeln davon. Während die rotrunde Glut der Morgensonne in den Dunst des Harmattan aufsteigt und langsam verdampft.

Im gleichen Dunst steht der Berg über Bandiri. Was auf halber Höhe west und haust, saugt an wie die Tiefe, die unter einem hohen Turme liegt. Es zieht an mit der Kraft des Standhaltens, des Zurückweichens und der Unerreichbarkeit. Da hinauf, mit Libellenflügeln aus dem Karbon an entfesselten Füßen, schwirrend wie über glitzernde Kräuselkreppwellen. Wie leicht ist das Dasein! Wie schwerelos schwebt es über dem Staub! Noch ist der Vormittag angenehm warm und das Wandern eine Lust. Zwölf Kilometer Sekante und keine Ermüdung.

Dann aber. Dann graben sich in tiefen Pulverstaub die Kilometer zwischen Babu und Bulu.

Babu, ein paar Markthütten, ein paar Leute, kein Taxi. Keine zehn Minuten will die Wanderlust warten. War es Ungeduld? Es war das Gegenteil. Ein Taxi wäre zu schnell. Es wäre zu bequem. Es fräße besinnungslos Zeit und Weg. Ich aber – ich will Mühsal genießen. Möge der Weg sich hinziehen. Möge die Zeit sich dehnen und in sich saugen, was da hellrot perlt und rieselt und schäumt durchs Arteriennetz, durch vordere und hintere Herzkammern und durch das vergehende Leben. Eine Straße will ich ziehen, die mir Mühe machen soll. Eine Straße, die einem ausgetrockneten Flußbett gleicht, gefüllt mit gelbem Staub, durch das die Taxis sich wühlen werden. Es sei. Den Mantel übergeworfen, an die Schultern starke Drachenflügel geschnallt und los!

Los zieht eine Landesfremde. Kein Eingeborener wäre so verrückt. Dergleichen Meinungen saßen vermutlich in den Taxis und in allen übrigen Automobilen, die sich unterwegs in beiden Richtungen durch den Staub fraßen. Kein Taxi hielt an, um den Wanderer am Wegesrand mitzunehmen. Der Wanderer war eine weiße Frau. Merkwürdig bis verdächtig. Aber sie haben bisweilen ihren Spleen, die Weißen; und die weißen Frauen zumal.

Die Sonne stieg im Unsichtbaren, die Gluten sanken durch den Dunst, der Staub wölkte auf, der Schweiß brach aus, die Füße wurden schwer, der Pulsschlag hämmerte bis in die Schläfen hinauf. Einmaliger Irrsinn! Die Drachenflügel an den Schultern, sie spannen sich in metallischem Glanz, stahlblau gerippt, kupfergrün schillernd, Wille und Weh. Sie schlagen kraftvoll. Sie rudern auf den Berg und seinen kühlen Schatten zu. Die Erwartung kämpft sich voran, Fuß um Fuß. Ja, es war *wonderfoolish* – auf törichte Weise schön. Es kam einer religiösen Grenzerfahrung nahe. Es grenzte an das Glück der Pilger, die da wallen durch glühend steinige Wüstentäler, hinauf zum Heiligtum, wo Schatten, Rast und eine Quelle lebendigen Wassers sie erwarten. Es grenzte an das Glück, leiden zu dürfen um eines höheren Zieles willen. So hoch wie die halbe Höhe des Bitu-Berges.

Am Rande der Straße, auf der Böschung, je und dann umwölkt von Staub, stapften Abenteuer und Eigensinn mit schwerem Flügelschlag tapfer voran. Eine Erscheinung vermutlich wie die eines Landstreichers, gestreift vom Befremden der Vorüberfahrenden. Zum Berg über Bandiri hinter dem Dunst hebt sich der Blick unterm Krempenrand. Über eine Stunde zieht sich der Weg durch knöcheltiefen Staub, hämmert die Hitze in den Schläfen. Etwas, das bleiben wird, Erinnerungsspuren hinterlassend bis in späte Tage. Eine unwiederholbare Torheit als Tor zum Glück des zweiten Gesichts am Bitu-Berg.

Der Marktplatz von Bandiri, kurz hinter Bulu. Ach, schon. Die Fremde verhält den Schritt, tritt vorsichtig unter die Leute, die da herumsitzen im Schatten der Hütten und Bäume. Sie saßen herum und sahen, was da fremd und ohne Begleitung herbeikam zu Fuß. Eine Weiße, die halb spöttisch, halb trotzig – Na, ihr guten Leute? – geradeaus blickt in unverhüllte Neugier. Was will die? War die nicht schon einmal, im Landrover, hier? Der Palast des Fon? Zwei Bübchen weisen die Richtung. Mit leichter Schulter taucht die Fremde in den Schatten der Bäume.

Hier beginnt es. Ein arkadisches Wohlgefühl aus grünüberwölbter Kühle, verhaltenem Schritt und tieferem Atemholen. Die Stille. *Wie wenn am Feiertage*... freilich nur wenige Zeilen weit. Heilige Haine empfangen so den müden Pilger und seiner Seele Sehnen. Der Weg ist noch eben und es begegnen kaum Leute, sich zu wundern. Gemächliches Dahinwandern ist anders als wenn ein Landrover die Erwartung überrollt. Der Blick verzweigt sich und verweilt. An einem Grashalm kriecht er empor als blaugrüne Raupe mit rubinroten Augen. Ich habe Zeit. Viel Zeit. Als bernsteingelbe Perlspinne häkelt er sich von Zweig zu Zweiglein. Er schlüpft ins grasgrüne Chitin einer Zikade, hüpft über Hecken, schwirrt über niedere Dächer, krabbelt in Gemüsegärten durch Kohl und Bohnen. Unter dem zerschlissenen Hellgrün der Bananenstauden zieht das träge Purpurviolett der Bougainvillea ihn an als großen Schmetterling, schwarz-weiß-blau gefleckt mit langgeschwänzten Seglerflügeln. Zwischen den stillen Entdeckungen zu beiden Seiten unter elegant gebogenem Palmengewedel und dichtgekrausten Bumakronen schlängelt sich die Verführung der *winding lanes*. Ein geflochtener Deckel hebt sich, aus wölbigem Raffia-Korb entweicht es schillernd grün und gold, schlüpft voraus und hinan. In den leichten Puderstaub zeichnet sich der Rhythmus von Sinuslinien – bin ich nicht eines kleinen Glücks teilhaftig?

Der schlängelnde Weg steigt allgemach an. Senkt sich zur Senke mit Bächlein und steigt jenseits steiler an. Langsam, oh, langsamer! Ein Erfrischungstüchlein ist zur Hand, entstaubt und erfrischt Gesicht und Hände, duftend nach ätherischen Ölen, irisblau und zitronengelb. Noch langsamer! Nicht nur, weil es steil und steinig bergauf geht und der Puls sich beschleunigt. Er beschleunigt sich nicht nur vom Steigen. Da ist schon der große Platz vor dem Häuptlingsgehöft. Am Tor zwei riesige Bumabäume als Palastwache. Könnte ich hier anwurzeln! Hier, vierundvierzig Schritte vor der Biegung nach links, wo jenseits eines ovalen Rasenplatzes das Ziel der langen Wanderung mich auch diesmal nicht erwartet... Ein zweiter Überfall, und es läßt sich nicht mehr umgehen, nur noch hinauszögern. Langsam, o la-lang-samer! Wurzeln schlagen wie ein Bumabaum und die Säfte steigen fühlen. Von oben herabgrünen auf das Haus mit dem dürren Rosengeranke unter Wellblech...

Der Augenblick, der kostbare, läßt sich länger nicht hinauszögern. Eine letzte Steigung und da bin ich, aufgetaucht aus den Arkaden, eine gänzlich unerwartete Erscheinung. Geradeaus der längliche Backsteinbau, der bereits zum Vorwand umgebaut wurde. Er fängt den ersten Blick und hält ihn fest. Der zweite Blick nach links – sieht rosa. Ein wahrhaftiges Rosa, leicht angegraut. Sah der erste Besuch nicht Ziegelrot? Das Haus. Das Ziel. Rosa. Beim dritten Blick erst – die Leute. Überall. Auf dem Rasen, längs der Wege, vor dem Nebenhaus. Junge Leute. Junge Frauen. Mädchen. Lachen. Oh. Sie haben mich gesehen. Ich bin vorhanden. Was nun? Vorwärts und hindurch. Und wieder einmal – Überlegenheit zur Schau tragen. Die Hände auf dem Rücken, der Blick um Überblick bemüht, ging eine Unerwartete auf das Unerwartete zu. Ging durch das Frauenlachen hindurch. Sie haben mich durchschaut. ‚Na white woman yi deh come for lookod we pastor weh yi deh no get woman.'

Nicht nur der weite Vorplatz – das ganze Haus war voller Weiblichkeit. Ein ganzer Rosengarten lachte. Lachte Hohn den dürren Schrumpelröslein unter dem Wellblech. Lachte überlegene Verlegenheit. Eine nicht mehr junge Frau drängelt sich dazwischen, fühlt und weiß: Ich habe verloren in voraus. Mit all meiner Weisheit, meinem Sozialprestige und meinem Geld. Selten ward eine Situation so schnell und scharf erfaßt mit der Schärfe *erisoetischer* Eifersucht. Was bleibt mir? Wenig. Ein Wenigstens. Die *winding lanes* der Reflexion im nachhinein. Das Rascheln im Blätterwerk des Tagebuchs. Worte als Spur im Staub des Gewesenen...

Noch war des Hauses Schwelle nicht erreicht, da drang ins Bewußtsein etwas wie ein schwarzer Kugelblitz und löschte den Augenblick aus. Das Erscheinen des Hausherrn geschah in einer Weise, daß es schien, als stürzte er aus dem Haus – bestürzt. Ja wie?! Ja was?! Nun eben. Die Formen der Höflichkeit, sie wurden gewahrt. Eine hingereichte Hand ward ergriffen. ‚Oh! It is – !' Gewiß. Gewiß doch. Es ist eine Überraschung. Eine Überrumpelung ist es. Was beliebt eine Unerwartete zu bemerken? ‚Your compound is full.' Dann, von einem Herzschlag zum anderen – Erschöpfung, stolpernd über die Schwelle. Das Lachen ist verstummt.

Die Erschöpfung, so sichtbar und so begreiflich – ‚I have come trekking from Mbebete. I want to rest a while' – erzwingt sich sanft und leise das einzige Privileg, das in Reichweite scheint und keiner weiteren Erklärung bedarf. Ausruhen. Auf einem Bett? Der Hausherr stellt die vorsorgliche Frage, und die Erschöpfung fällt hinein. Ja. Ein Bett. – Die Schlafkammer ward aufgeschlossen. Die zur rechten. Während des Aufschließens eine Erklärung, warum Haus und Gehöft so jugendlich bunt besucht sind. Es findet eine mündliche Prüfung statt. So. Ja. Ach. Mitten in ernsthafte Amtsgeschäfte hineingelaufen. Was kann der Besuch Sinnvolleres tun, als sich zurückzuziehen, um auszuruhen? Es reicht eben noch zu der Frage, ob ein Mittagessen – zögernde Zusage. Ein Glas Wasser? Nein, später. Im Augenblick nichts als ein Bett und Ruhe. Eine Decke? Ja. Leintuch und Acryldecke sind zur Hand. Danke. Sonst nichts? Nein. Nichts. Gar nichts. Und ein Amtierender ging zurück an seine Amtsgeschäfte.

*

Alleinsein im Geheimnis. Im Innersten. Im Dunkelseidenblauesten seliger Erschöpfung. Die Dämmernis – o Taube der Tugend und des Absoluten! – ist taubenblau getüncht. Die unteren Holzläden der beiden Fenster sind geschlossen. Das Bett. Ein Doppelbett, wenn auch nicht von herkömmlicher Breite. Aber es liegen da zwei Kopfkissen. Und eine bunte Flickendecke, auch ein Geschenk. Darauf darf der Gast sich ausstrecken. Ein Gast ist ein Gast. Er darf das. Schräg über dem Bett die vollgehängte Kleiderleine. Es war halb elf. Seit dem Stolpern über die Schwelle waren keine fünf Minuten vergangen.

Allein in der Schlafkammer eines guten Gewissens. Einlaß ward gewährt aus reiner Gastlichkeit und weil sonst offenbar kein Gastbett vorhanden ist. Im Ohr ein Nachklang des Mädchen- und Frauenlachens; in den Beinen zwanzig Kilometer, im Kopf ein dumpfes Summen und – Nun, liebe Seele, sinke in erholsamen Schlummer. Möchtest du vielleicht ein Tränlein weinen anstelle eines kurzen Gebets? Der Puls beruhigt sich. Nein, es breitete sich kein tiefer Schlaf über die Erschöpfung hin; aber ein wohliger Dämmerzustand der Entspannung so vollkommen, daß zwischendurch alles ringsum versank. Wo bin ich? Umgeben von taubenblauer Kühle so kühl, daß die rot-blau-grünen Rhomben aus Acryl das Abkühlen vor Unterkühlung bewahren. Hier liege ich und ein murmelnd Bächlein Zeit fließt über mich hin. Was ist Zeit. Was ist

Raum. Wie kommt Gleichzeitigkeit zustande? Wo eines ist, kann das andere nicht sein. Raumverdrängung, Ungleichzeitigkeit. Schattenspiele unter dem vollen Mond an Bord eines Flaggschiffes vor Mogador. Weit fort. Jede Nähe steht aufrecht, sitzt sittsam, wandert und tanzt auf Abstand und aus Höflichkeit. Die taubenblaue Erinnerung daran hängt an der Wand gegenüber, ein Festgewand mit Silberborte, es ist noch keine vier Jahre her. *Noch einmal vorm Vergängnis...* Auf der Leine zwischen Oberhemden und Lendentüchern ein blasser Schimmer Apfelgrün, zerwaschen, ausbleichend ins Bläuliche. Hat es damit nicht angefangen? Davon ließ eine ratlos vor sich hin Existierende sich einfangen, Subjekt und Objekt verwechselnd. *For he tied her long hair to the evening star / And led her captive – to some place afar.* Numinose Orte auf Erden sind leichter feststellbar als heilige Zeiten im Fluß der Zeit. Nur die Erinnerung bringt das Kunststück fertig. Heut ist der zwanzigste Dezember. Erinnere nur ich? Gibt es noch Worte, den Sand zu sieben, in den es tropfte, und das Tauglitzernde vom tauben Geröll zu trennen? O rote Amaryllis, o blaßrote Rose von Mah! Plattgedrückt, weggeworfen, welkend im Staub eines Dahinsinkens ohne Festgehaltenwerden... An jenem Tage war ein Gast geehrt worden durch das Tragen eines kostbaren Geschenks, muskatbraun mit Rosenholzblenden. Da hängt es. Alles ist vorhanden. Verwahrt im Unsichtbaren, weil es so klein ist, bleibt allein das rote Taschenmesser samt dem Silberkettchen... *Denn sie fuhr von ihm fort und schenkte ihm einen Ta-lis-man...* Auf die Dachterrasse des Hotels der Hafenstadt, in dem die Flugzeuge landen, rauschte der Tropenregen. Das Röslein rot aus dem nordischen Sommer war für den Ehe- ja, Liebsten noch immer. Das Wortlose aus vier Jahren Regenwald kroch in eine Melodie, verpuppte sich darin und flattert auf mit samtbraunem Flügel und saphirblauem Pfauenauge... Hier liege ich. Ein Bett. Mein, dein, sein. Ehe man mich herausklopft, werde ich hinausgehen.

Zwei erholsame Stunden zur heißesten Mittagszeit in kühler Kammer, unter geweißter Sperrholzdecke, unter einem Dach im Schatten mächtiger Bumabäume. Eine rundum Zufriedene ruhte und sinnierte vor sich hin auf breitem Bett. Auf kleiner Flamme köchelte ein kleines Glück. Hier war alles Nötige vorhanden. Ein Bett, eine Kleiderleine und ein paar Haken im Holz der Tür, im Beton der Wand. Weder Schrank noch Schränkchen noch Tisch; kein Regal, kein Stuhl. Statt dessen ein dicker Baumstamm, darauf die geschenkten Reisetaschen. Auf dem Fenstersims Spiegel, Kamm, Klopapier, Kleinkram. Neben dem Kopfkissen ein Buch, der Titel verdeckt durch Taschentuch und Häkeldeckchen. Es blieb unangetastet. Stöbern? Schnüffeln? Es wäre Nicht-Ich. Jetzt ist es an der Zeit. Jetzt muß ich hinausgehen.

*

‚I am restored.' Schön. Er sei auch gerade fertig geworden mit dem Prüfen. Jetzt kann man reden, erklären. Der Hausherr, sich zurückwendend, erklärt den Inhalt seiner Schlafkammer. Das Bett habe er von dem erhaltenen Geld gekauft, auch die Matratze und eine Überdecke – diese hier (sie wurde entfaltet), sie habe es ihm angetan: auf weißem Grund ein rotes Rosenmuster. *Na'any* bewundert es. Leider sei ein Webfehler darin; er sucht und weist auf die Stelle, wo er auszubessern versucht hat. Eine schöne Rosendecke mit Webfehler. Es fehlten noch Leintücher. Der Fingerzeig geht ins Leere. Nicht zu viel des Guten, mein Guter. Die Mädchen in der Außenküche sind beim Kochen eines Mittagessens. Es sind ihrer nur noch drei.

Auf dem Tisch im Wohnzimmer stehen zwei Flaschen Bier als nachträglicher Willkommenstrunk. Gut, ein Glas Bier. Im Amtsstübchen nebenan läßt sich allerlei Sachdienliches reden und Beruhigendes dazwischenflechten.

Das nächste Mal werde sie nicht allein kommen, verkündet *Na'any*. Eine Amtsstube tut gut. Sie stellt schon fast Öffentlichkeit her. Hier wird gearbeitet. Auch abends bei kostspieligem Gaslicht. Die Auftraggeberin ist doch wohl gekommen, nachzuprüfen, wie weit die Arbeit gediehen ist? Jaja, sozusagen. Gewiß doch. Hier ist eine beschriebene Matrize. Sie prangt, fast wie die Rosendecke, in einem rosenroten Muster. Das sind Korrekturkleckse. Eine Menge Tippfehler, leider, gab es zu beklecksen. Es sei schon spät gewesen, und die Müdigkeit... Und ein Teil des Korrekturlacks sei auf die Hose gekleckert. Hm. Soll das beklagt oder belacht werden? Im übrigen habe der Besuch Glück gehabt, wie an jenem Montag, so an diesem. Der Montag sei eigentlich ein Dienst-Tag weiter oben am Berg. Ach. Wie schön, daß eine beinahe Unglückliche auch einmal Glück haben darf. – Die übrigen zwanzig Matrizen sind in annehmbarem Zustande und werden belobt. Es eilt nicht, nein. Muß der einzige Vorwand nicht so lange wie möglich hingezogen werden? Was gibt es noch zu betrachten? Der Kittel, den der Hausherr trägt, ist gelb und braunrot gefleckt wie ein räudiges Fell, gar nicht schön. Die Stores vor dem Fenster sind schön und ziehen eine Bemerkungen an sich. Auch ein Geschenk. Ja, schön sind sie. Er habe sie aus dem Wohnzimmer herübergenommen, weil – wenn er aus dem Fenster sehe – der Satz brach ab. Der weiße Store mit dem eleganten Rautenmuster, gab er der Amts- und Gerümpelkammer nicht einen Anhauch von Boudoir? Es hängt, steht, liegt und raschelt wahrlich gar manches hier herum, das einen Beschenkten der Schenkenden gedenken lassen müßte. Aber wie verwikkelt, wie peinlich bisweilen und vielleicht, mag solches Gedenken sein. Ja, und war nicht ein Päckchen zu übergeben, ein Weihnachtspäckchen ausgesucht kleidsamen Inhalts und damit noch ein Geschenk? Oh! Ist sie etwa nur deswegen durch Staub und Hitze gelaufen von Mbebete herüber und herauf bis zu mir?

Wer weiß. Und was nun? *Na'any* muß doch sagen, was sie will. Man kann nicht ewig in einer Amtsstube sitzen. Das ist wohl wahr. Sie will dem Kohlgarten sehen. Und was das Gedeihen der Schreibarbeit mit dem rosenroten Korrekturlackmuster angeht, nun – in den Kohlgarten also. Bohnen klettern da auch zum Licht empor, und aus dem grauen Sand gucken verdruckst ein paar orangerote Rüblein. Der einst als Gärtner Bewährte bückt sich, reißt eines aus und beißt hinein. In einem Garten wachsen grün-grüne Gespräche. Wie im Regenwald, so auch hier, Gemüse ist gesund, Gartenarbeit ist gesund, man könnte auch noch Nachbars Garten in Augenschein nehmen, da drüben, Richtung Fonsgehöft, wenn man den großen Rasenplatz umwandelt.

Auf dem Wandelweg zurück geschah es.

Der Berg stieg auf. Ein Fuß knickte um. Ein kalter Blitz huschte durch Eukalyptuslaub. An nackter Rinde lief grüngolden das Schlänglein entlang, von oben nach unten, über fingerschmale Abschürfungen von berückend zartfarbener Tönung, champagner, cognac, curaçao – züngelte, leckte, schlürfte und stürzte ab. Fing sich im Sturz, beflügelte sich mit Fledermausflügeln, zartbekrallt, aus Pergament und vergißmeinnichtblauer Seide, stieg auf über alle Wipfel und zog endlos verschlungene Schleifen und andere gleitende Linien durch den Dunst der folgenden Tage und in sich zurücklaufender Traumlabyrinthe. In der Tiefe, zu Füßen, im warmen Sand saß eine winzige Blüte in kriechendem Kraut, fing den niedersinkenden Blick und erglühte daran. Ein Rubinrot. Ein Splitter, abgesprengt vom Donner der aufgehenden Sonne, lautlos umfangen vom graurosa Dunst des Harmattan. – Wiederhergestellt, vollendete sich die Frage, die das Straucheln unterbrochen hatte. Die Antwort, gelassen in langsamem Loslassen, bestätigte die erwogene Möglichkeit. Man ging zurück ins Haus.

In der Küche wurde noch gekocht. Der Gast setzte sich an den Tisch und vertiefte sich in ein Stück grünlinierter Landkarte, suchte die Höhenlinien des Berges, dessen Anblick soeben daran schuld gewesen war, und ins Dunkelblau eines abgetragenen Polohemdchens schmiegten sich in sanfter Krümmung die Nadelstreifen. Es war nicht lange auszuhalten. Es trieb hinaus und fand sich wieder im baufälligen Nebengebäude und in Selbstgesprächen. So kann es gehen, wenn ein schön gewölbter Berg sich erhebt über Bandiri und dem nahen Gewipfel der Bäume, so daß Frauenaugen, naher Nähe ausweichend in gespielter Gleichgültigkeit, ihn umschmeicheln aus sicherer Ferne. Seid wachsam und nüchtern. Wie heißt der schöne Berg? Könnte man nicht – ?

Gegen drei Uhr war der Tisch gedeckt. Reis, Kürbiskernsoße, ein Huhn im Topf. Die gute Sitte erfordert ein Gebet des Hausherrn. Der höchsten Instanz wird Dank gesagt für den Besuch. Des Herzens Krümmen wird zurück- und geradegebogen in frommer Einfalt. Die drei Küchengrazien wurden vorgestellt und sodann entlassen mit väterlichem Scherzen, von den Schönen hingenommen mit jungfräulicher Verschämtheit. So etwa gibt es noch. Dann waren zwei allein im Haus. Saßen und aßen. *O for a draught of vintage* – ? Nay, for words to grace the hour of intimacy at table... ‚I cannot eat this meat, my teeth are bad.' So alt schon. Nur das aufgebundene Haar erscheint noch jung und fällt – wohin? Selbstgefällig in den Nacken? Flüchtig in Augen, die eher zufällig und von der Seite, halb im Rücken rechter Hand und nahe, anheimgegeben einem unbedachten Blick während der Betrachtung des Berges über Bandiri? Dahinein geschah die Frage. Und nun? Man sucht und findet ein Gesprächsthema – das Projekt. Projekte und Projektgelder – immer willkommen. Man greift zu. Man beißt sich fest. Kräftig und mit ebenmäßig schönen Zähnen, daß der Hühnerknochen splittert. Es müßten so bald wie möglich

Verhandlungen aufgenommen werden. Darüber läßt sich gut und gern und lange verhandeln. Es lenkt ab und hin auf Wesentliches. Lange und langsam. Nicht wie man ein heißes Eisen anfaßt, um es schnell wieder loszulassen. Nein. Bedächtig - verdächtig? - langsam. Es ist noch keine halbe Stunde her.

Dann war es Zeit zu Aufbruch und Rückkehr. Selbstverständlich muß der Gast, der alleine heraufgestiegen kam, auf dem Weg hinab begleitet werden. Warum sank die Begleitung in völliges Vergessen? Wo war das Schlänglein gold und grün, wo die blaugrüne Raupe mit rubinroten Augen? Wo die langgeschwänzten Schmetterlinge und heckenhüpfenden Zikaden? Es war da nichts mehr. - Kurz nach vier Uhr saß der Gast in einem Taxi, und der Gastgeber verabschiedete sich auffällig schnell. Hatte er unterwegs ausgehändigt bekommen, was notwendig war, um Verhandlungen aufzunehmen? Etwas jedenfalls war erreicht, das sich hören und sehen lassen konnte. Ein Projekt, einem ganzen Dorfe nützlich, war in die Wege zu leiten. Ein langer Weg. Wo der frühe Morgen nicht hindachte, das brachte der späten Nachmittag zustande, zufällig und unbedacht. Festhalten. Bedächtiges Loslassen? Ein fetter Nützlichkeitsfisch hing an der Projektangel. Es hatte sich ergeben, unvorherbedacht.

*

Durch die Erinnerung der Tage danach rieselten Bächlein, rankten dürre Röslein. Was ist der Bedachtsamkeit vergleichbar, die in ein Schwanken eingreift und ein Straucheln verhindert in langsam gleitendem Loslassen? Ein kühles Bächlein, das über Kiesel rinnt... Rinnt und rinnt, tagelang, nächtelang. Es rinnt in kleinen flachen Wellen über Kiesel glitzernd hin; wird später oder schon balde in hohen Wellen über Hochgewölbtes branden, das herabfiel von nahen Böschungen und das Flußbett des Mchu füllt, Brocken aus schwarzem Lavagestein, rund- und glattgeschliffen von Regenzeitfluten. Dahinein möchte ich nicht fallen. Ich – nein. Aber es stellt sich vor. Es drängt sich bedrängend auf. Es liegt so nahe. Es lag so nahe, in einem Fotoalbum zu blättern beim Bier, noch ganz benommen von kühlem Dämmer, Halbschlaf und Kammer. Alte Fotos und neuere, darunter eins von der traurigen Hochzeit, die kürzlich und endlich stattgefunden hatte. Nicht alle Geladenen waren gekommen. Warum – ? ‚The invitation met me on the sickbed.' Begreiflich. Ein Bild aus jugendlicheren Tagen, zu Besuch in der Fremde, war auch zu besichtigen. Warum so traurig verträumt? Dreaming of what?' ‚Of going home.' Europa: nicht sein Geschmack. ‚I am a Mbe-Mbong man.' Wahrhaftig. Rechtschaffen, freundlich und gelassen. Nüchtern und wachsam. Versehentliches, das ins Straucheln gerät in solcher Nähe, es findet sich zurecht, im Gleichgewicht und wiederhergestellt. Wie anders? Nur das Blütenrot zu Füßen fing es anders auf.

Und das dunkelrote Gerank der Röslein unterm Wellblechdach, dahinschrumpelnd, ach so dürftig – ach, immerhin und nicht nichts. Noch keine lilagraugrünlichen Passionsblumen, den Kelch gefüllt mit Martern klein und heimlich. Über den Fenstern rankt es entlang. Sie gehen storeverschleiert auf einen ovalen Rasenplatz, an dessen Rande ein winziges Tröpfchen Blutrot blüht, ganz unten im grauen Sand und mit aufgeschlagenem Blick. Hast du es gesehen? Wie wäre wegzufühlen, was mit Raupenfüßchen über nackte Arme kroch – dunkelblaugrün mit gesträubten Härchen? Im ertaubenden Ohr nistet das Zirren einer Zikade, dringt ins Gehirn, wühlt sich durch haarfeine Windungen – tzizi-tzirr. Ein altes Lied, ein abgeleiertes, ein immer junges, grün wie das Gras, das in jeder Regenzeit neu aufsprießt.

Das hochsommerliche Weihnachtsfest wird alle Welt in dieser Gegend, groß und klein, neu bekleiden. Einem altrosa zu Füßen fließenden Daladala-Gewand für die Gemahlin läuft keine Ahnung voraus. Die Träume spielen mit der Himmelsbläue einer Neigung, die sich, versponnen zu Nylonspitze, als Festtagskittel einem, der ihrer nicht unwürdig zu sein scheint, anschmiegen wird. Könnte durch das schöne Gewebe eine Verlegenheit rieseln – was soll *das* nun wieder? Was wiederum wäre so neu daran? Nur das Gewebe. Nach so vielen vorweg- und abgetragenen Geschenken ein frisch-und-faltenlos neues. Eigens für einen, der das Geschenk nicht verschmähen könnte ohne zu beleidigen. Ohne viele weitere Benefizien für sich nicht nur, sondern auch für sein Dorf, aufs Spiel zu setzen. Jedoch und wie immer: Sei wachsam und nüchtern. Nimm, ohne dir etwas zu vergeben.

Das redete sich eine ein und schrieb auch ins Tagebuch, daß es so schlimm nicht sei wie ein Jahr zuvor die Nacht in Mah gewesen war. Redete es sich schreibend ein. Steigt die Sonne nicht langsamer durch den heißen Dunst? Die Tage vergehen mit Musik aus dem Kassettenrecorder, mit Wein und Alleinsein. Psyche tanzt mit nackten Füßen über Veilchenfelder und Silberdistelwiesen. Die Tagträume verwildern, Mohn blüht gelb, Kamille blau. Vorweggenommener Abschied verschwimmt ins Unleserliche, tränenbeträufelt. Beklemmungen. Nähe, reglos wie eine Statue aus nubischem Marmor. Hoffnungslos und *to deeply to tell.* Es steigert sich. Es versteigt sich. Es irrt durchs Unvorhergesehene. Wäre das Tagebuch nicht, das alle halbgaren Sprachbrocken schluckt und frißt und unverdaut verwahrt – wahrlich, die Psychiatrie würde sich interessieren. Psyche, statt zu tanzen, säße als zerzauster Papagei in einem Käfig, aus dem Geplapper würde ein Fall unter Fällen. Es wird schreibend zu verhindern sein. Ich schaffe es. Ich kriege es hin. Es wird mich nicht unterkriegen. Mich nicht.

Lange Monologe zur Genealogie der Unmoral. Es kommt auf rosa Taubenfüßen in taubenblauer Dämmerung. Es wächst und es werden schwarze Raubvogelkrallen daraus, und die Taube, die zu Anfang war, schwebend über dem Chaos, wunschlos durch Vernunft und Einsicht ins Aussichtslose, ins Lächerliche und Selbstverderbliche, sie zappelt in den Fängen der Un- Um- Ur- ? Der Biochemie des vergehenden Lebens. Das geradlinig Einfache spiralt um die eigene Achse und verknäult. Das volle Korn der Erdmutter gerät in die Mühlen des Geistes und der guten Sitten, wird zermahlen und staubfein verbakken zu Schaumgebäck und Poesie mit viel Luft dazwischen. Worte machen viel Lärm – um nichts? Nur ein Glas Wasser? Es wird vergehen. Aber ehe es vergeht?! Vielleicht ließe ein Teil der Energien sich verheizen in ein Stück Prosa, in einen ‚Traum von der Vernichtung eines guten Gewissens' etwa. Es würde vermutlich keine gute Prosa werden; aber es würde seinen Zweck erfüllen.

Das zweites Gesicht am Bitu-Berg: oben der Berg über Bandiri, unten ein rotblütiges Hungerblümchen im dürren Kraut, im grauen Sand, im langsamen Gleiten der Zeit und dem Geschenk des Zufalls, der ein Fallen aufhielt, festhielt mit unverhoffter Notwendigkeit und während darüber der Berg aufstieg, ein schöner, naher, anziehender. Da hinauf – das nächste Mal. Der Wunsch stieg auf, den Augenblick mit sich schleifend als Schleppe und Schleier, verfing sich in Wipfellaub und nahem Schweigen, ließ sich fallen in eine Frage, abgleitend seitlich an der Hüfte des Berges, wo die Flanke dem Gesenke der Felder zufällt, in Mulden, gefüllt mit Schatten und Kühle, spürbar bis in die Zehenspitzen und späte Zeiten, aus den Händen des Zufalls, *with no evil intention*, daran Bedürftigkeit zu Bewußtsein erwacht. Der schöne Berg stand unverrückt. Schulter an Schulter; ein Tröpflein Schuld-daran sonderte sich ab, und das winzige Blütenrot am Rande eines Strauchelns fing es auf.

Das dritte Gesicht

Rauch

Und eine gewisse Traurigkeit aufsteigen sehen

Schutt. Verschüttet. Eine ganze Halde rutschte ab und riß fast alles ins Vergessen. Zugeschüttet, bis auf weniges. Etwas wie Rauch, aufsteigend um Mittag zwischen den Hügeln. Alles übrige Gestrüpp in trostloser Niederung am entfernten Fuße des Berges, am Ende des Tages. Ein ganzer Abend und eine halbe Nacht verwartend auf eine verschusselte höhere Charge, und hinter vorgehaltener Hand heulte es in sich hinein. Ein Teil des Elends löste sich auf in Salzwasser. Der Rest floß aufs Papier und in nachträgliche Versuche, Weniges wenigstens schriftlich zu bewältigen. Es trocknete den Salzsee aus bis auf den Grund besserer Vernunft. Empfindsam Vorgestelltes überholte und verdrängte Tatsächlichkeiten. Der Tatsachen erinnungswürdigste wäre, daß am Bitu-Berg zu dritt die zweite Reise nach Mbe-Mbong durchs Nadelöhr der Möglichkeit gezogen und festgeknotet wurde. Solches war der ehrenwerten Begleitung dessen zu verdanken, der aus dem Waldland kam und wenige Wochen später einen großen Korb aus Raffiabast überbringen ließ.

Der Besuch zu zweit am Bitu-Berg fand Anfang Januar statt, zwei Tage ehe ein Propellerflugzeug im aufwirbelnden Staub verschwand und eine halb-und-halb Verwirrte auch ihm nachheulte, dem Mann, der da entflog dem eigentlichen Ziel entgegen: Forschung. Die aushäusige Ehefrau zu besuchen – es ergab sich ganz gut nebenher, nicht wahr? Aber doch und immerhin. Die Verwirrung machte kehrt und faßte sich. Am selben Tage noch wurden im abendlichem Konferenz- und Kollegengewühle

Reisen und Besuche abgesprochen in traumwandlerischer Sicherheit – *das* war der Schutthang, der abrutschte und das dritte Gesicht am Bitu-Berg verschüttete. Das bunte Abenteuergeröll der Reisen am Rande des Harmattan überrollte das bißchen Rauch und Traurigkeit des dritten Gesichts am Bitu-Berg.

Der dritte Besuch, ein Anstandsbesuch. Kramen und Nachfragen im nachhinein: Waren wir nicht einmal zusammen da oben, Du und ich? Zu Fuß quer durch die Felder? Und warum blieben wir nur so kurz? Weil Du den Eindruck hattest, der Besuchte wisse mit dem Besuch nichts anzufangen? Soso. Und in den Häuptlingspalast hat er uns geschleppt und dem Fon vorgestellt? Das weißt du also noch. Ich weiß es nicht mehr. Es ist verschollen wie unter Schutt und Geröll. Mein Tagebuch freilich müßte es noch wissen.

Es weiß von Kleinigkeiten und Traurigkeiten. Von der Handtellerbreite einer Fotografie in einem Album und der Halsweite eines Silberkettchens unter einem Kopfkissen. Von einem schmalen und seltenen Lächeln weiß es und von weiter Aussicht über Parklandschaft hin vom Berge herab. Ja, und von der Absprache zu dritt, den zweiten Besuch in Mbe-Mbong betreffend. Was der Erinnerung entglitten war, hat das Tagebuch bewahrt. Das dritte Gesicht am Bitu-Berg kann beschworen werden.

*

An einem Sonnabend in der Frühe zog man los, geographisch durch die gleiche Landschaft wie im Dezember, und doch war es die gleiche nicht. Sie war umdüstert von Blindheit und Schweigen. Es war eine Zeit, da zwei einander nicht viel zu sagen hatten. Es war auch nicht genau der gleiche Weg. Ein Umweg, gewiesen von zwei Halbwüchsigen, erwies sich als steil und mühsam, wich dafür der Staubstraße aus. Man war angemeldet und verspätete sich. Waren da noch schattige Arkaden den Berg hinauf? Rubinaugenraupe, Schwalbenschwanzschmetterling oder ein grün-goldenes Schlänglein? Nichts. Ein Vetter und ein Ältester waren im Haus, vermutlich wohlbedacht als Zeugen geladen. Dem Fon, welche Ehre, wurden die Gäste vorgestellt, einem Duodezhäuptling der Gegend. Er habe beim Whisky gesessen und sich zu einer pathetischen Rede aufgeschwungen, erinnert sich der begleitende Gemahl. Es war Öffentlichkeit ringsum und gelbes Gras. Wo aber war die Frau, die da kam, ihren Mann herumzuzeigen, da seht und seid beruhigt –? Sie war geistesabwesend.

Ja, gut. Das Einfädeln der zweiten Reise nach Mbe-Mbong. Wie im einzelnen die Sache zustande kam, ist weder notiert noch erinnerlich. Es kam auch ein weiterer Besuch am Bitu-Berg in Sicht. Ein öffentlicher Besuch, um zu amten, und zwar in *woman's dress*, entschied auf Nachfrage der Gastgeber und Kollege. Sprach's und fand im Schutze von Zeugen die Unbefangenheit zu einem seltenen Lächeln. Es schenkte sich hinzu. Ein Geschenk, so schön und aus Mattgold geflochten wie der Korb aus Bast und Raffia, der bei diesem Besuche überreicht wurde zusammen mit einem Säckchen Reis, Mbe-Mbong-Reis, der wohlverwahrt Mbebete und den Kochtopf erreichte. ‚Ein Korb. Ein schöner Korb. Ich habe – einen Korb hab ich bekommen' flüsterte und tränte es einen Abend lang hinter vorgehaltener Hand...

Das Haus wurde besichtigt. Der Mann, der blonde, der seine Frau dieses Mal freundlicherweise begleitete, ließ sich in alle Räumlichkeiten führen. Auch die Tür zur Schlafkammer ward ihm aufgetan. Soll ich auch hinein? Ich kenne doch schon alles. Ach, ich möchte Erinnertes wiedersehen. Trat ein und sah es. Nahm es mit und tat es in des Herzens Schrein. Legte es daselbst auf malvenfarbenen Samt und zu einer Melodie von Abschied und Geschenken. Das, was für ein nüchtern frommes Gemüt gewißlich alles andere als ein Talisman war, lag halb versteckt zu Häupten der Träume. Offensichtlich abgenestelt von einem roten Taschenmesser lag es da.

Im Wohnzimmer lagen die Fotoalben. Jeder Besucher darf darin blättern. Wer blättert da nicht auch mal eben. Wer aber klappte es zu und wieder auf? Zu und auf. Zu und – da war ein Foto. Ein nie zuvor gesehenes. Eins, davon ein Sog ausging. Es zog an, hinein und hinab in strudelnde Tiefen. Von dorten stieg etwa auf...

Der Fon war besucht, das Haus besichtigt; alles, was zu besprechen war, war besprochen; der Besuch aber ist noch keine volle Stunde da. Was nun, die Zeit geziemend zuzubringen? Der Berg! Keine Frage. Der Berg, an dem drei Wochen zuvor ein Straucheln eine Frage unterbrach. Da hinauf. Der beiden Besucher eine klappte das Fotoalbum zu, legte es weg und erhob sich entschlossen. Riß sich gewissermaßen los. Auf den Berg? Gewiß, wenn die werten Gäste und *Na'any* im besonderen es wünschen. Wenigstens bis ins Oberdorf. Der Vetter kam wie selbstverständlich oder wie heimlich beordert mit.

*

Zu viert machte man sich auf den Weg hinan. Der Vetter, klein und kräftig, ist eine praktische Zutat. Der Herr des Hauses kann sich seinem ehemaligen Lehrer zuwenden. Dessen eigenwillige Frau nimmt mit dem Vetter vorlieb. Und muß sich ein Gesprächsthema einfallen lassen, während die Sonne hoch im Dunst steht und die Schatten der Bäume längs des steinigen und mäßig steilen Pfades sich darin auflösen. Ein Thema. Ein sozusagen feldforschendes: Wovon leben Sie? Vom Reisanbau.

Richtig, Reisfelder wurden besichtigt, unten im Tal, beim ersten Besuch ein Jahr zuvor. Oben auf dem Kraterrand von Mbe-Mbong aber gab es einen Ort mit Aussicht auf einen Berg jenseits des Tales, nicht schön, dafür gewaltiger als dieser hier, und ein Finger hatte hinübergezeigt: Wie heißt er? Es war der Berg von Bausi. Berge sind etwas, das Mühe macht und Energien frißt. Was werde ich eine Februarwoche lang allein in Mbe-Mbong machen? Und so, im Aufwärtswandern am Bitu-Berg, ward die Besteigung des Berges von Bausi geplant.

Der Berg über Bandiri zieht sich hin. Auf halber Höhe liegt verstreut das Oberdorf, einzelne Gehöfte, umgeben von lichtem Eukalyptuswald, Bananenhainen und offenen Feldern. Linker Hand steigt der Berg weiter zum Bitu-Berg, rechter Hand fällt er ab. Da entlang läuft ein Stück des schmalen Pfades. Läuft bis er an einer vorspringenden Felsplatte stehenbleibt. Hier ist Erdreich weggebrochen, die Wurzeln der Bäume klammern sich an leere Luft und ein wenig Abgrund gähnt herauf. Nicht viel, aber es genügt. Wie geschaffen für ein kleines dramatisches Abschiedschaos. Hier wird später – o, Jahrzehnte später! – eine Regisseuse den Faltstuhl aufstellen und sich monologisch den Kopf zerbrechen darüber, wie ein pathetisch überdrehtes, an sich banales Vorkommnis künstlerisch zu bewältigen sei. Nahe an einem kleinen Abgrund, aufrecht, ohne umzukippen und hinabzurollen...

Hier, auf halber Höhe, ergab sich ein Verweilen. Den Gästen bietet sich Ausblick über eine Park- und Gartenlandschaft, horizontfüllend, hügelrollend, lieblich und langweilig, eine weite Mulde voller Heu, Maismehl, Bohnenkraut, Kürbiskernen und ein wenig Wellblechkonfetti. Kleine Formen in Reseda, größere in Lehmgrau und Dunstrosa; dunkles Gesprenkel von Busch und Baum; zwischen dem gemächlichen Gehoppel der Hügel das Geäder vermutbarer Wasserläufe – so von oben betrachtet ein großer Formen entbehrendes und daher eher unfotogenes Gekräusel aus Gras und Geologie: Mutter Gaias Savannenangesicht, verschleiert vom Harmattan.

Hier stieg es auf. Eins nach dem anderen.

Ein Wechseltierchen Stimmung, eine kleine Bedürftigkeit schmiegte sich unbedarfter Landschaft an, kroch unter den staubrosa Schleier und träumelte zurück ins eben Erlebte. Lag nicht im blauen Dämmer der Schlafkammer zu Kopfende wieder und noch immer das Silberkettlein, halb versteckt unter dem Kissen, glanzlos? Es war vorhanden. Es bedurfte keiner Nachfrage, keines verlegenen Hervorziehens aus einem Winkel der Gleichgültigkeit. Das zierlich Ring-in-Ringlein-Gefügte, einst dezent Dozentinnen-Blusenausschnitte zierend in doppelter Umrundung; das Abschiedsgeschenk aus dem Regenwald, eine zwiespältige Kleinigkeit, gewiß, für einen, der – je nun, er wird es sich irgendwie zurechtlegen. Und nächtens liegt es neben ihm. Das ist das.

Und was ist das da unten in der weiten Mulde? Zwischen den Hügeln von Ebu, steigt da nicht Rauch auf? Rauch wie von schwelendem Grasfeuer. Ein dichter Schleier, aschgrau vor Traurigkeit. Etwas wie ein Hochzeitstrauerschleier, ach und es ist noch keine vier Wochen her. In dem Rauchschleier erscheint ein Bild. Es steigt daraus hervor wie aus dem Album, eine Fotografie, handbreit, schwarz-weiß, sehr dunkel, und der Anblick knotet sich wie ein Strick ums Herz. Da stehen zwei unter Palmen nebeneinander auf Abstand, frontal der Kamera zugewandt. Das Mädchen lächelt ein wenig. Ein wenig geknickt. Das Wenige und das Geknickte sagen: Ach. Es kann nicht sein. Was kann ich dafür? Der Mann jedoch, aufrecht, die Arme nach hinten gelegt, die Hände beherrscht außer Reich- und Zugreifweite, das Gesicht mit leichter Neigung nach links gewandt, wo das Mädchen steht, das er um Stirneshöhe überragt mit Besonnenheit und – nun, es mutet an. *Tender is the night and the queen moon is on her throne.* Sie thront erhaben, bleich wie eine Liebeskranke, des Herzens Rosengärten kahlgefressen vom Ungeziefer der Eifersucht, die hier nichts, rein gar nichts zu suchen hat. Und dennoch *ist*, in sich gekrümmt und bereit, sich hineinreißen zu lassen in einen Strudel, gemischt aus Trauer und Zuneigung in den beherrschten Zügen eines Entsagenden. *Es* mischt sich wie Geist und Wasser, die wirbelnd in einen Vulkanschlot stürzen und hinabziehen ins Unauslotbare. Es zerrt und zieht, will los und es gelingt nicht. Es schwelt, es verkohlt ohne Luft-der-Vernunft-Zufuhr. Eine Fotografie, handbreit, ein Windstoß und als Rauchwolke wirbelt es auf zwischen den Hügeln von Ebu. Dort hatte die Hochzeit stattgefunden, vier Wochen zuvor. Von Mbebete war eine Weiße hinübergepilgert durch trostlos leere Felder...

Zu Füßen des Bergabsprungs lag die Gartenlandschaft im Dunst des Harmattan. Was war es, das wegzog von dem kleinen Abgrund? War es ein schmales Lächeln, das die Entscheidung *woman's dress* begleitet hatte, in Gedanken entlanggleitend an einem schwarzen Abendrock mit Silberschnalle am Gürtel unter dem reichen Gefältel einer weißen Satinbluse? Fraulichkeit und Festlichkeit waren erwünscht statt männischer Verkleidung. Ja, vielleicht war es die Abendkleid-Vorstellung, die ein solches Lächeln hervorgerufen hatten, rein wie reines, kühles Wasser. Etwas aus einer dunklen Ecke der Erinnerung. Etwas, das sich einst geschenkt hatte, als zwei noch nicht verständnislos aneinander vorbeilebten. Als sie jung waren und vertrauensvolle Hingabe sich in ein Lächeln legen konnte, über das hinaus es keiner Worte bedurfte. Etwas von ferne ähnliches hatte sich geschenkt im Schutze der Gegenwart dessen, dem es abhanden gekommen war.

An der Felsplatte kehrte man um. Nach einer kleinen Bewirtung war auf Drängen des Ehemannes der Besuch nach knapp drei Stunden zu Ende. Man machte sich auf den Weg hinab zu Markt und Taxiplatz. Man lief schweigend ins Leere. Es war alles beredet. Dann stand man herum, wartend auf ein Taxi, und wie ist es auszuhalten, wenn alle maulfaul herumstehen? Ringsum hockten die Buden mit ihrem Kleinkram: eine Möglichkeit zum Entweichen. Ein paar Süßigkeiten könnte ich kaufen für die beiden Bübchen, die uns begleitet haben. Im Budenhalbdunkel, neben den Gläsern mit den bunten Bonbons, war es eng, und das Thekenbrett ragte schulterhoch. Seltsam: es ist noch da. Das Brett, das Halbdunkel, die Enge, die Gläser mit den poproten und giftgrünen Süßigkeiten und die unerwartete Nähe eines braunrot und gelb gefleckten Kittels. Wollte hier einer behilflich sein beim Kaufen von Bonbons? Es war zu spät. Es rieselte nichts, knisterte nicht, flimmerte nicht. Ein eher unliebsames Zwei-Minuten-Surrogat für drei Stunden Leere unter Leuten.

Beim Verstauen von Korb und Reis vorn im Taxi, zwischen dunkelblauen Beinkleidern, mit vier Händen, verhedderte sich später im Tagebuch etwas und es war peinlich. Es gehörte schon fast zum Schutt von eben der Schutthalde, die dann abrutschte, erst durch das Geschussel eines Tagungsleiters – übernachten bei einer gastfreien Kollegin? ‚No. I want to sleep in Mbebete' –, dann, zwei Tage später, durch die Hektik der Reiseabsprachen – ‚I will visit you – and you – and you.' Gegen Mitternacht fand sich noch ein Nachttaxi. Am nächsten Tage sortierte sich einiges Geröll ins Tagebuch. Dazwischen glänzte der Glimmer der Kleinigkeiten, überschattet von einer traurigen Vision – über weiter Parklandschaft stieg es auf wie Rauch. Das dritte Gesicht am Bitu-Berg: Rauch und Traurigkeit. Die Fotografie aus dem Album ward bei anderer Gelegenheit erbeten für eine Kopie. Sie ist vorhanden. Kein Rauch steigt mehr auf.

Das vierte Gesicht

Sternenspreu

in der Morgenfrühe durch Baumkronen rieseln sehen

Cruellest of months – in Äquatornähe ist es der Februar, nicht der April. Die tropische Trockenzeit dörrt Haut und Hirn aus, Malaria treibt die Temperaturen auf und ab, das Blut wird dick und gärt, die Adern auf dem Handrücken bäumen sich, nackte Raupen, livide, die Nerven scheuern durch. Nach aller Erfahrung hätte es wieder so sein müssen. Dieses Mal war es anders. Keine fiebernde Stirn bedurfte einer kühlenden Hand, hastig ausgestreckt und bestürzt zurückgezogen, bleich und feucht hinter dem nutzlosen Schutz weißer Baumwollgardinen vor schwarzer Campusnacht. Schilfgrüne Dämmerung als Kulisse für Trockenzeitfieber ist literarische Erfindung. Der Februar zwischen der Savannenlandschaft im Januar mit der Spur der Rundreisen und dem März mit Amtsgeschäften am Bitu-Berg, abgehoben von einer Wanderung zu zweit durch die Felder von Mbebete – dieser letzte tropische Februar atmete die Wald- und Höhenluft der Berge von Mbe. Zu Füßen des vierten Gesichts am Bitu-Berg schlängelte sich lateritrot eine neue Straße, ein gemeinsames Werk.

Die zweite Reise nach Mbe-Mbong ließ keine Fieberphantasien aufkommen. Nur eine Woche, überreich an Ereignis. Das Straßenwunder, der Bausiberg, eine weiße Frau allein in abgelegenen Bergen, einheimsend Dankbarkeit und die Geschenke des Dorfes: es sättigte die Seele mit Genugtuung und strahlte Selbstbewußtsein ab. Die weite Mulde einsamer Bedürftigkeit füllte sich mit öffentlichen Ehrungen. Ins Abseits strebende Energien verwandelten sich in die Milchsäure mühseligen Bergesteigens, ins Adrenalin hochgemuter Selbstdarstellung im Kreise jungen Reisbauern und bejahrter Würdenträger. Ein Höhepunkt war erreicht. Danach, das vierte Gesicht am Bitu-Berg, Sternenspreu durch Baumwipfel in frühester Morgenfrühe – es genügte vollauf. Es überhöhte und verklärte ein Lächeln im Buschlampenlicht vom Abend zuvor.

Der Besuch am ersten Wochenende im März war ein Arbeits- und Amtsbesuch. Er stand in zwei Terminkalendern, abgesprochen Wochen zuvor. Die Fremde, die zweimal allein und ohne Voranmeldung gekommen war, empfangen von Verlegenheit und Mädchenlachen; beim dritten Besuch erst abgesichert durch ehelichen Begleitschutz, sie kam zum vierten Male, trat auf und herfür als offiziell Geladene, ein Gast und eine Ehre. Eine Amtierende, die über Nacht blieb mit öffentlich anerkannter Notwendigkeit. Und weil von Amtes wegen so wenig vorhanden war, so wenig grüne Weide für eine Schäfchenseele, wucherte das Wenige hinüber ins Tagebuch, blühte im nachhinein auf in einsamen Tangos.

Der vierte Besuch am Bitu-Berg bedurfte sorgfältiger Vorbereitung. Wieder war, wie zuvor in Mbe, Bühne aufgebaut, im Parterre saß, wer weiß, vielleicht erwartungsvolle Neugier. Eine Geladene mußte sich in Szene setzen. Keine unbedarften Dörfler waren hier zu beeindrucken; Lehrende waren zu belehren und zu erbauen, wo nicht zu unterhalten. Es war mühsam, wie immer. Kein Wort, kein einziger Gedanke des Elaborats ist in Erinnerung geblieben. Merkwürdig? Das mit dem Zauberlehrling war erst zwei Jahre später. Nun? Vielleicht wäre ein Stolpern, vor Anspannung, vor Übermüdung, über Formeln erinnerlich, eine Vertauschung von Possessivpronomen etwa, in ritueller Anrede. Etwas von scheinbar geradezu – was soll's. Geradezu Schein und bar innerer Teilnahme war die öffentliche Performanz. Sie war Vorwand.

Am Vorabend – kann Erwartung nicht maiengrüner grünen und rosenroter blühen als Erfüllung? Ist nicht eben dies der Sinn jeder Eschatologie? Nach dem steinigen Pfad pflichtschuldiger Vorbereitungen auf Öffentlichkeit blühen und duften einen Mbebete-Abend lang die kleinen poetischen Maiglöckchen der Vorfreude und der Verschönerungszeremonien. Gieße mit goldenen Kannen, o Philotera, das kostbare Naß heiß und kalt in emaillene Schüssel, auf daß ich hineintauche kopfüber mit Locken der Berenike, haselnußbraun durchglitzert vom Spinnwebsilber der abwärtsgleitenden Jahre! Getrocknet vom Savannenföhn, rosmarinduftend, bernsteinknisternd dem Strählen hingegeben, der Finger zehn wie ihrer doppelt so viele umgarnend, locker aufgebunden hingeschüttelt ins Selbstgefällige und Vergebliche – *It's the last rose of summer left blooming alone...* Aus rabenschwarzem Samt ist der Morgenmantel, aus lindgrünem Batist und Lochstickerei das Nachthemd, Empire. Das werde ich tragen, allein in gastlicher Kammer, mir zur Feier, bei Tage aufrauschend in Schwarz, in Dunkelblau bis zum Boden, Weiß und Türkis um Hals und Handgelenke rieselnd: die Kult- und Symbolfarben einsamer Feste, Ersatz für das Unmögliche. Sie lenken ab und heben auf ins Dinglich-Schöne. Was noch? Statt fester Wanderschuhe den Berg hinauf und hinunter elegante Abendkleidschuhe. Zwei kleine Flaschen *Belle vie* als Luxus und statt des biederen Biers, für den Fall eines Vielleicht... Und nun der notwendige Schlaf.

Der Morgen lehnt an einem Baum am Straßenrand, wartend auf ein Taxi, in kurzärmeligem Polohemdchen, langbehost wie üblich, staubbraun. Haut und Haar und frühstücksgesättigter Magen, alles fühlt sich wohl; nur der Seelensee kräuselt sich ein wenig beim Anhauch des Gedankens, es könnte oben am Berg etwas über das Offizielle hinaus – wie, wenn die soliden Wände aller ehrenwerten Anlässe zu wackeln anfangen? Ach, es ist nur die Entfernung, die alles zwischendurch ins Flimmern und Vibrieren bringt. In nächster Nähe wird es sich wieder beruhigen und seinen rechten Ort behaupten, heiter, harmlos, und das Taxi ist da, viel zu schnell, ja wahrhaftig. Kann die Erwartung nicht ein Weilchen länger am Wegesrand verweilen? An gelben Gräslein hochkrabbeln, den träumenden Blick in den Staub senken? Wenigstens im Dahinfahren die Zeit dehnen zwischen Baum und Strauch, zwischen Hütte und Maisfeld, dieser Biegung und jener – Augenblick, zögere hin; Horizont, wandere...

So schnell wünschte die Erwartung wieder einmal nicht in Erfüllung zu gehen. Aber da ist schon der Arkadenweg hinauf, zum dritten Male zu Fuß, zum zweiten Male allein, die Bäume, das Bächlein, Felsiges versteckt hinter buschigem bald, bald rankendem Grün. Wenn ein Bübchen sich fände, mir die Tasche zu tragen, schwer von *Belle vie*. Von den wenigen, die unterwegs sind, ist keines bereit zu diesem Dienst. Vielleicht ist es auch besser so. Alleine sein und die Zeit hinziehen. Aber so zögerlich halbhohe Absätze Fuß um Fuß auch tragen mögen, es geht voran und bergauf unaufhaltsam. Keine Möglichkeit, unterwegs als Nixe im Bächlein unter den Bohlen zu plätschern, als Baumnymphe in einem Buma zu schaukeln, als Libelle im Zickzack schillernd den Weg zu verlängern oder als Schlänglein ins Abseits zu schlängeln und wieder zurück. Das Fonsgehöft, die letzte Biegung, das altrosa Haus, das storeverhangene Fenster...

Fünf vor elf sitzt der Gast, empfangen von der kleinen Nichte Netti, am gastlichen Tisch vor Tee und Weißbrot. Der Herr des Hauses leitet den Fortbildungskurs im Backsteingebäude nebenan. Dasein, trinken, fragen, schreiben, Fotoalben ansehen, die Zeit vergehen lassen... Es war das Dasein noch keine halbe Stunde alt, es hatte noch keine drei freie Atemzüge getan, da erschien auf der Schwelle ein Besucher, unerwartet, ein Ehemaliger aus Waldlandtagen, stutzte kurz und fing dann an, sich zu wundern in den höchsten Tönen. Was! *Na'any* hier! Wer hätte das –! Ja, mein Bester, wundere dich rundum. Dieses mein Gastsein hier oben ist Teil einer langen und beschwerlichen Rundreise, die auch dich heimgesucht hat. Was also? Was dem einen recht ist, ist dem anderen billig, nicht wahr? Zudem bin ich hier auch noch von Amtes wegen. Aha. Nun ja. Und weil die Zeit, so sehr wohlige Trägheit des Verweilens sich dagegen stemmen mag, vergeht, kommt gegen halb eins der amtende Herr des Hauses herüber, begrüßt die Gäste und *Na'any* fast wie nebenbei. So als gehöre sie ins Haus. Der andere Gast ist zum ersten Male da. Das macht ihn wichtiger.

Wichtiger, gewiß, und daher und da – da lag das Fotoalbum und was daraus aufgestiegen war, das vorige Mal, die Kopfwendung, das elegisch schmale Achtel, wie ein ganz junger Mond aus nachtblauer Zärtlichkeit und entsagender Vernunft; das Gemisch, das Geknickte, der Strick ums Herz – wo war es? Das Foto war nicht mehr da. Es war entfernt worden. Wohin? Warum? *Der Gast litt insgeheim...*, scheute eine Frage, packte ein Buch und sieben Papiere und warf sich in die Öffentlichkeit des Amtierens. Es war halb eins.

Vor dem Lesepult unter offenem Wellblechdach saßen vierzig Älteste, Männer und Frauen. Die Gastvortragende wurde vorgestellt ohne rhetorische Verschnörkelung, legte ein Blatt Papier vor sich hin und las, was zu sagen war, ab in ausgefeilten Wendungen. Ach, und was für ein subtiler Zufall, nicht wahr, der der machte, daß für diesen Tag ein Text vorgeschrieben war, den zu übergehen weder Grund noch Ursach war: *Let me sing for my beloved a love-song...* Eine weiße Frauenhand streckte sich aus, griff in glühende Kohlen und blieb unversehrt. Wie auch nicht. Mach's kurz. Mit Dank und Lob bedacht, nimmt die Geladene Platz, wo der Hirte seiner Herde saß, der nun fortfährt mit der Belehrung. Späte Mittagszeit. Feuchte Wärme, wohlige Müdigkeit. *O for a draught of vintage* und eine abgedunkelte Kammer, darin umzufallen und wegzuschlafen! Statt dessen muß Aufmerksamkeit gemimt werden für die Belehrungen eines jahrelang Belehrten. – Danach im Nebengebäude, in der offenen Scheune, ein Mittagessen. Alle zuhauf, Vorstellung ringsum. Zur Rechten der Neffe, das Faktotum, ‚I am the pastor's wife', sorgt für fröhliches Gelächter. Der Blick einer dreifach betitelten Gastrednerin fällt irritiert auf einen schmalen Ehering, den ein breiter Wappenring halb verdeckt. Wie sonderbar. Wie halb-irre. Wie nahezu reif für einen Roman. Ein wesentlicher Teil des Romans sitzt breit und brav zur Linken in einem sandbeigen Dreiteiler, dem gleichen wie auf dem Examensfoto. Lachend rote Oktobertulpen. Es ist noch kein Jahr her.

*

Endlich ist es Abend. Das Viele hat sich verlaufen, das Belehren weicht einem Grillenlied, der Gastgeber sitzt mit dem Gast und einer Buschlampe allein zu Tisch. Im Hause ist es still – auf ausdrückliche Anweisung? Der Gast ist müde. Es ist auch kühl geworden. In der Schlafkammer ward ein dunkelblaues Polohemdchen mit weißen Nadelstreifen gegen eine meergrüne Nixenbluse vertauscht. Für eine festliche Stunde mit *Belle vie* ? Es gibt Jamsknollen und Fischsoße. Kein Festessen. Es macht auch kaum satt. Es schmeckt nicht.

Was nun? Was da langsam überhand nimmt ist Müdigkeit. Die Gedanken streunen, die Gefühle sind gemischt. Was mischt sich? Erwartungen an *speech after long silence*? Resignation im voraus? Was haben zwei, die zu zweit allein – je nun, selten genug. Bei bibliographischen Anweisungen etwa über einen Katalog hinweg in einem öffentlichen Raum mit Bücherregalen; bei der Besprechung einer Diplomarbeit, und die Tür zur Veranda stand immer weit offen; bei Beratungen über Mehltau oder die Beseitigung von Unkraut in einem Garten mit Einblick von allen Seiten. Hier aber nun sind zwei allein zum ersten Male in diesem Haus, in dem der Gast übernachten wird. Ist das nun die erträumte Stunde, *que l'astre irise / est-ce l'heure exquise*? Gibt es nicht Themen von allgemeinem Interesse, die Herstellung eines Lehrbuches etwa oder einer Straße betreffend? Gewiß, aber bedarf es für dergleichen des Buschlampenzwielichts, der Müdigkeit und des endlichen Alleinseins nach einem Tag voller geschäftiger Öffentlichkeit?

Man redete – muß man nicht reden? – über dies und das. Über die neue Straße, über das Dorf, über die Polygamie der Dorfältesten, über gemeinsame Bekannte, und die Schweigepausen wurden länger. Nahm die Müdigkeit überhand? Lag allzu nahe etwas, das nicht berührt sein wollte? Bedarf es des Mutes? Der Unbefangenheit? Der Aufforderung? Ins ungewisse Blaken eines längeren Schweigens streckt schließlich eine Hand sich aus und berührt das bislang Umgangene. Der Gast beginnt zu reden über das Mädchen und die traurige Geschichte, die so nahe ging. Beiden. Allen dreien. Ja, eine Dritte, die es eigentlich nichts angeht, fängt davon an, berührt von der schmalen Achteldrehung auf einem Foto, das nicht mehr im Album zu finden ist; von der Geste der Entsagung, möge Gott uns weiterhelfen auf dem beschwerlichen Wege der Rechtlichkeit, fürwahr, und führe uns nicht in die falsche Richtung. Ja, welcher Geweihte in violetter Soutane könnte sein Gelübde ernster nehmen als hier einer die Richtlinien frommen Anstandes nahm. Man nimmt einem anderen die Verlobte nicht weg. Man geht den rauhen Pfad des Verzichts. Davon beginnt die Rede, zögernd, tropfenweise. *Here is Belle vie for you, Na'any. As for me, let me drink my beer*. Und im übrigen: noch ist es doch wohl nicht zu spät. Wie? Sieben und drei – oder dreißig? Wie peinlich, Halbverstandenem nachfragen zu müssen. Ja, gewiß, es sei schade. Schade, daß sie schon verlobt war. Sie sei – sie hätte – ja, sie wäre die Richtige gewesen. Doch wohl. Wie? Wessen Wille wäre was? Warum redet er so leise. Er weiß nicht, wie alt ich bin. Aus dem Halbdunkel kommt, um weniges lauter, die Wiederholung. Die Andeutung einer fernen Möglichkeit. Vielleicht mußte es so leise gesagt werden, um etwas, das für den, der es sagt, unerwünschtes Schicksal wäre, nicht herbeizureden. Es sinkt in einen tiefen See zwischen steilen Felsenwänden, die im Abendrot glühen. Es sinkt in das Unterwasserschloß, in dem eine Nixe sitzt und darauf wartet, daß etwas für sie ab- und herabfällt, etwas wie ein zinnen Becherlein Resignation, ein Ringlein vom raren Golde des Verzichts auf das Allgemeine. Ach, es hat keinen Sinn. Du bist müde. Der Tag war lang. Geh schlafen, sagt das Grün der Nixenbluse am Drahtgeflecht der Buschlampe vorbei hinüber ins flackernde Dunkel. Du bist. Sie sind. Eine ungenaue Gegenwart. *You are tired. Go sleep*, sagt *Na'any*.

Sagte eine Resignierende – da ergab es sich. Es schenkte sich, flackernd im Buschlampenlicht; in kindlicher Arglosigkeit umfing es die verzichtende Seele, rankte durchs Orangenzartbitter schon vollzogener Resignation. Ein Becherlein, aus gewöhnlichem Zinn nicht, aus kostbarem Mondsilber fiel in den – in das Unterwasserschloß der Nixe, die da saß und darauf nicht mehr gefaßt war.

You are tired. Go sleep. Da geschah es. Ein also mit nahezu mütterlicher Fürsorglichkeit Bedachter vergaß, wer vor ihm saß. Vergaß, wer die war, die es sagte und ihn ansah durch das Halbdunkel hindurch. Vergaß es, gab sich auf und hin. Vor großer Müdigkeit löste ein Spröder den Sicherheitsgurt, lehnte sich zurück, entspannte sich. Der beherrschte Ernst der Stirn gab den Widerstand auf, der Augen Vorsicht und Mißtrauen – sie wichen dem

Lächeln eines müden Kindes. Es schenkte sich wie eine Maienblume nach langem Winter, *Muguet, beau grain de plante, il nous faudra descendre jusqu'au collinéen pour cueillir tes clochettes de mai.* Von den Hügeln glitt es hinab, sank ins Grundlose – ein flüchtiger Duft und Augenblick der Müdigkeit, mild wie Mondlicht, schauerte herab und blieb zitternd hängen im Rosmarinhaar einer Überraschten, die, dem Wunder kaum glaubend, sich fassen und etwas sagen wollte – da kamen die Hausgenossen nach Hause. Sie kamen aus dem Kino. Man betete zur Nacht und zog sich zurück.

Rückzug in die Schlafkammer, dem Gast zur Verfügung gestellt wie schon einmal, am hellen Tage, nun für eine ganze Nacht mit allen Sternen über den Baumkronen und einer Kleiderleine schräg über dem Bett mit den Geschenken all der Jahre. Es hängt eng aneinander gedrängt. An einen Festtagskittel aus hellblauer Spitze schmiegt sich das ausgeblichene Apfelgrün des Gartenkittels, schon längst erbeten als einzige Gegengabe. Nur zwei wissen, wer wem was gab und wann. Höflichkeit und Dankbarkeit hängen da bei einander. Auf dem Bett liegen lindgrüne Leintüchern und eine Leopardenfelldecke aus Acryl, die nämlichen und ebendieselbe, darunter der Februarbesuch im Heimatdorf des Hausherrn schlief. Möge der Gast sich willkommen und erinnert fühlen?

Der Gast ist eine Frau mit romantischen Anwandlungen. Im ungewissen Licht einer Buschlaterne fühlt sie sich ein und tut sich um in des Hauses Innerstem, in des Hausherrn Schlafkammer, redlich eramtet, höflich zur Verfügung gestellt für eine Nacht. Ein Ort, Rituale zu zelebrieren? Waschwasser nach dem Staub der Reise und dem Schweiß des Tages darf nicht erwartet werden. Es ist des Landes nicht der Brauch. Ein Nachthemd im Empirestil, lindenblütengrün, gibt wortloser Innerlichkeit wortlosen Ausdruck. Eine Prinzessin, die auch eine Märchenerbse unter der Matratze spüren würde, kleidet sich um und ein für die erste Nacht am Bitu-Berg. O, *prima nox* – vielleicht wird sie eines fernen oder nahen Tages stattfinden eben hier. Auf diesen zwei Quadratmetern unter eben dieser Sperrholzdecke, die abgehoben darüber liegen wird unter Wellblech und Sternen... Ach, da hängt auch der Plüschpullover, muskatbraun mit rosenholzfarbenen Blenden. Auf nackter Haut – müßte das schöne Gewebe Plüschgefühle erzeugen, schmeichelnd und ein wenig wehleidig. Wem wäre die Würdelosigkeit zuzumuten, geistesabwesend damit herumzuspielen? Blieb nicht ein letztes Ölgemälde, weiße Regenwaldlilien, halberblühte, vor einem Hintergrund aus eben diesem resignierenden Braunviolett, gesäumt von blassem Altrosé, unvollendet? Neben eine vollerblühte Lilie setzte der Pinsel eine schlaff dahinfaulende. *Lilies that fester...* Geht es um im Hintergrunde der Erinnerung?

Die Müdigkeit kriecht unter das Lindgrün und zieht darüber das Leopardenfellacryl. Erschöpfung und ein Glas *Belle vie* weichen das Dasein von innen her auf; Irismilch erübrigt sich, Salzwasser spült den Staub des langen Tages ab. Es weibt und weint ein wenig und wohlig vor sich hin und dem warmen Schlaf entgegen, zufrieden mit einem Wenigstens an Gewähren und Erfüllung, verhindernd Aufbegehren, Gemeines und Übliches. Vielleicht war ein anderer wach genug, oder gar ihrer zwei, um, was hier frommte, abendlich zu formulieren entlang der Linie ‚Bewahre ein Elsternherz. Laß keine Falle sich auftun für einen unbeschuht strauchelnden Fuß. Möge kein Wort am falschen Ort Verwirrung stiften.' – Auch in dem ausgefallenen Falle, der da als Gast ein Bett okkupiert, ist im Würfelbecher des Schicksals kein Glück für einen bislang Glücklosen. Es sei denn, das Glück ließe sich umdefinieren ins rein Materielle, und warum sollte es nicht. Eine Straße für das Dorf; eine hochbezahlte Auftragsarbeit, ein – o komm, *vil suezer slaf...*

Eine klare Halbmondnacht offenbarte der sehr frühe Morgen. Es könnte gegen vier Uhr gewesen sein. In ein schwarzes Plüschfutteral gehüllt, an nackten Füßen leichte Sandalen, tastete der Gast sich aus der Kammer und durch die Hintertür. Das eine Glas *Belle vie* drängte zur Latrine. Auf dem Weg zurück widerfuhr es. Das Gesicht. Es sah herab. Es hielt Zeit und Atem an.

Der Schritt im Sand verhält, der Blick schweift nach oben. Rings ins Halblicht empor stemmt sich das stämmige Schwarz der Bumabäume. Im Archipel der Kronen öffnen sich Lagunen und es tropft herab. Schleierwölkchen, vom Licht eines unsichtbaren Mondes durchtränkt, schäumen längs des schwarzen Laubes und der nackten Äste. Wie wird mir Einsamen allhier zumute in dieser Stunde? Darf ich es an mich und mitnehmen, um es aufzubewahren in des Herzens Kämmerlein, dicht neben einem Lächeln im Buschlampenlicht? Hängt es mir nicht, opalisierend wie Mondlicht, schon und noch im Haar von gestern abend? Schenke mir eine rein an nichts gebundene Handvoll Sternenspreu hinzu, du unberührt kühle Frühe und stille Stunde, Zeugin vorübergehender Andacht! – Siehe, da lächelte das Gesicht. Es kam herabgerieselt. Aus fernen Himmelsauen, durch lichtes Blattmosaik rieselten eine Handvoll Sterne, langsam, von Blatt zu Blättchen, von Ast zu Ästchen rieselte es herab. Wie eine milde Hand kühles Wasser sprengt auf eine heiße Stirn und es rieselt über Lider und Lippen und Kinn, so rieselte es durch die Baumkronen am Bitu-Berg, nistete in aufgelöstem Haar, tropfte von den Wimpern hinab bis in Seelenunterseegrotten. Am ganz frühen Morgen auf dem Weg zurück von der Latrine...

Zwei Stunden lagen danach noch wartend in Dunkel und Halbdämmer. Die Nacht zerbrach *wie Soda, schwarz und blau.* Vor der oberen Luke des halb geschlossenen Fensters erschien ein Streifen Morgenorange. Krähte nicht sogar ein ländlicher Hahn? Vom gastlichen Lager erhob sich der Gast, wickelte sich wieder in schwarzen Plüsch und wandelte hinaus und hinüber zum anderen Male und vorbei an einem hellgrauen Pyjama mit Zahnbürste im Mund und Schaum davor. Ja, so grotesk wie eine Katachrese. Mit aufgelöstem Haar geht eine Empfindsame vorbei und bittet im Vorbeisehen um warmes Waschwasser. Bebte hier etwa ein doppelter Boden? Mitnichten. Es ging mit schlichtest eingeborenen und rechtesten Dingen zu. Es klopfte auch alsbald an der Tür, es kramten vier Hände schweigend nach sieben Sachen; warmes Wasser stand bereit in weißer Emailleschüssel, es plätscherte ein wenig in der ausbetonierten Badezelle. Dann war es Zeit, aus Lindgrün und Schwarz umzusteigen in Schwarz und Weiß, bodenlang und volantsumrieselt, um in Erwartung des Frühstücks einen Blick auf papierene Zeremonien zu werfen, die auf dem Schreibtisch nebenan lagen. Es lag da freilich auch das Silberkettlein und sagte viel mehr als fromme Formelketten. Es lag da so verlassen, matt und glanzlos, daß es unversehens mit in die Schlafkammer genommen und daselbst in aller Eile, heimlich still und leise aufpoliert wurde, während es in der Badezelle vernehmlich plätscherte.

Was dann, bis zum Frühstück? Ein Rundgang um den ovalen Rasenplatz, allein. Das Gras ist kurz und gelb. Der Sand ist sandig, vermischt mit Staub, der den schwingenden Saum eines schwarzen Abendrockes nicht berührt. An der Schulter des Berges kämpft sich, *Fighting Temeraire*, verschwimmend in gelbrosa Turner-Dunst, die Sonne empor. Die Kamera pendelt müßig. Was gäbe es diapositiv mitzunehmen? Die ärmlichen Röslein etwa, das dunkelrote Geschrumpel über Fenstern und Tür? Das Blühen der Kaffeebäumchen? Nicht einmal die Stelle des Stolperns eignet sich. Das rote Blümchen blüht noch immer, einsam versprengt im Sand. Von der Sorte blüht drüben eine ganze Hecke.

Aber nicht eine ganze Hecke, nur das Winzige, vom Wind eines Zufalls an diese Stolperstelle Gewehte, fing ein Aufgefangenwerden auf. Im Abseits blüht in prangender Fleischlichkeit rote Amaryllis; über dem Wellblechdach wölben sich die Kronen der Bumabäume und der vergangenen Sternennacht. In der Tür erscheint der Hausherr, ganz in Weiß, und kündigt das Frühstück an.

Was redet man bei Schwarztee und Weißbrot, während gegenüber ein unziemlicher Haufen Reis vom Teller verschwindet? Die Suche nach etwas kramt eine Episode ähnlicher Dimension hervor. An dem Morgen nämlich, als ein anderweitig Verpflichteter einen Gast allein zurückließ in dem Dorf seiner Väter, ward ähnlich herkuleische Vertilgungsarbeit geleistet und der Gast staunte. Der Gast war eine Frau, die zu viele Kilos unästhetisch fand und noch immer findet und sich damit abfinden muß, daß mönchisches Leben sich Bauch anschafft. *Na'any* erzählt. Da kam ein einziges Mal ein Lachen auf, herzhaft und gänzlich unbefangen. Aus dem Sonntagsweiß mit Silberknöpfen lachte heraus, was keine Worte fand.

Man lief den Berg hinab zu dritt. Der Neffe kam mit, trug Taschen und verhinderte vertraulichere Gespräche. Auf der Suche nach möglichen streckte sich ein langer, in weißen Satin gehüllter Arm sibyllenhaft in die Zukunft, während eine Ferse in schwarzem Abendschuh sich unbemerkt wund rieb. Ein Köder ward ausgeworfen. Wird ein Vorsichtiger anbeißen? Er biß – vorsichtig, aber er biß an. Man wird sehen, was sich machen läßt und wie viele indigene Millionen es kosten könnte. So ging es durch die *winding lanes* hinab und bis ins Haus eines Honorablen. Da ward die blutige Ferse entdeckt, desinfiziert und bepflastert von der hilfsbereiten Frau des Hauses. Ein bekümmertes Gesicht dicht daneben nahm das Wehwehchen zur Kenntnis. Ein tröstlich Seelenpflästerlein fürwahr. Und nun laßt uns amten.

Ein Doppelauftritt mit Verspätung. Prozession, Introitus, salbungsvolles Pathos und völlig weg jegliche Erinnerung an die eigene Performanz – Worte, Worte, Worte. Und vielleicht das Stolpern bei Rezitieren einer vorgefertigten Formel – könnte dumpf erinnerlich sein. Merkte man der Weißen die Müdigkeit an? Von innen fühlte es sich eher elegisch an, nicht einmal nervös. Ein Agieren auf öffentlicher Bühne wie das Wandeln in einem Traum und über Sternenwiesen... Ich habe hier kein Gesicht, das zu verlieren wäre. Das Gesicht eines anderen zu wahren habe ich die Pflicht. Durchziehen, selbst wenn die Operette in Schwarz-Weiß nicht ganz mein Geschmack ist. Ich bin hier ein Exotikum und eine Abwechslung und außerdem müde. Ja, müde bin ich. Und muß aufrecht und ohne zu wanken den Vorwand herstellen, hinter dem ich schon alles gehabt habe, was zu haben war – Sterne in der Morgenfrühe und ein Lächeln am Abend.

Im Anschluß an die mehr als zweistündige Vorführung mit Amtshandlungen allerlei fand ein Empfang statt im Plüschsesselwohnzimmer des Honorablen und der desinfizierten Ferse. Der Kollege, aus der Nähe der Kollegin entfernt und an den kalten Kamin gesetzt, saß daselbst neben einem Kunstwerk, das dem europäisch eingerichteten Heim ein autochthones Flair gab. Neben der Ebenholzstatue einer säugenden Mutter von Pygmäengröße saß der Unbeweibte vom Bitu-Berg und warf sein Scherflein in die Unterhaltung, *Green means fertility...* Er trug inzwischen den himmelblauen Spitzenkittel. Ein kleiner Imbiß und man würde den Gast mit einem Privatauto bis in die Stadt bringen. Der Gast von auswärts verabschiedete sich. Der Gastgeber, der vom Bitu-Berg, im Gespräch mit einer jungen Lehrerin, wandte sich kurz um mit ausholend unbefangener Geste und selbstbeantworteter Frage, ‚Till when, *Na'any*? We don't know.' ‚Well, latest at the synod.' Seltsam formlos. Als sei eine Last von schuldlosen Schultern gefallen...

Von Schultern unter hellblauem Spitzenkittel, einer jüngeren Frau zugewandt. Die ältere überblickte kurz die Situation, wandte sich und ging davon. War das im Rükken Diplomatie oder ein gröblicher *faux pas* der Verlegenheit? Es schepperte hinterher wie eine leere Blechbüchse. Wie? Ach, er kümmert sich nicht? Weinerlich werden? Nicht ich. Ich fahr dahin mein Straßen, in der Wölbung beider Hände behutsam bergend Sternenspreu, die der frühe Morgen schenkte, vermengt mit dem Maienblumenduft eines Lächelns am späten Abend. Was will ich mehr.

*

Zu jedem Besuch und Gesicht am Bitu-Berg gehören Abglanz und Nachbeben und die Menge der Seiten im Tagebuch. Wie hole ich ein, was ich jetzt erlebe, so daß auch noch ein Rest für später bleibt? Schon im Taxipark nach Mbebete, am allzu frühen Nachmittag, verdoppelt sich das Leben. Aus dem gelebten Leben wird beschriebenes Papier. Die alte Klage, daß mit der Erfüllung von Wünschen Glanz und Duft der Erwartung vergehen, hinterläßt graphitene Spuren; sie verweisen einem trockenen Schluchzen die Daseinsberechtigung. Sie notieren die kostbare Spitze eines himmelblauen Kittels, der den Rücken zuwandte. Hastig Zusammengescharrtes fügt sich hinzu: ein fehlendes Foto, ein Silberkettchen, ein weißer Anzug, eine blutende Ferse; liturgisches Stolpern und Müdigkeit. Vor allem aber die Abendgabe im Buschlampenlicht – ‚That I should remain alone' – und das Geschenk der Halbmondnacht – ‚Da sah ich Sterne' – zusammengerafft und aufs Papier geworfen in hastiger Verlustangst, wartend auf ein Taxi nach Mbebete.

Am Abend keine Fieberträume, sondern andachtsvolle Betrachtung der schönen Augenblicke im Schatzkästlein Erinnerung. ‚Alles war in meine Hand gegeben, und ich schloß die Hand nicht. Ich ließ es mir wieder nehmen.'

Am Montagmorgen waren es Tangos aus dem Kassettenrecorder. Schlager, zum Davonfließen traurig, Sehnsucht nach dem Glück aus Lieschens Seelenschmalztöpfen, ach, der klebrigste Kitsch ward zum Seelenpflaster – *Laß uns träumen am Lago Maggiore.* Es war nichts Besseres vorhanden und genau das Richtige, nahe bei den Wurzeln der Verworrnis und des sublimierten Elends. *Sehnen* darf endlich erfüllt werden, freilich welches, zum Teufel. Ein Tango weiß es zu genau. Höhlenmenschengebaren und höfisches Zeremoniell in ungelöstem Widerspruch. Tanzen will ich und sonst nichts. Tanzen wäre der Gipfel des Möglichen, die genaue Mitte zwischen dem, was der Tango weiß, und dem bloßen Anhauch der Vergeistigung. Wer wird sich hier in Tränen auflösen und von weder vorwärts noch rückwärts und nicht überstehen phantasieren! Möge wenigstens das bißchen Inspiration nicht verrotten und verfaulen. Möge ein Wenigstens bleiben. Es saß und kritzelte sich von der Seele alles mögliche und Unmögliche den ganzen Tag über bis zum Abend. Da war ein gewisses Maß an Katharsis erreicht, und vom Magnetband erklang ein Fünftes Klavierkonzert in Es-dur bis spät in die Nacht.

Und wie ein wild von Fels zu Felsen schäumendes Gebirgsbächlein sich beruhigt, sobald es zwischen übergrünten Moränen dahinfließt, so beruhigte sich am dritten, am vierten Tage, begleitet von Klassik und Tagebuch, das Nachschäumen im Rücken eines himmelblauen Kittels. Chromatische Spannungen im 3. Satz entrücken in abgehobenere Gefilde – ‚Sie reißen den Himmel stückweise auf und das Gold der ewigen Glückseligkeit funkelt herfür'. Es paarte sich aufs beste mit Sternenspreu in der Morgenfrühe einer Halbmondnacht am Bitu-Berg, der auch *Ndola*-Bitu-Berg hätte heißen können und in Wirklichkeit ganz anders hieß. Wie denn in *der* Wirklichkeit, von welcher die Gesichte nichts offenbarten, manches anders gewesen sein mochte.

Das fünfte Gesicht

Nympheen

auf einem Kratersee und dem Höhenwind nachträumen

A*prille with hise shoures soote...* April war es schließlich und kein Gedanke, nein, kein einziger dachte zehn Jahre zurück. So dicht geknüpft umhüllten Gegenwart und naher Abschied, noch wenige Wochen, das Savannendasein. Erst dreiundzwanzig Jahre später fällt der Blick hinab in den Krater der Vergangenheit. *Bethabara. Das alte Haus. Der große Garten. April. Frühlingsschneegestöber. Ach, wie vergeht des Lebens Leidenschaft...* und wie es alsbald aufflammte, am siebenten Tag, im Tagebuch, und zur *Komödie unsrer Seele* stilisiert überlebt, Passion und Inspiration einer Übergangskrise – und nun? Wann? Damals am Bitu-Berg? Hier und heut vor dem Computer? Rosa Pfingstrosen stehen in weißer Keramikvase, wild gewachsen, gepflückt auf einsamem Spaziergang, wortlos überreicht von dem Manne, der damals statt Blumen einen großen Korb aus Raffiabast überbringen ließ. Blumen statt Worte, heute wie vor dreiunddreißig Jahren, als es Dichternarzissen waren, gestohlen mit ruhiger Hand und zitternder Seele, Symbol der Vergeistigung von ungehörigem Leiden.

Zehn Jahre nach den April-Narzissen waren es Seerosen aus einem Kratersee am Äquator, und besonders eine. Es war der dreiundzwanzigste. Vier Wochen waren vergangen seit dem Spaziergang durch die Felder von Mbebete, zur Feier eines Geburtstages, zusammen mit einem Gast, der, eingeladen, freundlichst von Bitu-Berg herüberkam. Der Ausflug mit Kollegin, hinauf zum Kratersee, war wiederum sorgfältig geplant.

Eine Stunde lang strömte am Freitag der Regen, der erste große nach der langen Trockenzeit. Die alte Reisetasche war wieder gepackt, das Haar frisch gewaschen und merkwürdig grau; grau-und-weißgestreift die leichte Hemdbluse. An einer dunkelgrünen Jacke strickend stand die Veranlassung des Ausflugs wie gewohnt an der Straße, wartend auf ein Taxi. Es war später Nachmittag. In der Stadt ein paar Einkäufe und ein intuitiver Griff nach einer Packung Matrizen – gab es außer einem Kratersee oben auf der Hochfläche nicht noch immer Auftragsarbeit zu erledigen auf halber Höhe? Eben. Und noch einmal zwei kleine Flaschen *Belle vie*. Wozu? Es war kein Abend vorgesehen, ihn gemeinsam zu verbringen. Gewiß, aber wie soll ich mit leeren Händen kommen? Du roter Wein, du süßsaures schönes Leben, bedeute, was Worte nicht sagen können. Ich pilgere. *And smale foweles maken melodye / That slepen al the night with open eye / So priketh hem nature in hir corages / Thanne longen folk to goon on pilgrimages...* Ich pilgere, du *holy blisful martyr* der Unbescholtenheit, zum Bitu-Berg zum fünften Male, aber diesmal auf Umwegen und mit Begleitschutz – für mich und deinen guten Ruf.

Eingehüllt in regenfeuchtes Grau wird die Pilgerin wie schlafwandelnd noch mehreres erledigen. Das Ausreisevisum etwa muß beantragt werden. Übernachtung ist bereitet bei der Kollegin, die für den Ausflug zum Kratersee gewonnen werden konnte. Zwei weiße Frauen sind unverdächtiger als eine allein. Der Abend, die Kollegin ist berufsverpflichtet, vergeht in Gesellschaft des Strickzeugs. Es soll, statt eines seidenen Schuhs für die selige Jungfrau, eine Jacke für den Eheliebsten werden. Es fühlt sich freilich beinahe an, als wäre ein solches Opfer gar nicht mehr nötig. Das Ziel der Pilgerschaft ruft keine straffgespannten Erwartungen mehr wach. Es hängt merkwürdig schlaff herum, wie ein achtlos über die Stuhllehne geworfenes lindgrünes Nachthemd.

Am frühen Morgen ein karges Frühstück, Tee und trokkenes Brot inmitten von Gepfötel und Geschnurr. Die Kollegin, um weniges älter, ungebunden, ist eine Katzenfreundin. Was ist ‚sehr früh'? Ein teures Privattaxi bringt die beiden Weißen bis dahin, wo die Arkaden beginnen. Wieder windet sich der Weg durch kühlen Baum- und Felsenschatten, und das grüngoldene Schlänglein läuft voraus, ein wenig zögerlich und müde, wie noch nicht aufgetaut aus nächtlicher Erstarrung. Konversation ist nicht erforderlich. Man ist zu zweit fast so gut wie allein.

Im kühlen Schatten zögernder Erwartung kommt die letzte Steigung entgegen, hellt sich auf, ein langärmeliges Sektbeige, und erscheint ungewöhnlich schmal. Wie auf herabschwebenden Zirruswölkchen nähert sich die Erscheinung in einer Aura von zephyrblauem Veilchenduft oder was immer es gewesen sein mag – es war nur für die Pilgerin das, was es war: den Herzschlag beschleunigend im Entgegenkommen, in das hinein ein Lächeln aufwärts strömte so unvermischt, daß der Blick, in den es mündete, sich senkte. ‚When did you expect us?' ‚At seven.' Es war 8 Uhr. Hier sind die Matrizen. Das ist es doch, worum es erstlich und letztlich geht, nicht wahr? Eine zu entlohnende Auftragsarbeit. Ja, und die Straße. Daraus läßt sich ein wenig Gesprächsstoff filtern bis hin zu einem zweiten Frühstück. Eine halbe Stunde später machte man sich auf zu fünft. Für sich und die beiden Wandergäste nahm der umsichtige Mann zwei Ortskundige als Wegweiser und Begleitschutz mit. Es geht den Berg hinauf.

Der Berg, bei dessen Anblick – das war nun auch schon eine Weile her. Weiße, weiß man, haben bisweilen Gewohnheiten, die Einheimischen nie in den Sinn kommen würden. Wenn Weiße nicht in Landrover einherrollen, wandern sie ins Blaue hinaus und hinauf. Sie haben ihre eigene Art, Energien zu vergeuden, Frauen wie Männer.

Sie laufen, steigen und klettern durch Felsengeröll und Schluchten, über Hügel und Höhen, durch Staub und Hitze, Wind und Wetter. Hier wollen zwei den Berg hinauf, um Aussicht zu genießen, Seen zu sehen und Blumen zu pflücken. Das mit den Blumen war noch nicht abzusehen. Es war auch nur eine. Eine aus dem See gepflückte. Als erstes war ein Wanderstab vonnöten. Ein solcher war alsbald zur Hand.

Man stieg also den Berg hinan und kam bis dahin, wo man schon einmal gewesen war, zu dritt im Januar. Im Eukalyptusschatten, am Felsabsprung, an der Aussichtsplatte, wo von unten aus weiter Parklandschaft rauchgrau ein Trauerschleier aufgestiegen war und des Herzens Rosengärten, kahlgefressen – wie! Was hat das hier und jetzt zu suchen? Bei klarem Wetter reiche die Fernsicht an dieser Stelle bis zu den Bergen von Mbe. Ach ja? Der fernen Berge auserwähltes Akkulturationsgewächs ist zur Seite und nahe, vielleicht um achtzugeben, denn die Wurzeln der Bäume fingern dicht daneben ins Leere. Die Sicht ist trotz des Regens vom Tage zuvor verhangen. Das Fotografieren würde nicht viel heranholen, und es tut sich auch schon Ungeduld kund, ‚Are you ready?' Die also mit verbalem Rippenstoß Bedachte verzichtet auf ein Zeichen von Befremden. Auch und etwa von wegen ‚Entenschnabelprofil' – man wird doch wohl ein Bärtchen wachsen lassen dürfen wo man will und einander im übrigen und im Weitersteigen nach Möglichkeit aus dem Wege gehen.

Der Berg läßt sich Zeit. Er buckelt sich gemächlich von einer Mulde zur anderen. Verstreute Gehöfte von Eukalyptus umsäuselt; Felder, die mit Frauen herüberwinken; Raffiawäldchen, Bächleinrieseln. Viel Himmel darüber. Zehn Beine wandern zügig voran und hinauf ins Weideland. Eine Rinderherde kommt entgegen; das Gras ist kurz und frisch ergrünt, der Blick schweift über die flachwellig hinrollenden Weidehöhen und -gründe der Hochfläche dem nahen Horizont zu, über dessen Rand ein paar ferne Gipfel ragen. Talsenken mit Zwerggebüsch, sanftabfallende Flanken mit Baumgruppen wie heilige Haine, ein hochgewölbtes Tiefblau, Sonne und Wind. Die Höhensonne brennt auf die nackten Arme; ein Höhenwind weht – o Wind vom Bitu-Berg! Warte auf mich bis zum Abstieg! Erst einmal muß ich hinauf. Die letzte Steigung. Der Begleiter einer nimmt die Handtasche ab; der Staubmantel hängt schon längst über einem fürsorglichen Arm. Als die Mühsal an einem steilen Wall schwer zu atmen begann, sich setzen und ausruhen wollte, lag er, noch drei strauchelnde Schritte, da.

Der See. Sehr tief unten lag das erwanderte Ausflugsziel. Eine weite Mulde umrahmte, umarmte ihn, hielt ihn hochumwallt dem Himmel hin, der frühlingsblau hinabstieg und herbstlichbraun auftauchte, bekränzt mit Seerosen. Für wen? Für Rinderherden und Hirten. An der Uferrundung gegenüber hat die hohe Umwallung eine Lücke, als sei da ein Durchbruch, und am jenseitigen Horizont wölbt sich eine ähnliche Umwallung. Ein fragender Finger weist hinüber. Ja, da sei ein weiterer See, aber nicht so sehenswert wie dieser hier und außerdem schwer zu erreichen. Gut. Es genügt. Es kommt auch letztlich auf den See nicht an. Aber schön ist es doch und ein Hochgefühl, an einem selten besuchten Ort zu stehen und zu sitzen und den Blick schweifen zu lassen.

Für wen hat sich der See bekränzt mit Wasserrosen? Doch sicherlich für mich, eine herbeigepilgerte Weiße, die fotografiert und hinabsteigen wird. Der Kollegin genügt der Anblick von oben. Aber ich – ich will hinab. Zum einen muß Zeit hingezogen werden. Dasitzen und das Oval der Wasseroberfläche mit Schwalbenschwingenblick überfliegen, es würde nicht mir, aber den anderen langweilig werden. Zum anderen – die Nympheen. Sie ziehen hinab. Unerfragt Mythisches mag dem See am Rande Lokalkolorit verleihen. Vielleicht hausen in den unergründlichen Tiefen des Vulkanschlotes die Ahnen der Umgebung und ihre Seelen sonnen sich in den elfenbeinweißen Blütenkelchen, leidfrei und erinnerungslos, schaukelnd auf sanft gerippten Wellen. Über das vermutbar Lokalmythische hinaus bringt eine Mitteleuropäerin jedoch romantische Vorstellung mit, um sie an diesem See vorübergehend apostrophisch anzusiedeln – Du verschwiegenes Geheimnis, bekränzt mit einem alten Brautsymbol. Nur ein wenig näher will ich, sonst nichts. Das kühle Wellenspiel unberührbarer Nähe, es genügt mir. Schon eine ausgestreckte Hand wäre ein Wagnis, und es muß nicht sein. Aber vielleicht und wer weiß...

‚I want to descend.' Die steile Böschung ist mit braunem Gras, dürren Disteln, Gebüsch und krummen Bäumchen bewachsen. Ein Fußpfad ist erkennbar: keine unberührte Wildnis. Hier tastet der Wanderstab hinab, und der Begleiter bekommt die Kamera in die Hand gedrückt: ‚To make it appear real.' Die Kamera ging hin und her, ein lockeres Beziehungsnetz, und so kam es, daß später so viele Papierabzüge die Erinnerung überlagerten. Das Hinabtasten mit einem Stab als Stütze: die Fotos werden zeigen, wie es von hinten aussah: grau-weiß gestreift.

Grau-weiß gestreift, so steht *Na'any* am Binsenufer, mit dem Wasser fast in Augenhöhe. Ganz nahe, fast erreichbar mit ausgestreckter Hand, dicht an dicht überlappen sich die Tellerblätter der Nympheen. Der Wind wirft kleine Waschbrettwellen heran, der froschköniggrüne Teppich hebt und senkt sich und es schwappt so sanft und wie aus der Welt... Der eine stand dort, die andere hier, beide stochernd mit Stöcken, zu ermessen, wie tief es sei. Man fotografierte einander, wie nebenbei. Die Nympheen aber – wie ausersehen, ein Geheimnis leise zu umschreiben. *Listen*. Und wortreiche Bewunderung begann zu erzählen: ‚We have fairy tales about these flowers and poems'. Verriet indes nichts von Nixen, die unter Nympheen verborgen Jünglinge ins Wasser ziehen. Das Verstummen entsann sich bleicher Lyrik von bleichen Rosen, *auf dem Teich, dem regungslosen liegt des Mondes holder Glanz...* Teich? Mond? Holder Glanz? Das ist kein Teich, hier scheint kein Mond; die Sonne brennt, der Wind macht kleine Sturzflüge, und die Rosen sind auch nicht gänzlich bleich, die Fülle der Staubgefäße läßt sie gelblich wie Elfenbein erscheinen. Wie schön. Ach ja, wie poetisch. Ach, gar zu gerne... Sie waren außer Reichweite. Wer sah den sehnsüchtig hangelnden Blick? Wie kam es, daß einer sich hinhockte, den Arm ausstreckte, mit geknicktem Stecken hakend zog, an dem zähen Stiel zu zerren begann und sich weit hinausbeugte, so daß *Na'any* besorgt ‚Don't fall' hinüber rief?

Und nun? Ein Ritter lobesam, der seiner Dame das seltene Kleinod darbringt und überreicht mit gebeugtem Knie und samtenem Lächeln? Wo sind wir? Und hatte die Dame etwa ausdrücklich darum gebeten? Na also. Sie kam nicht einmal nahe, um den Blütenkelch, noch gar nicht voll entfaltet, zu bewundern in der dunklen Rahmung zögerlicher Hände. Sie stand und öffnete das Auge ihrer Kamera, um das Dunkel einer bekümmert krausen Stirn abzulichten. Sie bat nicht und bekam nicht. Nicht sofort. Als man sich jedoch zum Aufstieg wandte, tat sie den Spruch: ‚Take this camera and give me that flower'. Da ward demonstrativpronomisch die Übergabe vollzogen. Der zähe Stil mußte sich durch die Öse einer altgoldenen Uhrkette zwängen lassen, die ein vierzipfeliges Messingkreuz im Ausschnitt einer winddurchwehten Hemdbluse festhielt. Da waren beide Hände frei, die eine für den Wanderstab, sich damit abzustützen, die andere zum Ausgreifen nach Grasbüscheln, sich daran emporzuziehen. – So stieg man den steilen Wall wieder hinauf, einer hinter der anderen, bis ein ‚Go ahead!' der Unschicklichkeit ein Ende machte. Als annehmbar zeigte sich später eine Aufnahme, die den See mit Vordergrundmotiv von oben zeigt. Der Wind zaust angegrautes Frauenhaar; er bläht die Bluse, an der vorn kopfunter die Nymphee hängt. Wie eine offene Parabel umkurvt der westliche Teil des Seerosenufers die Windverwehte ob dem See. ‚Let me snap you with that flower' – in goldener Öse hängt schlaff wie eine Geste der Resignation die Nymphee, die eine, auserwählte, zähem Wurzelgrund entrissen und demonstrativ erbeten. Ein Wenigstens.

Oben auf dem Kraterwall saß man um ein Stück Weißbrot. Ein rotes Taschemessers schnitt für jeden einen Bissen ab. Beredtes Schweigen. Sieh, es ist noch vorhanden. Ich trage es bei mir. Nur das Kettlein, das nicht. Es ist, wie du weißt, zerbrochen. Ich habe es dir gesagt, vor Wochen schon, als wir stundenlang neben einander saßen in aller Öffentlichkeit, inmitten des großen Palavers. Da unten liegt der See seit Ewigkeiten und wird bleiben für weitere Ewigkeiten. Es bleibt ein wenig Erinnerung, für den Rest des Lebens, an eine Wanderung zum Kratersee über und hinter dem Bitu-Berg. Erinnerung an Höhensonne und Höhenwind. Und an eine See-, eine weißliche Brautrose. Eine auserwählte Nymphee.

Der Weg zurück führte seitwärts über den flachen Abfluß des Sees. Es rinnt dahin zwischen flachem Gestein. Einer der Begleiter schwenkt ein Henkelglas, füllt und reicht es den beiden Weißen. Die eine wollte nicht. Die andere wollte, als sie sah, daß der, um dessentwillen – daß er trank. Etwas, das aus zwei Schluck Wasser stieg wie aus Kratertiefen – es bog noch im Aufsteigen ab ins Unverbindliche. Was soll's. Leichtfüßiges Balancieren über Trittgestein und Lavageröll, zwei Herzschläge lang Schulter an Schulter. Und kein Efeu kletterte empor am Felsen, an dem zu scheitern gut und sinnvoll war...

Die lange Wanderung zurück – nur der Höhenwind ist in Erinnerung geblieben. Der Höhenwind als das Anderssein eines Felsens, Energie statt Masse, Luftdruckgefälle statt der Statik unnahbarer Nähe. Der Höhenwind jenseits des Bitu-Berges, ein stürmischer Begleiter und Stiller des Durstes, der aus zwei Schluck Wasser aufstieg. Jeder Windstoß erfrischt und belebt wie kühles Wasser. Zausewind, du *toller Fant*, ersehen als Gefährte, dir gehe ich entgegen unbedeckten Hauptes und Herzens. Dir halte ich ergrauendes Haar hin zum Zerwühlen, aufgebundenes, das sich aus dem festen Knoten des Samtbandes löst in flatternde Wirrnis. Unter der Kühle des Höhenwindes blieb unspürbar die Glut der Höhensonne auf nackten Armen. Bleiche Haut bräunte heimlich, verbrannte und löste sich später streifenweise.

In den Feldern weiter unten, wo die Frauen und Mädchen von der Arbeit auf- und herübersahen, rief der Hirte seinen Schäfchen Scherzworte zu. ‚Errrris' sirrte es durch die Zähne, und einem fragenden Blick wird die Erklärung: ‚Her name is Eris'. Aha. Ein o kann nicht so zischen wie ein i. Das überspannte Sirren aber – soll es andeutend nachäffen? Hat sich etwa zu oft und zu aufdringlich antike Mythologie, längst vulgarisiert, den Matrizen und dem Nachdenken eingeprägt? Es klingt irgendwie – ungut. Unerfreulich. Beinahe peinlich.

Gegen 3 Uhr zurück, verlangte eine Windverwehte einen Spiegel. Einen solchen gab es nur in der Schlafkammer, in welcher vor Aufbruch Geld und Papiere deponiert worden waren. Da hockte, noch einmal eingedrungen in des Hauses Innerstes, *Na'any* vor dem Spiegel, handgroß, und vor dem Baumstamm als Regal, Kommode und Frisiertisch, und löste Halbgelöstes ganz. Lockeres, Langes, Verworrenes, Reiz der späten Jahre, bescheiden prunkend mit Seealgenbraun und Fischschuppensilber, durch das hindurch zehn Finger strählen in der Stille, die im Rücken steht. Es standen da reglos der Herr des Hauses und sein Schweigen. Das Wenige, das noch grünte, verholzte. Das Stückchen Spiegel fing einen Blick auf. Der war finster. Er verlor sich in dem Haar, das da ausgebreitet ward. Daher? Doch wohl. Ach, gar nicht wohl. War das alles? Es war da noch die Nymphee. *Na'any* fühlte sich bemüßigt, die schlaffe Blüte loszunesteln, neben den Spiegel zu legen und da liegen zu lassen, wortlos. Sie auf die bunte Flickendecke, die auf dem Bette lag, zu legen – wer wird so unbesonnen sein. Immerhin. Zurückgelassen ward, was abverlangt worden war. Hier – mehr soll es nicht sein. Es ist auch schon sichtlich am Dahinwelken. Mach damit, was du willst. Stell es in ein Glas Wasser oder wirf es weg. Es wird blühen unverwelkt in der Erinnerung. – Nach einem kleinen Imbiß begleitete der Herr des Hauses die beiden Frauen ein Stück Wegs hinab zum Taxiplatz. *Small talk*. Als Dank zum Abschied: ‚I got what I wanted', Really? Wer mußte es wem einreden. Immerhin: Höhenwind und Sonnenglut und eine Nymphee. Aber kein Alleinsein danach, um das wenige einzusammeln und auszubreiten im Tagebuch. Der Kollegin Gastlichkeit zwang zu Konversation, am Abend sowohl wie am nächsten Morgen.

Spät nachts im Gästebett, beim Licht der Taschenlampe, wenigstens eine graphitene Frage und zwei Feststellungen ins Reisetagebuch: ‚Was war das für ein See und was für eine Wasserrose und Nixenlilie –? Wird einer sich ihrer annehmen, eh' er sie wegwirft? Den Wind hab ich umarmt, den kühlen Wind der Hochebene, den kühnen, der es wagte, abseits großer Vorsicht und kleinlicher Besonnenheit. Nichts war da. Nichts außer dem Wind und einer Nymphee. Was wird bleiben? Muskelkater und Sonnenbrand für einige Tage. Was hab ich gehabt, das da bleibt bis zum Tod und *eis aiona*? Der ewig reiche Gott, ist er reich genug, dem bedürftigen Geschöpf unvergänglich Schönes zu gönnen?'

Das sechste Gesicht

Thronende mit Hof

Prinzessin Elster auf einem Gruppenbild

Aschgrau ist der Staub, der warme, da, wo die Plastiksandale des Alltags hintritt und die Hacke der Frauen Felder bearbeitet, darauf morgen eine nahrhafte Knolle wachsen soll, an den Hängen hinauf zum Bitu-Berg und zwischen den Hügeln von Mbebete drunten, morgen, wenn der Regen kommt, um aus dem leichten Pulverstaub schweren Schlamm zu machen, *und frisch der Boden grünt von des Himmels erfreuendem Segen*. Rötlich getönt und eigenartig abgehoben war die Spur im Staub der Reisen, die von Mbebete hinüber zum Bitu-Berg führten. Die vorletzte war für Anfang Juni geplant. Die Felder ringsum warteten. Der Regen kam zusammen mit dem Gast. Der Regen machte, daß der Gast statt einer Nacht zwei Nächte blieb.

Muß die gewohnte Mühsal, der Aufwand, den der Vorwand forderte, erinnert werden? Kann es mühsamer sein, ein Feld zu behacken? Nur vier Seiten, der Papierkorb ist voll und geblieben ist nichts. Es waren der papierenen Vorwände sogar zwei, und vom zweiten ist immerhin etwas geblieben. Knappe dreißig Seiten Lehrstoff waren noch zu verfassen, darunter wenige Zeilen handelnd von einer Seltsamkeit aus höheren Regionen des Geistes und dessen, was er verkraften kann. Daß Glück – *le Bonheur* – zugleich Schuld sein kann: ein empfindliches Gewissen weiß es. Es ließ sich einst sogar ein Spielfilm daraus machen. Eine *Komödie unsrer Seele* hat versucht, es auf Abstand zu bringen. Wie aber kann, *para doxan*, Schuld Glück sein? ‚*Singe, unsterbliche Seele...*'

erlösend Erhabenes. *Felix culpa*. Daß solche Schuld mit Tragik nichts, oder wenn, nur wenig gemein hat; das Leiden des Erbarmens aus anderen Gegenden kommt, darüber war noch Weniges zu formulieren, um ein umfängliches Unternehmen ohne Nachwort zu beenden.

Ein Zeitgerüst, ein leichtes, aus Binsenstroh; nur ein paar Hilfslinien, wann, wo, wer, was. Am Sonnabend saß eine Reisende abermals an der Straße, eine ‚Philosophie des Unglücks' anblätternd. Die Taxis halb leer und bequem; über den Bergen stand der zu erwartende Regen. – Zurück am Montagvormittag, leichte Magenbeschwerden und eine große Müdigkeit, die da dauern sollte eine ganze Woche lang. Tag für Tag der Versuch, dem Tagebuch Einzelheiten einzuprägen: den Weg hinauf und hinab zu zweit, das Geldpalaver, die Schludrigkeit der Auftragsarbeit, die Frau, die den Regen brachte und eine zweite Nacht blieb, die Öffentlichkeit zu zweit und *en groupe* mit Fotografen – war alles zu verkraften, und ein Gruppenbild würde, schwarz-weiß, eine Weile alles andere überdauern. Wohin indes mit der Enttäuschung der Kammer zur Linken und der Gefühlsgischt aus den Fotoalben? Wohin mit dem zerbrochenen Silberkettchen – o, der Abschied zerrüttet mich. Vor Müdigkeit zerrinnt mir alles, was ich bekommen habe und alles, was nicht war, nimmt überhand. Ich klammere mich an mein Strickzeug. Eine dunkelgrüne Jacke für den, zu dem ich zurückgehe.

*

Aus dem Taxi stieg am Sonnabend, die in den Markthütten ringsum inzwischen bekannt sein mußte. Es war gegen 3 Uhr. Noch einmal allein durch die schattigen Arkaden zwischen Buma und Fels? Nein. Eine Erwartete stieg da aus, Mantel, Schultertasche und eine weiße Bordtasche zurechtrückend, und ein Wartender stand da, unerwartet, ‚waiting for you.' Seit drei Stunden schon. Soso.

Aber auch wegen Stühlen vom Schreiner. Wie beruhigend, ach, und wie mühsam – den ganzen Weg hinauf zu reden, um der Zweisamkeit durch Schweigen keine Möglichkeit zu geben, sich flirrend auszubreiten im Filigran des Nervensystems. Wie? Wieder ein Motorrad? Wie gut doch Unerbittlichkeit sein konnte. Es gibt kein Geld für eine Suzuki und noch mehr Bauch.

Die letzte Steigung, der ovale Rasenplatz, das Haus, die Schwelle unter Rosenranken und ein Schlafkämmerlein für den Gast – oh! diesmal zur Linken. Mit welcher Eiseskälte, wunderte sich eine Enttäuschte in nachhinein, ja, polarer Eiseskälte und tänzerischer Leichtigkeit gehe ich über Dinge hinweg, die mir wie, je nun, wie der schnell zuhandene Dolch ins – ins Schlafgemach zur Rechten also ward der Gast nicht mehr eingelassen. Auf dem Bambusbett zur Linken saß der sechste Besuch am Bitu-Berg wie eine Verstoßene, aus nicht weiter benennbaren Gnaden Gefallene. Ach ja, die Fallhöhe. Drei gewaltige Stufen im Felsgestein des Sozialgefüges, und wo fiele eine Fallende hin? Es bleibt doch immer noch etwas Apartes ganz und gargeköchelt – für mich. Ein Pot-au-feu voller Poesie und eine schwarze Muse mit Bauch und Prinzipien. Dieser Mann ernüchtert. Wie schlafwandelnd tut er das Richtige und ist doch vermutlich hellwach und auf nichts als seinen monetären Vorteil bedacht. Und ich? Ich gehe trocken unter dem Regen hindurch.

Der Regen kam gegen Abend. Zögerlich tröpfelnd erst, sodann in erfrischender Genüge. Der Staub atmete auf. Die Ältesten kamen. Man saß bei Palmwein und *small talk*. Das einzige große Thema war der Regen für die Felder. ‚You brought the rain,' sagte einer, und die weiße Frau hörte es nicht ungern. Sie ist diesmal nicht Privatgast. Sie ist, wie schon einmal, zu öffentlichem Amten heraufgekommen. Aus rechtschaffenem Verzicht auf Ungehöriges träuft das gemeinschaftlich Wohltätige...

Am späteren Abend, beim Zischen einer lichtstarken Gaslampe, saß man zu zweit, der Gast in Türkis mit Volants, langärmelig in Blau der Gastgeber. Der Gast las eine mühsam verfertige Ansprache in Pidgin vor, brach zaghafte Vorschläge zu Kürzungen ab, und man war alsbald wieder bei *dem* Thema. Der Köder, wie beiläufig ausgeworfen den Berg hinab Anfang März; zwei Wochen später in Mbebete an langer Leine in noch fernere Zukunft verlängert, hatte sich festgehakt: ein Haus, das der Mann von Mbe-Mbong in seinem Heimatdorf zu bauen die Möglichkeit greifbar nahe sah, abhängig freilich vom Wohlwollen der Frau, die zum zweiten Male unter seinem Dach zu nächtigen im Begriffe war. Zum ersten Male beflügelte ein gemeinsamer Traum zwei nach Lebenswelt und Daseinssinn sehr unterschiedliche Gemüter. An einem gemeinsam gebauten Haus – die eine gibt das Geld, der andere kümmert sich um Material und Herstellung – ließen sich Hoffnung und Möglichkeit einer Rückkehr nach Afrika festmachen. Es ließe sich fürs erste ein Briefwechsel darüber anknüpfen. Der Abschied wäre ein vorläufiger und als solcher erträglicher.

Am Sonntagvormittag die feierliche Kulisse zwischen Backstein und Wellblech nebenan; ein Hirte ganz in Weiß mit Silberknöpfen, der Gast wiederum in schwarzem Abendrock, Hals und Hände umspielt von weißen Satinvolants. Mühelos die Ansprache und gänzlich untergegangen; gleichfalls und gewißlich gingen unter alle etwaigen Verdächte in der hellen, öffentlichen Unbefangenheit, mit der Gast und Gastgeber einander umgaben vor aller Welt Augen. Ja, vielleicht war der Hirte seiner Herde bereits zusätzlich abgesichert durch Gerüchte einer Brautwerbung, von der *Na'any* zum Glück noch nicht die leiseste Ahnung hatte. Was vor aller Augen wie auf einer Bühne vor sich ging, kam gewiß nicht oft vor in dieser Gegend und überhaupt und so doppelbödig, wie es den Anschein haben mochte. Vermochten Amt und Würden gänzlich und in jedem Falle zu neutralisieren, was als polare Spannung immerhin vorstellbar gewesen sein könnte? Das Stück war schon einmal aufgeführt worden, im März, unten in der großen Lehranstalt unter Leuten, die einen Versprecher mitbekommen hatten. Wieder Brot und Wein und ach, wozu das alles. Es wollte kein Hoch- und Selbstgefühl blausamten äugelnde Tagpfauenflügel ausspannen in so ausgesucht ungewöhnlichem Rollenspiel. Es fühlte sich an wie schon erstorben und einbalsamiert in Korrektheit, Würde und Leutseligkeit.

Leutseligkeit, Würde und Korrektheit wurden anschließend als Gruppenbild mit Gast abgelichtet.

*

An diesem Sonntag ergab sich noch einmal Gelegenheit, in den Foto-Alben zu blättern und siehe: das im Januar entdeckte, im März vermißte Doppelleid unter Palmen war wieder vorhanden. Hinzu kam der Mut, es als Leihgabe zu erbitten zum Zwecke der Anfertigung einer Kopie. Warum? wagte der darum Gebetene zu fragen. ‚Because I like it.' Weil ich dein Leiden liebe. Ich liebe es wie mein eigenes. Ich gedenke der wenigen Wochen, die vier Jahre zuvor im Regenwald das Hoffen gedauert hatte; ehe das Unglück reif war zum anderen Male. Gleichzeitige Ansprüche, wenn auch abgehobenere, waren auch damals von Ahnungslosigkeit umhüllt gewesen... In den Alben gab es auch Erinnerungen an Gruppenreisen nach Europa, elf und acht Jahre zuvor, zu betrachten. Reisen, wo man alles bezahlt und geschenkt bekommt und herumgereicht wird als Exotikum; wo man die Scherze mitmacht, die Hochzeiten und das Lachen, wenn man zufällig stolpert und hinstürzt, gerade in dem Augenblick, wo die festliche Gruppenaufnahme gemacht wird – es klickt und da liegt der Gäste einer in weitem, reichgestickten Gewande auf dem Parkett, ganz unfeierlich, aber so, daß im Sturz ein strahlendes Lachen hervorbricht, ausgeschüttet wie eine große Schüssel voller Glück und Goldfische. Es liegt da hingegossen und mit einem Blick, der so vertrauensvoll sich hingibt an das Lachen der anderen, daß der festgehaltene Anblick überwältigt mit schmerzhaftem Glanz, erinnernd an ein Lachen zur Zeit der Dichternarzissen. Ein Lachen aus bernstein und malachit gestirnter Iris, in gruppendynamischer Runde, hingelagert auf Parkett. Neben der linken Schulter saß das Glück und verschenkte sich in einem Lachen. Es war damals, am Bitu-Berg, zehn Jahre her. Von so weit sprang es herüber und begegnet noch einmal, im Fotoalbum eines bis dahin Glücklosen.

Am späteren Sonntagnachmittag ein kleiner Rundgang, allein, um den großen Rasenplatz, innehaltend an der Stelle des zweiten Gesichts. Im Regenlicht, Sonne und Wolkenwand einander gegenüber wie zwei Potentaten, erschien der Berg weniger hoch, aber näher. Aus dem Hause trat der Gastgeber, nach dem Gast zu schauen, umrundete das Oval zur Hälfte und blieb stehen – gegenüber, die schwarze Regenwand im Rücken, vor sich blendend die sinkende Sonne und *Na'any*, verweilend an der Strauchelstelle, zum Berg hinüber blickend, im Rükken den Augenblick, entlanggleitend an Nadelstreifen und Nervenfasern... Man begab sich ins Amtsstübchen und beschäftigte sich mit den so weit beschriebenen und mit viel Korrekturlack bekleckerten Matrizen. Schmuddelarbeit. Jedoch und *ut aliquid*... Die Geldzuwendungen bedürfen der Begründung. Eingespannt in die Schreibmaschine ist *the friendship ideal*, dialektisch entwickelte, feinfädig gesponnene Gefühlsambivalenzen. Wozu? Um eines Vielleicht willen. *Ut aliquid haereat.*

Dann, als gegen Abend die Zeit zum Aufbruch kam und sich hinzögerte, zog, wie herbeigerufen, noch einmal Regen auf und fiel, ein großer, schöner, ein rauschender, ein rechtfertigender Regen, und ermöglichte das Bleiben und eine zweite Nacht in der Kammer zur Linken. Die dritte und letzte Nacht am Bitu-Berg. Auf der Bank vor dem rosa Haus saßen zwei in regenfrischer Dämmerung und beredeten das zu bauende große Haus in den Bergen von Mbe. Man setzte sich zu Tisch, eine geblümte Serviette wurde gereicht, es war wenig Raum zwischen Tellern, Tassen, Gläsern und Händen. Kein Ausweichen, nimm es hin, viel zu Spätes, zugeschoben, hingenommen ohne Aufflattern, Absinken oder Ansinnen von irgend etwas. Der übrige Abend war leer und ließ nichts zurück. Und die Nacht, die letzte am Bitu-Berg, in der Kammer zur Linken? Läßt sie sich beschwören?

Weiße Nacht am Äquator, heraufgeholt aus pechschwarzem Vergessen, vorgestellt im nachhinein und poetisiert, stilisiert, ausgemalt mit irisierenden Emaillefarben, apostrophisch – O Tropennacht am Bitu-Berg, erhellt vom dünnen Silberschimmer des Zufriedenseins mit glitzernd Wenigem! Wenigstens noch einmal unter dem Dach, auf das Sterne in der Morgenfrühe rieselten. Zur Linken zwar nur und dennoch traumwandelnd am Rande eines Polarkreises, in dessen Rundung die Sonne der Hoffnung nicht gänzlich untergehen kann. Vielleicht schweiften Seelenpartikel, schwerelos wie Schlieren; vielleicht schwirrten Elementarteilchen mit Kolibriflügeln unterm Konfettigestöber der Sterne über dem Wellblechdach, und winzige Silberfischchen – oder bleiche Grottenolme? – huschten durch den Archipel der Inseln in den Bumawipfeln. Könnte es so gewesen sein oder wäre die Nacht weiß gewesen vor reinem Seelenfrieden und traumlosem Schlaf?

Am nächsten Morgen wurden zusammengerafft und eingepackt ein Haufen beschriebener Matrizen, höchst offiziell; ein Foto zum Fotokopieren, ganz privat, und das Silberkettlein. Ja, es war zerbrochen. Der Verschluß war zerbrochen. ‚Let me try and have it repaired.' Den apfelgrünen Kittel indes – nein, den noch nicht. Er soll dem nächsten und letzten Mal aufgespart bleiben. Ein Abschiedsgeschenk soll es sein.

In einem schwarz-weiß gestreiften Kittel – breite Zebrastreifen – begleitete der Gastgeber den Gast den Berg hinab zum Taxiplatz. Worüber wird die Rede hin- und hergegangen sein? Über das zu bauende Haus und das nötige Geld, wie es zu beschaffen und zu welchen Bedingungen es zu überantworten wäre. Des zerbrochenen Kettleins ließ sich nur mit Schweigen gedenken. Ja, der Verschluß war kaputt, und weibliche Einfalt gedachte ein Symbol zu retten. – Dann, nach der Verabschiedung, als die Frau, die Fremde, die Weiße auf ein Taxi wartend alleine herumstand, da also geschah es, daß einer der Ältesten aus dem Gruppenfoto vom Sonntagnachmittag stieg, herbeikam und besorgt, ja bestürzt herausbenannte, was ihn offenbar mit Sorge erfüllte: 'What has happened?' Wie bitte? Oh! Nichts. Nichts weiter. Der Regen. Der Regen kam und nötigte zum Übernachten. Damit gab der Frager sich zufrieden. Wie auch nicht. Seltsam. *What has happened?* Ja, was denn?

Mit der Rückkehr nach Mbebete kam die große Müdigkeit und die Mühsal, Zerbröckeltes einzusammeln ins Tagebuch. Von Prinzessin Elster war noch nichts zu sehen. Sie steckte im Zelluloid der Kameras. Und im übrigen? Die Kammer zur Linken und ein Foto von noch nicht vier Jahren zuvor, als im Regenwald der Tulpenbaum blühte und sein rubinrotes Hochzeitsglück achtlos in den Staub der Straße warf. Es hat nicht sollen sein. Wie die Elster schwarz und weiß, halb Taube, halb Rabe, brütete der weißen Frau Herz über einem Unglück, das sie eigentlich und von Rechts wegen nichts hätte angehen sollen noch dürfen und dennoch...

Das sechste Gesicht am Bitu-Berg? Es zeigte sich erst im nachhinein. Es ist noch vorhanden.

Schwebend über dem rauchgrauen Unglück von damals, unter dem grasgrünen Regen hindurch und über alle die Jahre hinweg, die seitdem vergangen sind, ist es sichtbarer geblieben als alle übrigen Gesichte am Bitu-Berg. Was an jenem Sonntagnachmittag an Leutseligkeit, Würde und Korrektheit abgelichtet wurde, es steht auf dem Vitrinenschrank neben dem Korb aus Raffia: ein Gruppenfoto in schwarz-weißer Konturenstrenge. Es zeigt – *Thronende mit Hof.*

Es thront im Singular, es thront im Dual. Es thront inmitten zahlreicher Gefolgschaft feierlich und unter Rosenranken. Eine öffentliche Zeremonie – wer nicht wüßte, welche, und um was es damals ging, könnte sich, wenn er wollte, exotisch Märchenhaftes ausmalen, romantisch Wunderliches aus dem Buch der Lieder. Was stellt wohl eine weiße Frau im Abendkleid am hellen Tage unter all den Schwarzen vor? Wer ist der Mann ganz in Weiß, quasi-morganatisch zu ihrer Linken? Ein Operettenprinz? Eine Bildbeschreibung würde verebben in kleinen Wortwellen, die das Sichtbare mit sich schwemmten und ablagerten als Vermutungsgeröll und Fabeltang am flachen Strand vorübergehenden Interesses.

Es ging aber nicht vorüber. Es sitzt und steht da noch immer. Abgezählte einundzwanzig Leute, sieben Frauen, doppelt so viele Männer, stehen und sitzen eng gedrängt vor einem Haus und Fenster, über das Schrumpelröslein ranken. In der Mitte vorn als Zweiundzwanzigste sitzt die Fremde, der Gastfreund, Xenia, Prinzessin aus der Ferne und wie aus einer anderen Welt, zur Rechten des einheimischen Hirten seiner Herde. *Ganz in Weiß*, so sitzt du vor mir... Gelassen liegen die Hände auf den Knien, locker gefaltet, und ein freundliches Lächeln, leicht geöffnet und beherrscht, zeigt von allen Anwesenden nur er dem Fotografen. Die Prinzessin hingegen, neben ihn gedrängt, hebt Augenbrauen über dunklen Brillenrand und preßt die Lippen aufeinander – ihr Lächeln wirkt skeptisch verkniffen. Mokiert sie sich? Worüber? Über die exotische Rolle? Oder lauerten ihr Zweifel auf in des Herzens Kämmerlein? Zweifel angesichts solchen Thronens mit Hof als Ehrengast und neben einem Operettenprinzen ‚ganz in Weiß' – oh, wie denn und warum?

Ist nicht alles in bester Ordnung, rundum mit einem Palisadenzaun aus solidestem Rollenholz, den so leicht keine Verdächte überklettern dürften? Mag sein, und gleichwohl. Wenn nicht *zwivel* als *herzen nachgebur*, dann vielleicht etwas Ungenaueres, Halb-und-Halbes. Die festliche Abendgarderobe, weiß und schwarz, *als agelstern varwe tuot* – halb Täubchen, halb Räbin, *Prinzessin Elster*, nicht abgeneigt, aus fremdem Nest zu holen, was ihr in die Seele glänzt und glitzert. Alter Bindungen halb vergessen, in selbstbegrenzter Freiheit thront sie, umgeben wie von einem Hofstaat, und läßt sich auf Zelluloid verewigen Seite an Seite mit einem (rückständigere Gemüter würden beleidigend altes Latein reden) *Sohne Afrikas* .

Prinzessin Elster? Aus fremdem Neste stehlen? Wie lautete, im Tonfall des Durchschauens und weiser Nachsicht, der Spruch am anderen Ende des elastischen Bandes? ‚Du wirst ihn daran hindern, eine Frau zu finden' – wer, ich? Bin ich das Schicksal? Diebische Elster? Ach, ein weißes Huhn bin ich, leicht angegraut, das goldene Eilein legt in den kühlen Sand, vom Mond betaut, eines Dorfes in fernen Bergen...

Prinzessin Elster als sechstes Gesicht am Bitu-Berg: ein Selbstporträt zur Erinnerung an die pflaumenmus- und nympheencreme verstrudelten Träume der bereits überschrittenen Lebensmitte.

Das siebente Gesicht

Ein apfelgrüner Kittel

Abschied und blindes Nachtasten

Auflösung, außen und innen. Die Regenzeit rauscht. Kurz und hastig: wie der erste Besuch am Bitu-Berg, so auch der letzte. Ein Sonnabend Anfang Juli. Ein langer, ermüdender Tag vom frühen Morgen im Grasland bis zum späten Abend im Waldland. Laute, heftige Träume drei Nächte zuvor, herrisch, befehlend, so und so wird das gemacht, verstanden?! Noch einmal der offizielle Landrover. Noch einmal zu dritt mit John-the-driver als Mitwisser. Ein Umweg, ein kleiner Umweg, ein unbedingt notwendiger Umweg. Ich weiß, was ich will und ich werde es durchziehen gegen vertrautes Mißtrauen und angetraute Gleichgültigkeit. Aus dem Waldland kam ein Ehemann, die Eheferienfrau aus den Grasland ab- und zurückzuholen ins Waldland und nach Europa.

Tagelanges Sortieren, Ein-, Aus-, Umpacken. Ein Haushalt wird aufgelöst und verschenkt alles, was zurückbleiben soll. Hinauf an den Bitu-Berg soll es gebracht und dort abgeladen werden. Dies und jenes und auch das Rollschränkchen, darin zehn Jahre lang das lyrische Epos *Bethabara*, unvollendet, ungelesen, von den Kakerlaken angefressen überdauert hatte. Auch die rote Verlobungspfanne, in der sonntags auf kostspieligem Butangas Reis, Bohnenbrei und Kochbananen aufgewärmt worden waren, ja, auch die. Desgleichen eine stabile Vierkant-Reisetasche aus fernen Jahren, tüchtig zum Transport von schweren Büchern, und ein ebenso stabiler Vierkant-Pappkoffer, der vor allem soll weg samt den Erinnerungen, die darin rumoren. Jahrelang hatte das in einem Schlafzimmerschrank neben dem Doppelbett gelegen, verbergend, zwischen Plastik und Hygiene, ein Buch, ein bebildertes Buch mit Anschauungsmaterial, ja, farbige Fotografien des Wunders und des Werdens, ein Buch, das Angst mildern sollte und statt dessen einflößte, und es ward ertragen, fast drei Jahre lang und überstanden, irgendwie und nicht ohne Narben für den Rest des Lebens. Das Behältnis, diese braune Pappe, in dem das Buch und die Möglichkeit wie in einem Sarkophage lagen, soll zurückgelassen werden einem, der nichts von dergleichen Qualen ahnt. Ein Haufen nützlicher Gegenstände soll am Sonnabend *coûte que coûte* von Mbebete hinauf zum Bitu-Berg gebracht werden. Überdies Geld für das große Haus und, vielleicht, wenn die Unbefangenheit hinreicht, Wein und Rosen zur Feier des Tages.

Am frühen Morgen, am zweiten Juli, blieben die Rosen in Mbebete, die weißen, die Mondrosen, die vor dem vergitterten Fenster und am Rande des Absoluten blühten, wo um die nächste Ecke grinsend der Gefühlskitsch lauerte. Ach, war es wirklich so kitschig? Es waren die sechshunderttausend, die zählten. Das ist wahr. – An diesem Morgen fuhr der vollbeladene Landrover von Mbebete hinüber den Weg durch die Felder. Nicht wie im Dezember, allein und zu Fuß in die aufgehende Sonne hinein. Durch das Schweigen zu zweit rollten die Räder, floß die Zeit wie blind. Die Felder müßten schon grün vom Regen gewesen sein; aber es schweifte kein Blick und keine Erinnerung blieb zurück, auch nicht an den Weg hinauf durch die Arkaden aus Wipfelgrün und Felsgrau. Eine schwarze Binde legte sich über die Augen.

Man kam an, erwartet; der Fahrer lud ab, was er in Mbebete aufgeladen hatte; die Taschen und Koffer und sonstigen Paraphernalien wurden in die Schlafkammer gestellt. Daselbst fand nebenbei, zwischen Tür und Angel gewissermaßen und gänzlich unfeierlich, die Übereignung des längst erbetenen Gartenkittels statt, des apfelgrünen, gewaschen und mit groben Stichen zusammengeflickt da, wo die Nähte eingerissen und ausgefranst waren. Der das abgetragene Kleidungsstück überreichte, kaum ahnend, was es für *Na'any* bedeutete, er hatte sich in nougatbraunen Plüsch gehüllt, sei es wegen der Morgenkühle, sei es, um wortlos zu sagen: auch ich, ich schätze das vorweg Getragene und Übereignete. Ob *Na'any* den alten Arbeitskittel tragen wolle. Nn – nein. Nur erinnern wolle sie sich.

Nun gut, das war es dann im Grunde und eigentlich schon. Für die eine Seite. Für die andere kam das Eigentliche noch in der Gestalt von barem Geld. Die Besuche am Bitu-Berg wurden nachträglich, die Möglichkeit einer Rückkehr in die Berge von Mbe wurde im voraus erkauft mit der Aus- und Einhändigung einer großen Summe, schwach getarnt als Darlehen zum Bau eines Hauses ebendaselbst, in den Bergen von Mbe, und nirgendwo sonst – eine Regenbogenbrücke über Hochgebirge, Meer und Wüste und die Bedenken des Ehemannes. Der saß dabei und fügte sparsame Erklärungen hinzu. Man saß im Amtsstübchen zu dritt allein und hinter verschlossener Tür. Man saß auf Kohlen. Die Zeit war knapp bemessen, eine Tagesreise ins Waldland stand bevor. Das Geld. Das Geld statt Wein und Rosen.

Sonst nichts außer den vielen Haushaltsdingen und dem schnöden Mammon – nichts Apartes? Doch, schneeweiß, aus Nylonspitze und ein Geheimnis. Ein kobaltblaugold gemustertes Kopfkissen, prall gefüllt, ward am Ende noch übergeben, unbekannten Inhalts für den Empfänger (eine Damenuhr, eine Damenbluse, und die Kostbarkeit eines Spitzenkittels) – ‚In case you marry before I return.' Alles in Hast und wie blind. Ohne einen einzigen Augenblick, der als schön oder bedeutsam in der Erinnerung hätte hängenbleiben können. Was noch in der Eile? Eine

Abschiednehmende fotografierte ein wenig. Das Haus, die dürren Rosenranken. Der Ehemann stand lustlos und wortkarg herum, sichtlich desinteressiert an allem, was da vor sich ging. Und es war doch ein Geburtstag, ein reich beschenkter, aber ohne ausdrückliche Glückwünsche. Vor allem aber: ohne Wein und ohne Rosen, ‚according to my tradition...'

Auf und hinweg, hinab, zurück ins Waldland.

Der Zeitdruck, unter dem der letzte Besuch am Bitu-Berg stand, erdrückte und zerbröckelte unter sich alles, was da noch hätte sein können. Was freilich? Der da überhäuft wurde mit Geschenken aus der Auflösung eines Haushalts, mußte er sich nicht konzentrieren auf die Gegenwart dessen, der zum zweiten Male legitimierend mit heraufgekommen war und sich durch Schweigen abweisend verhielt? *Na'any* aber – rannte sie nicht wie eine in Sand und Spreu verlaufene Ameise umher, in alle Richtungen suchend nach einer Spur, nach irgend etwas, das sich packen und mitnehmen ließe in den nachträglichen Palazzo ihrer Memoiren?

Nichts. Nur schnell weg jetzt. In der Stadt warten Leute, die mitfahren wollen. Und der Abschied, ist er nicht vorläufig? In einer Woche komme ich noch einmal zurück nach Mbebete, Restliches und Öffentliches zu erledigen. Ach ja, aber zum Bitu-Berg werde ich nicht mehr kommen. Hier bin ich zum letzten Mal und es gibt so vieles, das erinnert. Soll ich noch einmal nach dem roten Blümchen suchen, im Sand, zu Füßen, da drüben? Nein. Es darf hier keine pathetischen Anwandlungen mehr geben, keine poetischen Gefühlsverschnörkelungen. Der Gastgeber vom Bitu-Berg wird noch einmal nach Mbebete kommen, um noch mehr Geld zu erhalten. Geld für das zu bauende Haus. Und eine weiße Mbebete-Rose? Ja, auch. ‚According to my tradition...'

Der letzte Besuch am Bitu-Berg: überstanden durch Vorwegnahme einer Rückkehr. Einer nahen nach Mbebete, einer nicht allzu fernen nach Afrika. Ich gehe; aber ich komme wieder. In einem Jahr, in zwei Jahren. Und vielleicht, wer weiß, führt der Weg dann noch einmal durch die Arkaden hinauf zum Bitu-Berg. Es könnte doch sein. Zwischen hinein aber werde ich kommen nächtens auf Fledermausflügeln und lautlos durch geschlossene Türen sickern, wenn der Mond sich rundet...

Der klebrigen Fäden waren so viele gespannt. Wer wäre so dumm gewesen, sich den Wohltätigkeiten zu entziehen? Benefizien, die eine Straße entstehen ließen und ein Haus bauen sollten, alles was da band und verpflichtete – es hielt den Abschied im Gleichgewicht. Ich habe etwas vollbracht. Eine Straße in fernen Bergen schlängelt sich rot zum Fluß hinab und soll zu Ende gebaut werden. Ein Lehrbuch wurde geschrieben. Die Matrizen müssen nur noch über die Walzen gerollt und die hundert mal siebzig Druckseiten abgeheftet werden. Die Ästhetik läßt zu wünschen übrig; aber es wurde vollbracht und entlohnt. Es ist bei alledem außen herum viel Stroh und dürres Gras; aber innen verbirgt sich Seltenes und Schönes aus kostbar dünnem Glas mit Diamantschliff.

Ich habe etwas vollbracht in diesem Savannenjahr, Vorweisbares, das öffentlicher Anerkennung nicht entgehen kann, und ich bastle, fast wie im Fieber, an etwas Neuem: an einem Haus, einem großen, schönen. An etwas, das bleiben und mich überdauern soll als Zeichen meines Dagewesenseins in fernen Bergen und am Bitu-Berg. Als Zeichen unwägbarer Nähe zu einem – zu diesem Unmöglichen.

*

Wo ist das siebente Gesicht?

Wo ist, was einer Orange entspräche, sich daran zu verschlucken? Einem Blümlein rot, einen strauchelnden Augenblick aufzufangen. Einer Parklandschaft mit Rauchschleier; Sternen in der Morgenfrühe, Nympheen auf einem Kratersee und einer Prinzessin Elster auf einem Gruppenfoto? Es muß im nachhinein gesucht werden, auch wenn es schon in der Überschrift steht.

Was bot sich an zum vorläufigen Abschied? Kein Gegengeschenk, nicht das unscheinbarste. Ein Korb, ein schöner, ein doppelbedeutungsvoller, war schon bei früherer Gelegenheit übergeben worden. Nun also: kein bedeutsamer Augenblick; keine Spur um den Mund, die Ungesagtes zu umspielen gewagt hätte; kein Wort zur Rechten oder zur Linken abweichend vom Nichtssagenden höflicher Redensarten. Alles strohern abgedroschen, trocken, dumpf und stumpf, plump und schwerfällig wie ein Sack Jamsknollen fürs tägliche Fufu. Gänzlich glanzlos. Blind. Die schwarze Binde des Abschieds. Es war da nichts, sich daran zu klammern.

Es wäre da allenfalls und wie ein angeschwemmtes Überbleibsel am trostlosen Strand der Abwicklung von Geldgeschäften und anderer Geschäftigkeiten – es war da der Arbeitskittel, der grüne, einst theophan, inzwischen – nun, mit etwas auffrischender Phantasie und romantisierender Poesie: apfelgrün. Grün wie die goldenen Äpfel der Hesperiden. Ausgewaschenes Gewebe, ein lumpiger alter Arbeitskittel, immerhin gewaschen und geflickt da, wo er am Ausfransen war – er wandelte sich alsbald zu einer Reliquie und ist Reliquie geblieben bis heute.

Das siebente Gesicht am Bitu-Berg: ein Abschied in Apfelgrün. Mit schwarzer Binde vor den Augen...

Die schwarze Binde des Abschieds, Mnemosyne möge sie von den Augen nehmen, auf daß ein Blick zurück den Sinn des siebenten Gesichts offenbare – als Synopsis alles dessen, was der Anblick des Kittels noch immer heraufzubeschwören vermag.

Zum ersten und schönsten erschienen der Kittel und derjenige, welcher ihn mit Würde trug, als beide neu waren im Waldland und der Tulpenbaum zu blühen begann. Bei feierlicher Einweihung in die Geheimnisse einer ansehnlichen Bücherei – ‚And into this catalogue, each new acquisition has to be registered.' ‚Yes, *Na'any'* – strahlte er Festlichkeit aus zwischen staubigen Regalen und jenseits eines Tisches voller Bücher. Da, im Jenseits, offenbarte es sich. Aus dem Ungefähr, neu und faszinos und inspirierend bis hinein in ein Gedicht – *Wenn das Glück nun autochthon erschiene, apfelgrün auf melanidem Grunde, goldbetroddelt, kubisch und tabu...* – strahlte es auf, einer Epiphanie nicht unähnlich.

Wellenlänge und Frequenz der Farbe Grün, ein kühles Hellgrün, Apfelgrün, frisch-herb, wasserstoffionenhaltig, ein Grün wie junger Lauch – es schlängelte sich in Regionen des Versuchens und der Versuchbarkeit: ob der Träger eines solchen Kittels außer zu gewissenhaftem Bücherregistrieren wohl auch zum verläßlichen Gärtner tauge? Der Garten lag im Bereich der Freizeitbeschäftigung und nahe beim Haus. Eine Tutorin säte hier Jahr für Jahr Radieschen und beobachtet sie beim Wachsen. Radieschen und vieles andere. Umgraben und Zäune bauen, Gießen und Jäten waren Schwerarbeit. Dafür gab es Gartenjungen und Entlohnung. Der festliche Kittel wurde zum Arbeitskittel. Schweiß, Staub, Regen, Sonnenglut, fette Erde, Kletten, Dornen und häufiges Waschen machten das Gewebe mürbe. Die Farbe Grün begann zu changieren. Anders erschien das Grün am Morgen: naiv, strahlend, goldgesäumt; anders zur Mittagszeit: stumpfer, grau, müde; wiederum anders am Abend: blauer, kühl und traurig. Versuche, mit Wasserfarben, Pastellkreiden oder in Öl der Töne habhaft zu werden, mißlangen – ‚immer einen Halbton daneben'. Dann, in das vierte Jahr, fiel der Kuraufenthalt in den Endmoränen und eine, deren Farbenskala sich bis dahin auf Weiß, Staubbraun, Schwarz und Aschviolett beschränkt hatte, sah im Vorübergehen eine Nixenbluse, silbrig kühl und grün mit fließenden Volants. Sah, kaufte und schwamm damit davon auf Mondlichtwellen, erst zum Bitu-Berg und dann in die Berge von Mbe...

Die Gartenarbeit im Waldland – wie viel davon war Vorwand unter anderen Vorwänden? Ließ nicht aufs Ende zu die Verläßlichkeit des Grünbekittelten nach? Das Unkraut wuchs, der Zaun zerfiel, die Wildnis nahm zurück, was sie harter Arbeit widerwillig hergegeben hatte. Der grüne Kittel mit der gelben Borte war mürbe – warum wurde das wertlose Textil erbeten als Gegengabe für alle Gaben groß und klein durch all die Jahre? Zur Erinnerung. ‚Ich hatte einen Garten in Afrika...'

Das siebente Gesicht am Bitu-Berg blickt zurück auf einen Garten in Afrika und auf eine lange Geschichte, die sich daran hervorspann.

*

Von dem Abschied in Apfelgrün mit schwarzer Binde vor den Augen an verwirrte sich alles. Die Ereignisse der beiden Wochen bis zum Abflug zurück nach Europa, sie sind auch aus dem Tagebuch nicht mehr zu rekonstruieren. Ein Bruchstück wäre der letzte Besuch vom Bitu-Berg herüber nach Mbebete und dies, daß tatsächlich, zusammen mit weiteren Geldbeträgen eine Rose, eine kleine weiße, überreicht wurde. Freilich in solch unfeierlicher Hast, daß zwei, am Straßenrand auseinandergerissen durch ein Taxi, das zu schnell da war und es eilig hatte, einander nichts mehr zu sagen brauchten. Was auch, über das übliche, kärgliche *Thank you, Na'any* hinaus. Fahr hin dein Straßen mit dem ungerechten Mammon. Mir bleiben die Worte, die sich machen lassen. ‚Nun bin ich arm. Nun habe ich alles hergegeben, was ich geben konnte. Was bleibt? Ich möchte weg sein. Was hält mich noch zusammen, spröde und bröckelig wie trockener Sand...' Das war am elften Juli in Mbebete.

Drei Tage später wartete ein wahrlich überreich Beschenkter einen ganzen Nachmittag lang im Hause der Kollegin mit den Katzen auf *Na'any*, die da übernachten wollte, um am nächsten Morgen endgültig davonzufahren. Er kam wieder am nächsten Morgen und kam mit zum Taxiplatz. Wenigstens und immerhin. Dieser Abschied überblendet sich jedoch mit dem vom März des übernächsten Jahres und der ersten Rückkehr. Die Frau, die da Abschied nahm, setzte sich in ein Überlandtaxi und fuhr ohne weiteres Geschnörkel davon.

Weitere vier Tage später hob am späten Abend ein Flugzeug ab, und am nächsten Morgen war die Welt eine andere. Die Geröllawine der Rückkehr nach Europa überrollte und begrub unter sich die letzten beiden Wochen eines Jahrzehnts in Afrika. Über Geröllhalden stolperten die Tage, Wochen und Monate. Das Briefschreiben begann und das Warten auf Briefe. Die Tagträume nahmen Rückkehr vorweg.

Es gab eine Rückkehr zum Bitu-Berg, knappe zwei Jahre später. Es zeigte sich kein Gesicht mehr. Eine Braut war zu besichtigen. Wie nebenbei. Mbe-Mbong oder das ferne Leuchten überstrahlte abblassende Erinnerungen an die sieben Gesichte am Bitu-Berg.

Trockenzeit-Fieber

Frühe Miniaturen

Endmoränen

Es war Spätsommer im Übergang zum Frühherbst. Es reiften schon die roten Berberitzen am Waldesrand rings um den Kurort im Voralpenlande. In wiesengrün hingewellter Endmoränenlandschaft sprudelte heißes Wasser aus der Tiefe und zog die alten Leute an. Scharenweise alte Leute und als Vorschattung dessen, was noch ferne lag, eine mürrische alte Frau in unabweisbar nächster Nähe. Wie kann Nähe so fremd sein. Ohne jegliches Bemühen, zu verstehen oder verständlich zu machen. Vertraulich nahe, wie der Wasserspiegel der Therme, wie der Tümpel des Narziß, lag wie immer und üblich allein das Tagebuch.

Im Kurpark. – Dieses: das Vielzuviel an Rosen in den Rondellen und Leuten allerwegen und selbst die Eichhörnchen – es stört. Es verstellt Weltinnenraum, zerstreut Vorgefühl von Rückkehr und Wiedersehen. Nichts, das des Hinsehens wert wäre. Die intellektuell Angeschlagenen, die Einzelgänger, sie kommen erst später im Jahr. Dann geht es ans Genießen der letzten Rose und des Sommerüberdrusses. Dann verstummt das elektrische Klavier im Pavillon; die Stimmen der Innerlichkeit beginnen ihr Grillenkonzert, und der Herbstregen rauscht. Es riecht nach Moder und Abschied, man möchte ‚in Schönheit sterben'. Das liegt noch fern. Noch bin ich vierundvierzig. Noch leuchtet des Lebens Sommer.

Die Berberitzen, gewiß. Dennoch, es lag fern. Kein Gedanke daran, wie das Dasein sich mit Vierundsiebzig anfühlen mochte. Beklemmend nahe lag das blutsverwandte Gefühl der Fremdheit.

Nahe lag es einer mitkurenden Tochter und der Erschöpfung nach angespannter Schreibtischarbeit, Wissenschaft – ja, auch der Mutter zuliebe. Eine späte Pflichtübung, eine Unterbrechung des Eigentlichen: *cum laude* ad acta. Es ist bereits, wie alles übrige ringsum, grau und alt. Noch leuchtet – ? Ach, auch nicht mehr jung. Mitten im Abenteuer.

Mitten darin und ganz woanders, und die Badekur auch nur eine Pflichtübung der Mutter zuliebe. Was sonst will ich hier? Nicht unter die Leute; keine neuen Gesichter; keine fremden Geschichten. Keine Aufmerksamkeit erregen. Kein Bedürfnis nach Krümeln vom Sozialprestige in diesem Lande – ‚Darf ich Sie etwas fragen? Sie sind doch (so sportlich, streng und bebrillt) – Ärztin? ' Das macht, an der Rezeption, der Titel im Reisepaß. ‚Nein.' Und weil ein fragender Blick nachhakt, Rumpelstilzchen, ausweichend: ‚Philologin.' Was immer das sein mag. Ein Fremdwort etwa. Ein Befremden. Und die Mutter steht mürrisch dabei.

Die Welten klaffen auseinander. Die Tage vergehen im Halbdämmer. Tag für Tag ein immer gleiches Zeitzubringen: thermalbaden, irgendwo etwas essen, spazierengehen, schlafen. Bisweilen morgens ein Waldlauf, um Kreislauf und Körper zu kräftigen für herbeigeträumte Wanderungen durchs Verwunschene, bergauf, bergab, noch einmal hinauf ins Abseits der Berge von Mbe, zu zweit allein zwischen wilden Malven und Schrumpelmedusen im raschelnden Elefantengras...

An einem Sonntagabend ein Konzert, Bach und Haydn und regloses Ausharren auf harten Bänken unter dem Gefiedel und Jubilieren abendländischer Kantaten und Sonaten – ferner als fern. Ferner und fremder als ein Spätregenrauschen über hügelwogender Savanne. Bach – ach. Andacht? Ein Gefühl wie aus Gips, starr, farblos und festgeleimt. Wär ich weg und woanders. Wäre ich, wo im falben Sand, in fernen Bergen, Trommelrhythmen und das Rasseln von Kalebassen leibhafte Bewegtheit entfesseln! Was weile ich noch? *Away, away! For I will fly to thee on the viewless wings of Poesy*. So geschah es. Mühelos entwand sich eine bedürftige Seele dem polyphonen Tonkunstgeschnörkel, hakte sich los, macht sich auf und davon und flügelt restlichen drei Wochen vorauf – in die grünvioletten Berge von Mbe, in die knisternd dürren Felder von Mbebete. Unter einem staubrosenroten Harmattan breitet sie sich hin und verdichtet sich Nähe zu Präposition und Personalpronomen...

*

Nähe namenlos. – Noch ist, zu dieser Kur- und Urlaubszeit zwischen den Endmoränen, kein Jahr darüber hingegangen. Über die Nacht in Mah und den Morgen danach. Noch stehen dicht gedrängt Abschied, Schock und an sich haltendes Schweigen als flackernde Schatten im Seelengeröll. Abschied und Abstieg aus den Bergen, staubverhangen, tränenverschleiert. Wie lange zog sich das Schweigen und das Gerüttel im Landrover hin, das kahle Tal von Um entlang, nachschleifend die wirre Pein des Abends zuvor, als unter gastlichem Dach das Unerwartete über die Schwelle trat ins trübe Licht der Buschlampe – Tana, die Schöne, die Wilde, die Vortänzerin. Die Braut. Die Nacht danach lag wach im Verworrenen. Und die nächste Nacht, auf der Reise zurück, die Nacht in Mah – die harten Holzsessel am kalten Kamin, zu dritt im grellen Licht einer Aladinlampe; die Übermüdung, das Zerbröckeln der Fragen, das Ausweichen und die banale Wahrheit. Wieder schlaflose Stunden, und am Morgen das Frösteln und die Frühnebel über dem tiefgefurchten Savannental, ein milchiges Graugrünviolett in langen Schwaden – als wollte die Welt zerfließen in spätem, unerlaubtem Leid. Es verkroch sich, schwelend unter der Schwere des Schweigens, kauernd am Fuße des laublosen Bumabaums, in kaum wahrgenommener Nähe dessen, der das wortlose Elend abzulichten und festzuhalten wagte und Verständnis anzudeuten schien. Ganz in der Nähe, am Rande des Hügels von Mah, blühte verwildert eine rote Amaryllis.

Noch kein Jahr. Und seitdem... Seitdem...

Seitdem Zwiespalt und Widerspiel; ein Atemanhalten; Versuchung und Versuch, Unmögliches an sich zu ziehen und es fernzuhalten mit ein und derselben Zuneigungs- und Abwehrgebärde, handgreiflich ineinanderverstrickt, standhaft zu- und abgewandt im wortlos Offenbaren. Ein Beinaheschon und Dennochnicht, keiner Sprache teilhaftig, keines Gedichts, keiner noch so banalen Redensart. Nicht einmal der Melodie eines traurig versponnenen Liedes ohne Worte. Nichts.

Seitdem...

Nichts als das flirrende Gespinst der Stimmungen; das Mosaik helldunkler Tagtraumbilder aus Nähe und Abstand. Nähe, Abstand haltend in frommer Scheu und auf daß *es* nicht zugrunde gehe am Gewöhnlichen. Dennoch und immer wieder – und die Bilder und Einbildungen wechseln im Sog des nicht gänzlich Unmöglichen. Weht nicht der Wind, der warme, der staubrosenrote, über die Felsenbrüstung von Bandankwe? Er weht durch schattenlosen Eukalyptuswald, löst und verwirrt Frauenhaar, angegrautes, und macht, daß es flattert und flüstert, glückverwirrt, ins nahe, dunkle, unbewegte, ins Schweigen gegenüber. Standhaft sei und bleibe; er weht ein wenig heftig, der Wind, um diese Jahreszeit. Ein Wind, der umblasen will und könnte, wenn Standhaftigkeit sich nicht dagegenstemmte.

Na'any, wie du siehst, steht und stemmt sich dagegen, hält ihr Baumwollhütchen mit beiden Händen fest und lacht ihm ins Gesicht, dem Wind – ein überlegenes Lachen, geradeaus vorbei an der Unverrückbarkeit von quadratischem Basalt und einem Blick geradeaus in Gegenrichtung, hinüber zum Felsabsprung. Es steht dort – wer oder was? Ein Starker, ein Strenger, ein Unnachsichtiger aus den Gefilden höherer Gesittung und frommer Ideale. Etwas wie ein Engel von gestern.

Dennoch und gleichwohl und als ob es nicht selbst einen Engel oder etwas ähnliches, Ehernes, umblasen könnte wie einen Fieberschatten, der luftig geballt wie ein Gebirge aus Federgewölk lastet und ins Gefühl sinkt schwerer und vernichtender als jede Wirklichkeit aus Fleisch und Blut und letztem Aufbegehren in dieser Jahreszeit des Übergangs. Der Wind würde gleichgültig darüber hin wehen. Die fromm-poetische Verdichtung indes aus Sitte und Selbstachtung; der Engel, nicht blau und nicht blond, sondern brombeer, steht und blickt finster. Nein, es kann letztlich doch nicht sein. Und in einem großen leeren Hause, wie schon einmal, *Nachts in der Bar*; in einem verlassenen Palast erhebt in wildernden Träumen Astarte das Haupt, stern- und tränenfunkelnd und machtlos.

Die Jahre gehen darüber hin. Das Hochgebirge eines absoluten Gefühls zerbröckelt zu Erinnerungs- und Wortgeröll...

*

Wortgeröll im Tagebuch zwischen den Endmoränen. Das tagtäglich Unmittelbare zeichnet Spuren ins Vorläufige: dünne Bleistiftspuren von Rosen, Eichhörnchen; Abendkonzerten und textilen Tagträumen –

Eine teure Nixenbluse habe ich mir gekauft nach langem Zögern. Etwas, das ich noch nie besessen habe. Ein lyrisches Gewebe aus kühlem Türkisgrün, silbrig, seidig, aquatisch, und ich berausche mich daran. Einen Traum hab ich mir eingetan, mich darein zu wickeln bei vorweggeträumten festlichen Anlässen. Zu Nachtblau. Zu Ebenholzschwarz. Zu einem weitschwingenden Abendrock mit silberner Glitzerschnalle am Gürtel. Es kommt mir entgegen auf offener, taghellerStraße. Wie ein Spiegelbild kommt mir entgegen eine, die noch nie in ihrem Leben Grün getragen hat. Sie trägt diese Bluse. Wird sie tragen in Mbebete, am Bitu-Berg, in Mbe-Mbong, unter finsterem Blick, umrauscht von mißtrauischem Schweigen... Die Volants um Hals und Handgelenke: verspielt und ganz ungewohnt. Wie das Grün. Eine Wellenlänge von seltener Transzendenz. Jenseitiger als das Apfelgrün eines hüftlangen Gartenkittels mit gelber Goldborte.

Die neue Nixenbluse, eine Extravaganz; morgendliche Waldläufe und das warme Heilwasser, sie inspirierten Tagträume und Versuchungen – Ausdruck letzter Lebendigkeit in weitem Bogen über vorweggenommene Resignation hinaus.

Wie in dieses Wasser, das aus großer Tiefe quillt, möchte ich hineinsteigen in eine langsam entgegensteigende Versuchung.. Von nichts weiterem weiß der Wunsch als von einem Gewißwerden des Entgegenzögerns und daß es sei wie das eigene: selbstbeherrscht und dem Untergang nahe... Ach, wird das Innerste der letzten Dinge Unerfülltes sein? Werden die himmlischen Gefilde voller Enttäuschter und Entsagthabender sein?

Oder werde ich endlich frische Erdbeeren essen, aromarotduftende? Endlich tanzen dürfen mit verjüngten Beinen, Walzer, Foxtrott und auch Tango? Endlich freundschaftlich umarmen dürften die wenigen, selig befreit, für die in diesem Leben selten und mit großer Vorsicht nur ein Lächeln möglich war im Vorübergehn?

Tagebuchstimmungen (bereits nachgeschönt) als Rohmaterial für spätere Kunstübungen. Denn was wäre gewisser gewesen als das Wissen darum, daß es dem Vergehen anheimgegeben war? Das Abenteuer der wunderbaren Jahre und der reinen Innerlichkeit – sollte es dermaleinst sein als sei es nicht gewesen?

Das Winzige, das Wenige. Das Minimale. Das Dünnfädige, silbrig und klebrig, herausgesponnen aus Kleinigkeiten inmitten alltäglicher Betriebsamkeit und gewissenhafter Pflichterfüllung, nicht irgendwo, nein – unter Palmen. Splittrig winzige Begebenheiten je und dann, unbeabsichtigt im Handhaben von Weisungsbefugnissen, Büchern, Papieren und Schreibutensilien – in gleitenden Übergängen, *caeli subter labentia signa*, gleitet es über sich hinaus in ein süchtiges Suchen nach mehr im engen Gehege des Möglichen und Vorstellbaren. Und weil es sich nicht ergeben will, flackern Tagträume auf und hinterlassen, unbesonnen hingeworfen, Spuren aus Graphit.

Sie beginnen im Regenwald; der Campus ist dörflich, überragt von einem Zweitausender. Unter Palmen ist das Wandeln und schmal der Grat im Hochgebirge der Sitten und Gebräuche. Zu beiden Seiten und zum Glück zieht sich ein solides Geländer, altväterlich gedrechselt, entlang an – Abgründen? An Hochmooren, an Tümpeln? Es schillert herauf und herüber im Nachmittagslicht. Aber Sirenengesänge? Rauschen und Stürzen dunkler Wasser? Fatale Fallhöhe? Dem Gefühl nach, bisweilen. Doch. Gewiß. Aber. Es gab weniger rückständige Gegenden, Zeiten und Überzeugungen. Es nahm seinen Lauf am Geländer entlang.

Es begann zu schwelen nach der ersten Rückkehr vom europäischen Schreibtisch, vier Jahre vor den Endmoränen. Noch vor dem ersten Aufstieg nach Mbe begann es inspirativ zu fiebern, verkroch sich in Gedichte, breitete sich in Ölfarben über Pappe. Als *Trockenzeitfieber* kroch es unter die Haut. Es wich aus in die Savanne, sah Gesichte, *Sieben Gesichte am Bitu-Berg.* Es verklärte und versehrte den Abschied von Afrika. Es pochte und peitschte aus dem Kassettenrecorder im dritten Satz eines Klavierkonzerts in Es-Dur. Es warf sich aufs Papier und kämpfte sich durchs Unterholz der Worte.

Vorweg in *Die Felder von Mbebete* flüchtete eine Rückkehrsüchtige während der Kur im Voralpenlande. So nahe würde das ferne Leuchten, würde das Abseits der Berge von Mbe sein! So nahe, nur zwanzig Kilometer durch die Felder, würde es eines heißen Dezembertages zu Fuß hinüber zum Bitu-Berg sein.

Dann die *Mittagsfinsternis*. Ein Abschiedsbesuch am Bitu-Berg. *Weltuntergang. Eine blendende Finsternis. Danach ist nichts mehr. Nichts.* – Vom ersten, urschreihaft hingeworfenen Wortgewölle, peinsam melodramatisch, bis zu einem letzten Zurücknehmen und Anderssagen des sprachlich Unerquicklichen mußten dreimal sieben Jahre vergehen. Warum griffen beide Hände immer wieder in den zähen Teig? Um ihn durch Kneten genießbar zu machen, gewiß, aber. Das späte Ergebnis, ist es nicht eine Anmutung von *ridiculus mus*?

Die Beschwörung sei vollbracht... Mehr als horazische neun Jahre brauchte, nach dem Abschied von Afrika, die Beschwörung einer Rückkehr ins Land der wunderbaren Jahre. Ein Tagtraum zum Einschlafen und von großer Magie, geträumt zu ebener Erde im Bungalow von Babingen, hinter den Rosenrankengardinen aus dem Stübchen in Mbebete. Niedergeschrieben und endlos verbessert – in einem hellgetäfelten Atelier zwischen süddeutschen Rebenhängen; in der Grauen Villa zu Berlin; am Felsenufer des Kongo bei Kinshasa; unter dem blühenden Palisander am Kilimandscharo. Zurück zum Bitu-Berg träumte der Traum, beschwörend idealische Entsagung. Wiedererkennbar soll es sein im nachhinein ohne ein Zuviel an romantischer Ironie, die über den eigenen Schatten zu springen versucht. Ein Schatten, über den man springen könnte, wäre künstlich attachiert. Das Wunderbare aber der wunderbaren Jahre saß fest im dunkelsten Kernschatten, daraus hervor wie Nordlichtspiele die Tagträume flammten.

Wie wäre es darstellbar? Spiegeln müßte es sich wie in halberblindeten Spiegeln, in welchen Bilder und Stimmungen sich auflösen an Quecksilberresten nachträglicher Reflexion. Näherliegend im Rückblick auf die Kur im Voralpenlande wären Endmoränen. Solchen nämlich gleicht die Endgestalt der Texte. Amön von reiferem Stilgefühl übergrünt liegt das Gefühlsgeröll, welches einst von einem letzten Lebensschube in wildem Harme vor sich her geschoben und aufgehäuft wurde. Das amorphe Gemenge der Bilder und Stimmungen der letzten Jahre in Afrika und noch lange danach: abgelagert lag es da, rohes Wortgeröll, als das Geschiebe und

Geschobenwerden zum Stillstand gekommen und der wilde Harm hinweggeschmolzen war. Da begann ein langsames Übergrünen, ein Jäten und Glätten. Es entstanden, wie die hingewellten Hügelketten einer Endmoränenlandschaft, die Miniaturen der Textsammlung *Trockenzeitfieber*.

Endmoränen als Rahmen einer Badekur: die überflüssige Zeit; eine mürrische alte Frau mit kleinlichen, die Geduld erprobenden Ansprüchen im täglichen Einerlei des Zeitzubringens; das töchterliche Bemühen, freundlich zu sein und die Spannung auszuhalten zwischen dem Reichtum der eigenen Innerlichkeit Mitte Vierzig und grämlicher Daseinsleere Mitte Siebzig. Endmoränen umrahmen das Davonflügeln in die Felder von Mbebete unter dem Gefiedel von Barockmusik. Sie umrahmen morgendlichen, die Vorstellungskraft beschwingenden Waldlauf. An den Kurpark grenzt kühler, frühherbstlicher Mischwald mit verschlungenen Wegen, gesäumt von Farnkraut, Brombeergestrüpp und roten Berberitzen. Auf dem Waldboden läuft es sich weich und leise – wohin? Ins Dickicht der Tagträume. Es beginnt zu halluzinieren. Es hebt ab und findet sich wieder in den Feldern von Mbebete...

Die Felder von Mbebete

Abgeerntet, zu Staub gedörrt; flachhügelig und reizlos liegen sie unter dem Harmattan, der mit rötlichem Dunst die Horizonte verhängt, den Himmel entwölbt und die Sonne auflöst in lustlos streunendes Licht. Wie dürftig ist die ersehnte Gegend. Wie spärlich bestück mit dem Gerippe der Krüppelakazien und schattenlosen Eukalyptusgrüppchen. Wölbt sich nirgends ein Mangobaum über die Ärmlichkeit eines Gehöfts, verloren zwischen leeren Ackerfurchen in einer Mulde? Es ist Februar, trocken und trostlos. Nur in den Bachniederungen müßte es noch grünen, dichtgebüscht und anders kühl als nebliger Mischwald in nördlicheren Zonen. Da hinab. Hinab in die kühlen Raffiagründe inmitten der staubdürren Felder von Mbebete.

Durch den warmen Dunst des Nachmittags zieht sich eine schmale Spur von *small talk*. Es raschelt durchs gelbe Gras. Es bahnt sich einen Pfad durchs Unwegsame und durch Ungesagtes alle der Jahre, die vergangen sind. Schon sind es ihrer mehr als vier, und der Abschied – der Abschied kommt nahe und näher.

Na'any hat sich Besuch erbeten. Besuch vom Bitu-Berg herüber nach Mbebete zum Zwecke einer kleinen Feier in kleinstem Kreis und allgemeinverbindlicher Absprachen von öffentlichem Interesse. Anschließend beschloß sie eine Wanderung zu zweit durch die nähere Umgebung. Die Höflichkeit kann es nicht abschlagen. Wohin – ? *Na'any* muß es wissen.

Sie weiß es. Keine Sorge. Sie weiß recht viel, von Berufs wegen; aber manches weiß sie rein einfach nicht. Etwas, das kaum gewesen ist, geht zu Ende. Die Sprachschwelle hat es nie überschritten und andere Schwellen auch nicht. Sähe man ab von der Lehmschwelle eines Häuschens in entlegenen Bergen, über die ein Gast beinahe gestolpert wäre, erschöpft nach mühseligem Aufstieg zu halber Nacht. Erschöpft und irritiert vom Zwinkern des Abendsterns. Es ist noch keine zwei Jahre her. Aber nun wird *Na'any* dahin zurückkehren, wo sie vor zehn Jahren herkam. Und wissen wird sie hoffentlich und bis zum letzten Augenblick –

Keine Sorge. Sie weiß es. Wer, wenn nicht sie, sollte wissen, was, wohin und zu wem – sie, es, sich gehört. Sie weiß freilich auch und überdies, daß es sich für einen um Gehörigkeit Besorgten gehörte – schon längst gehört hätte, das Allgemeine zu realisieren, sich eine Frau zu suchen und eine Familie zu gründen. Ach, wirklich? Ist es nicht versucht worden? Freilich. Immer wieder und ohne Glück. Und nun, umzischelt von Versuchungen und Verdächten, ordinären und extraordinären –

Es wird sich finden.
Na'any wird sich abfinden.
Und dann, *as time goes by*...

Eine traurige Tangomelodie. Fürs erste und auf den nahen Abschied zu – ist es mühsam. Mühsam ist es, anderes, allgemeines zu reden, während die Gedanken seitwärts schweifen. Über den unbegreiflichen Reiz, zum Beispiel, der Trägheit des lange Geliebten, des Landes und besonders dieser Gegend. Der Pfad durch die Felder ist überwachsen, bisweilen gar nicht vorhanden. Es stolpert so vor sich hin, verhakt und verhäkelt sich im Knacken und Knistern des Gestrüpps, das schwärzlich aufstäubt vom Aschenflug der Grasfeuer. Es ist wahrlich mühsam, und es ist beklemmend schwül um dieses Jahres- und Tageszeit. Hätte man nicht im Schatten der Veranda sitzen und ein drittes, viertes kühles Zitronenwasser trinken können? Wo ist die Bodenwelle, die von unten herauf den Raffiagrund grünen läßt?

Siehe, da senkt sich schon das Gelände, und da ist der Bach, breitgeschlängelt im Raffiaschatten, heraufbeschworen durch Gedankemagie, wie so vieles an Wunderbarem der wunderbaren Jahre.

Ein nicht ganz flaches Bachbett zwischen Bambuspalmengebüsch. Das Wasser knöchel- bis knietief. Trittsteine wie üblich an solchen Übergängen, und auf der anderen Seite ein Rastplatz für müde Wanderer von Gehöft zu Gehöft. Da hinüber. Gut. Nur – stehen die Steine nicht in zu weitem Abstande von einander? Wahrscheinlich zu weit für *Na'any*.

(Einfalt der Erfindung ? Unbedarftheit? – Der innere Abstand hat sich im nachhinein ins Unüberbrückbare vergrößert. Nahezu unmöglich ist es geworden, sich erinnernd einzufühlen in den Reiz des Harmlosen, die inspirative Kraft des winzig Wenigen nachzuvollziehen. So niedrig lag die Reizschwelle einst.)

Wie also und was? Zögern und Blickwechsel zwischen Mißtrauen und belustigt ratlos. Weiß *Na'any*, was sie will? Wie sollte sie nicht. Sie wird auch etwas sagen, und zwar in gewohntem Ton. Nicht geradezu befehlend, aber doch bestimmt:

– Find me a stick.
– No stick no deh. Remove your shoes.

Das ist Ping-Pong, ungewohnt, und eine Prise Pidgin. Es ist überdies – nun, es kommt einer Weigerung gleich. Höchst ungewohnt. Geradezu merkwürdig. Denn bislang und ansonsten – was liegt hier vor? Freie Landschaft. Ein Bach ist kein Buch. Gewohnt, Anordnungen zu treffen; gewohnt, daß man ihr gehorche – man: auch Männer wie dieser-da, seinerseits gewohnt, daß Frauen gehorchen – nun? Sachzwänge kehren Umgekehrtes wieder um. Der Bach ist ein Sachzwang.

Schon bückt *Na'any* sich, zieht Schuh und Söckchen aus, rollt die verstaubten Hosenbeine hoch bis unters Knie, richtet sich auf, kerzengerade, wirft einen abschätzenden Blick über Bach und Steine, betritt den ersten Stein und beginnt zu balancieren.

Mit ausgebreiteten Armen; in der Linken Schuh und Söckchen; die Rechte frei ausgestreckt und hingehalten wie für ein Rokokomenuett, *Da mi la tua mano* ; stockend bald und bald beschwingt, balanciert *Na'any* in leichten Kippschwingungen auf die Mitte des Baches zu. Ihr zur Seite, in geziemendem Abstande und dennoch, wie ein Flügeladjutant, nahe genug, watet in Plastiksandalen, erst knöchel-, dann wadentief, vorsichtig begleitend einer, als sei er auf etwas gefaßt. Beim vierten Steine, beim fünften vielleicht, mitten im kühlen Bachbett, bei des nächsten ausgreifenden Kipp-

– ist es geschehen.

Und schon überholt. Den nächsten Trittstein betritt eine Wiederhergestellte nackten, triefenden Fußes. (Wenige, wenngleich unerwartet hart und knapp synkopierte Rhythmen, Entflechtung in Sekunden und die Welt ist wieder im Gleichgewicht. Die Schuhe baumeln nicht mehr haltlos hinter einem Rücken. Ein weißes Baumwollhütchen hält gemessen Abstand von stoischer Barhäuptigkeit.)

Ein Fehltritt. Gänzlich unmetaphorisch. Zweimal zwei genötigt und bereit, ein Ausgleiten ab- und aufzufangen und zu begradigen. Mitten im Bachbett, im auflachenden Wasser. War da ein Echolachen, Ich hab's geahnt, gewußt und kommen sehen?

Na'any, um einen Kommentar nicht verlegen, möglichst trocken und ohne Stocken:

– A stick could not have grown arms.

Wahrhaftig. Wer hätte das gedacht. Wer oder was soll also hier schuld-daran sein? Ohne Zwischenfall und Verwicklungen hätte der Bach ein Hinüberbalancieren geduldet, nicht wahr, wäre ein Stecken und Stab zur Hand gewesen. A stick, fancy. Kling Glöckchen. Es klirrt wie durch ein schwarzes Kettenhemd. Es wetterleuchtet an bleiernem Horizont. Im lockeren Ufersand rutscht vorwärtsrudernd ein Goldlaufkäfer rückwärts. ‚Fancy!' Und ein rundes Lachen, frontal zugewandt, sucht die stille Gegend heim. Etwas, das Vorwurf sein könnte, wirft es mit leichtem Schwunge zurück, *kuaneoisin hupo blepharois* zurückspiegelnd ein schillerndes Flügelschwirren Glück. Mitten im Bachbett.

Weiter. *Na'anys* Trittsicherheit nimmt zu, wird immer beschwingter, läßt allen Beistand hinter sich und hat schon das andere Ufer erreicht. Steht und sieht sich um und stutzt – wie? Wäre das schon der nächste Unfall? Nichts einfacher.

Es blutet. Schönes rotes Blut. Es sickert in den Bachbettsand bei siebenten Trittstein, ausersehen als Stolperstein für einen, der sich offenbar plötzlich verunsichert fühlte. Haben *Na'anys* Balancierkünste jenseits des Zwischenfalls das zustandegebracht? Durchaus denkbar. Mit vorwurfsvollem Bedacht hebt ein Bedächtiger den verletzten Fuß aus dem Wasser. *Na'any* sieht es mit Genugtuung. „Sorry' sagt sie.

– Sorry. Come. Let us bind it up.
– How?

Komm. Im Raffiaschatten, an sanfter Böschung, ist es so idyllisch. Man sitzt hier gut. – Es kommt herbeigehumpelt, und dunkle Schlieren treiben hinweg mit der leisen Strömung. Es tröpfelt ins dürre Gras. Es ist der rechte große Zeh. Wo waren Gedanken und Augen? *Na' any* nimmt das Hütchen ab, schüttelt aufgebundenes Haar hervor und nestelt ein graues Samtband los.

– We can take this.
– It will get spoilt.
– Don't worry.

Und macht sich daran, den willkommenen Zwischenfall zu verbinden. Ein Überrumpelter läßt es wortlos geschehen. Was soll er sagen. *Na'any* muß wissen, was sie tut. Ach ja. Viel zu gut. Das Krankenschwesternsyndrom. Und außerdem spielen wir Hänsel und Gretel im Blaubeerwald. Das ist ein Märlein, das du nicht kennst. Wie auch ich vieles nicht kenne, was in dieser Gegend umgeht an neuerer Fama und älterer Sage. Es tappen da zwei so für sich hin im Blaubeerdunkel der Vermutungen und Möglichkeiten... Und wickelt da herum, im Sitzen über den verletzten Fuß gebeugt, seitwärts schräg am Hange. Der Umwickelte hat das Bein lang ausgestreckt. Hinter dem fürsorglichen Gewickel sitzt er und wenig höher am Hang. Das grausamtene Band färbt sich dunkel. Dunkelblut. Schön stille halten...

Muß er wohl. Und auf die schöne Stillehalteweise wird sich nun, in gleicher, rührender Hänsel-und-Gretel-Weise, eins aus dem anderen ergeben. Was würde sich als nächstes nahe legen? Liegt es nicht schon?

Im Raffiaschatten, an den Hang gelagert, liegt nahe, so nahe, daß es übersehen könnte nur, wer es mehr als zweimal sieben Jahre lang in alltäglicher Nähe vor sich hat – es liegt allhier, in den Feldern von Mbebete, selten schön und ungewöhnlich. Nicht wahr? Nahe liegt es, und doch müßte es einem, dessen Augen und Gewissen ein strenges Gesetz bewacht, zugespielt werden, spürbar ohne eine Spur von irgend etwas, das ungehörig erscheinen und befremden könnte. So kommt es, daß. Ehe die große graue Spinne Resignation (*Et ego in Arcadia...*) unentrinnbar dichter ihre klebrigen Fäden spinnt zu einem Kokon, letzte Lebendigkeit umwickelnd und erstickend – ehe sie ihr lähmendes Werk vollendet, überkommt es. Es überkommt eine silbrige, eine Libellen-Heiterkeit, leichtbeflügelt.

So nahe, daß es nicht übersehen werden kann, liegt losgebunden, was am Abend zuvor von Staub und Klebrigkeit befreit und aufgewickelt am Morgen sich entringelte und nun am Nachmittag allhier im Raffiaschatten leichthinniglich und verlockend locker über fürsorglich nach vorn gebeugte Schultern fällt. Es füllt dem, der es vor sich hat, die Felder von Mbebete mit einem lieblichen Geschlängel von Haselmausbraun und feinfädig eingesponnenem Altweibersommer; beides hier nicht heimisch. Exotisch schöne Scheinfülle, so ungewohnt und so nahe. Der Verband ist festgeknotet.
– That's that.
– Thank you, *Na'any*.

Und zieht den Fuß vorsichtig an sich. *Na'any* aber, was tut sie? Sie fährt mit allen zehn Fingern durchs Losgebundene und wirft den Kopf zurück.

– Can you find me some rope?

Kein animierendes Lächeln. Kein bittender Blick. Eine sachlich schlichte Aufforderung an einen zu Dank Verbundenen. Ein silbergraues Samtband ward geopfert. Muß nicht Ersatz dafür gefunden werden? Wir befinden uns in einem Raffiagrund.

Ein Seitenblick, verfinstert von Mißtrauen, geht schräg über eine kalte Schulter hinweg. Zögern. Die Erwartung zieht eine Braue hoch.

– Well?
– I can try.

Kramen in den Hosentaschen. Ein rotes Taschenmesser kommt zum Vorschein. Das nämliche. Das Silberkettchen – ach, ist losgenestelt. Leise beiseite gelegt in leiser Verlegenheit? Zerbrochen? Verschenkt? Und wenn: an wen? Nun denn. Dankverpflichtung stemmt sich hoch. Der gute Wille steht, sucht das Gebüsch ab; setzt sich humpelnd in Bewegung und macht sich eine Weile zu schaffen. Am Rande eines Wartens, das unbewußt innig beide Knie umarmt, taucht auf und wieder ab die Frage: Was sitze ich hier und was will ich?

Besinnt sich und richtet einen erwartungsvollen Blick zögernder Rückkunft entgegen. Das Zögern steht still, ein Bastband in ratlosen Händen. Das wäre der Augenblick. Die romanreife Gelegenheit, auf ein Knie gebeugt Dank abzustatten. Es ist der flüchtige, richtige Augenblick. Wer, allhier in den Feldern von Mbebete, wird ihn ergreifen bei nicht vorhandener Stirnlocke?

Nun? *Was siehst mich an so wunniglich? Wenn du den Mut hast* – nein. Leider? Zum Glück. Hier sitzt nicht Schön-Rotraut. Hier sitzt ehrwürdig angegraut *Na'any* und assoziiert querbeet durch ihre Lyrikanthologie. Aber dem fragenden Blick von oben begegnet von schräg unten ein offen gestattender, ja, ein geradewegs auffordernder – versuch es doch! Wie ach so harmlos ist doch alles, Hänschen im Blaubeerwald. Kein Schlänglein wird dich beißen. Du tust ein Dankeswerk.

– Shall I ?
– Try.

Ein also ausdrücklich Aufgeforderter rückt heran und läßt sich nieder auf ein Knie. Schwerfällig. Bedächtig. Vorsichtig. In greifbarer Nähe, horizontausfüllend über aschviolett verhüllte Schultern geringelt zischen ihn an die Schlänglein, graubraun geschuppt und zierlich versilbert. Hingeschüttelt, zugemutet einem ehrbar Verlegenen: das narzißtisch feingesponnene Selbstgefühl der wahrlich-wunderbarlich abenteuer-lichten Jahre. Was hier gelöst ward um eines samtenen Verbandes und einer leichten Verletzung willen, soll wieder aufgebunden werden. *Na'any* ist nicht gesonnen, mit offenem Haar durch die Gegend zu streunen. Daher das Ansinnen.

Besinnlich streunen indes die Gedanken. Werden sich hier nun, andächtig wie im Kino, die Augen schließen? Soll das ironisch gemeint sein? Als schielte ein später Blick nach einem Dritten, dem kaum je in den Sinn kam, was auf dem Spiele stand und aus dem Spiele blieb im Mittelfeld zwischen Psyches subtilen Sehnsüchten und des Daimons leibhaftiger Übermacht. Hier ginge es um Sein durch Wahrgenommenwerden und um die erbauliche Vorstellung, wie fromme Scheu und tugendliches Zögern walten; unbescholtene Hände still und ernst und andachtsvoll den ansehnlichen Rest verjährter Jugendfülle sammeln und aufbinden, was noch vorhanden wäre und sich anders anfühlte als des eigenen Hauptes karggeringelte Zier. Wie es tropft, wie es klopft. Wie ein Regentropfenprelüde auf Wellblech. Ob sich roséroter Lebenssaft verdunkelt um einen Schatten Veilchenblau zu Bougainvilleaviolett? Es riesle ein wenig, und darüber breite sich ein goldgrauer Sonnendunst. Eine kleine Ewigkeit lang, die auch vergeht. Bis ein Ungeübter, redlich Bemühter nach Beendigung des feierlich schweigenden Rituals mit einem Anflug von Verwunderung und Genugtuung bekennen würde:

– I never dreamt of dressing a woman's hair.
– Now you know. Thank you.

Schiebe dich zurück und erhebe dich, das Werk deiner Hände von oben zu betrachten... ‚Never dreamt' – träumt statt dessen wovon? ‚Woman's hair' – erkannt und herausbenannt. Eine Vorgesetzte (*Na'any* sitzt noch immer) versetzt in die Gattung Weib. Das kommt davon. Daher die Sitzende sich nun ebenfalls erhebt, um tastend mit beiden Händen das Werk zu begutachten und Lob zu spenden mit freundlich anerkennendem Kopfnicken. Nicht schlecht; besser als manche Klausur. Recht ordentlich sogar. Durchaus nicht hänschenhaft. Der stumm und daher nicht eindeutig Belobte, sein Werk selbstkritisch von der Seite betrachtend:

– I don't know if it is correct.
– I have no mirror – except your eyes.

Auch gut. Wenngleich Selbstzitat, von weit hergeholt. Und ein rundes Lachen. Noch einmal springt es auf und wirft sich in unverringerten Zwischenraum. Es weht ineinander zwei Augenblicke lang, vergoldete Speerspitzen blinken, schmiedeeiserne Tore tun sich auf vor weiter Parklandschaft, Fontänen steigen, und ein Faun aus schwarzem Marmor, barberinisch, rückt den Arm hintern Nacken zurecht. Es dunkelt ringsum im Nachgeben und Hineingehen. Es tut zwei Schritte; gibt sich hin zwei unbedachte Augenblicke lang und holt sich sogleich zurück und herauf ins hell Bewußte – dort unten am Bach, an der Böschung, im Bambuspalmengebüsch. So kurz bemessen bricht es ab – wie ertappt. Eine Sternschnuppe Glück, aufglühend im Untergange.

*

Weiter windet sich der Pfad durch Flachhügeliges, durch Dunstiges, Ausgedörrtes und Schweigen. Reden wäre mühsam. Der verbundene Zeh? Ist bedacht und paßt in die Plastiksandale. Er verursacht ein leichtes Hinken, aber offenbar keinen übermäßigen Schmerz. Im Dahinschlendern schlenkert ein weißes Hütchen locker in der Hand. Mag verstauben, was endlich einmal war im Wahrgenommenwerden.

Später dann.

Später, am späteren Nachmittag, auf einem Umweg zurück, ist da eine Anhöhe mit einem großen Stein. Ein Brocken Fels wie so viele in der Gegend. Er steht geneigt und bildet einen Überhang. Ist da Schatten? Nein. Es ist alles schattenlos dunstig, ein warmes Staubgraurosé. Hier soll der Ort einer weiteren Rast vor der Heimkehr sein. Hier wäre es sogar möglich, sich lang und bequem auszustrecken. Es wächst da etwas Graublättriges in flachen Rosetten, und kurzes gelbes Gras bildet kleine Teppichinseln. Auch ein winziges Blümelein blüht, ein rötlich angehauchtes Blaßblau. Etwas wie Augentrost. Dicht am Boden kriecht es hin. Der Erde zugewandt, also auf dem Bauche liegend, läßt es sich eingehend betrachten. Wenn man auf dem Rücken liegt, kann sich der Blick an der überhängenden Felskante festklammern oder darüber hinaus ins dunstig Diffuse eines nicht vorhandenen Himmels schweifen.

So auf dem Rücken der eine, andersherum die andere, so und nicht anders, denn schon das Nebeneinander – worum geht es nun? Es geht darum, Schweigen zu vermeiden. Es müssen Worte gemacht werden, wohlbedachte; Worte, um zu verhindern, daß Unbedachtes wie von selbst eins ins andere sich verknäult und von der Anhöhe unversehens hinabrollt ins Virtuelle – erprobter Virtus, ja: mannhafter Tugend. Ins Unvorstellbare.

Wer wird reden? Reden wird, die schon immer und Jahre hindurch geredet hat und dazu verpflichtet war. Auf ihre Rolle wird sie sich besinnen und belehren. Dozieren wird sie – worüber? Geeignet wäre Literarisches. Ein Gedicht etwa. Damit der Kandidat nicht durchfällt in einem Examen, das irgendwann einmal nachzuholen wäre. Ein Privattutorium in den Feldern von Mbebete. Welches aller möglichen Gedichte käme in Frage? *Let us go now, you and I –* ? Es könnte schiefgehen. *As if men hung here unblown –* ? Eine Zumutung. *Fill, Lucius, till the wine o'erflow the cup –* ? Ist kein Gedicht. Es ist wie immer. *Bald fehlt uns der Becher, bald fehlt uns der Wein.* Hier fehlt der Becher.

Die Liebe zur Literatur als pädagogischer Umweg. Ein Irrweg? Wird durch Belehrung Distanz geschaffen, Unsachliches, wie etwa das Rauschen einer Brandung, versachlicht? Wäre denkbar eine Dissertation *De l'amour* , auseinandersetzend wie Dichter darüber gedacht und gedichtet haben, vorzüglich die unglücklich Betroffenen? Wie schwierig, verworren und bitter die

Sache bisweilen und daß es im übrigen nie zu spät ist – für einen Mann, selbst dann nicht, wenn er bereits über Vierzig – nein, so geht es nicht.

Um eine Art Psychagogie müßte es gehen, vorsichtig rankend um schwierige Dinge, so wie sie da- und vorliegen. Ungewohnt und nicht ganz durchsichtig. Ja, dunstig wie die Jahreszeit... Daß hier einer, noch immer unbeweibt und auch nicht mehr jung, in den Feldern von Mbebete liegt mit einer Frau, und nicht mit irgendeiner, wie wäre das zu vereinbaren mit Anderweitigem? Wer hat es eingefädelt? Eine von Amts und Alters wegen Überlegene? Webend am zweifarbigen Schleierlein eines dürftigen Geheimnisses in bedürftiger Zeit, tut sie so, als sei es ein harmloses Zeitzubringen.

Die Verantwortung jedenfalls liegt bei *Na'any*. In der Tat. Sie liegt recht nahe, die Arme im Nacken verschränkt, den Blick in farblosen Dunst getaucht, schräg vorbei am kantigen Felsüberhang. Da irgendwo hängt sie ab, die Überlegenheit und Freiheit, mit der hier gespielt wird. Nicht nur von der öffentlichen Rolle einer Weißen und Fremden im Lande hängt sie ab. Nein, sie hängt vor allem ab von autochthoner Einfalt, von Tugend und Trägheit der Materie, der Masse, der

Schwerfälligkeit, die da nahe liegt und sehr wohl zu unterscheiden weiß zwischen rechts und links, oben und unten. Davon hängt sie ab, erstlich und letztlich. Fürwahr, und wofern etwas dergleichen als Gedankenschliere aus dem oberen Dunst herabhängen sollte – *Na'any* weiß es. Aber manch anderes weiß sie nicht. Wenn sie es wüßte – vielleicht wäre es peinlich?

Sie weiß, was sie nicht weiß, und sie redet darum herum. Der Erde zugewandt redet sie von höheren Idealen. Ein blasses Blümelein inspiriert sie zu Aphorismen über den Reiz des Unscheinbaren. Den Blick auf graue Blattrosetten geheftet, paraphrasiert sie das Unglück der Liebe – in der Literatur. Verschachtelte Sätze, kommentiert von Schweigen. Schließlich und als sei es Zeit zur Besinnung auf Eigentliches, hält sie es für angebracht, Eulen nach Athen zu tragen und Buschkatzen nach Mbe: 'Find a wife when I leave. Have a child before I return.'

Da endlich müßte der Blick aus dem Dunsthimmel zurückkehren, von der Felskante sich loshaken und ein also Beratener sich aufrichten. Die Eulen- und Buschkatzenträgerin, mit rascher Wendung, setzt sich ebenfalls auf, zieht die Knie an, streckt die Arme lang und starr darüber aus, und alle zehn Finger geben dem Blick einen Halt. Kein Ring, nichts. Runzelt sich darob eine Stirn? Ist denn nicht immer und alles mit rechten Dingen zugegangen? Es würde anderenfalls ein rechtlicher Mann nicht, hier in den Feldern von Mbebete – der Gedanke geht an Denkbarem scharfkantig vorbei.

An scharfer Kante hängt wie an zähem Spinnenfaden Undenkbares für eine Frau im aschvioletten Alter Mitte Vierzig. Träumend mit offenen Augen träumt sich eine verschrumpelte Seele heil. Etwas Unmögliches von eben der Gestalt und Masse, die da schweigend und schwerfällig Raum verdrängt unter dem Überhang des Felsgesteins, gibt den Tagträumen Glanz und Grenzen. Zwei halbe Drehungen, und die Welt wäre aus dem Gleichgewicht. Träumen läßt es sich bei tagheller Vernunft und vollem Bewußtsein, das da weiß: ich werde, geraden Weges vor mich hin, alt. Weder hier auf Erden, noch in irgendeinem Himmelreich, grau oder gold, wird mir zuteil werden, was keine Worte findet. Es müßte tanzen – in heißem Sand mit nackten Füßen neben dem Abgrund einer halben Drehung. Wer sollte etwas dergleichen begreifen? Ferne sei und bleibe es einem Unmöglichen, einzig Möglichen in der unglückseligen Zeit des Abschieds von diesem Lande.

Schließlich ist das auch überstanden. *Na'any* verläßt das Land. Läßt zurück gewisse Abhängigkeiten, die eine Rückkehr ermöglichen, aber nichts Unmögliches erwarten lassen. Heiraten wird ein Verspäteter nach einigem Hin und Her etwas ganz Junges, dessen Vater er sein könnte. Etwas Dralles, Vollbusiges. Etwas wie die Schöne, die Wilde, die Vortänzerin zwei Tage vor der Nacht in Mah. Das genaue Gegenteil. Etwas, das er gut behandeln, erziehen und schwängern wird. Ein alltägliches Leben wird er leben recht und schlicht in diesem Lande. Nur gelegentlich, eher selten; vielleicht beim Anblick einer Krüppelakazie oder beim Aufstäuben der Flugasche von dürrem Gras, fiele auf die grauen Wände der Alltäglichkeit ein weißer Schatten und eine Erinnerung an die Felder von Mbebete.

Trockenzeitfieber

Eng und ärmlich ist das Stübchen, und das Häuschen liegt im Abgelegenen. Fast eine Eremitage. Etwas zum Sichverkriechen und Alleinsein. Die Vorhänge zugezogen; schilfgrüne Dämmerung. Auf das Wellblechdach glüht die Februarsonne. Die Eukalyptuswipfel ringsum werfen keinen Schatten, der solche Glut mildern könnte. Es ist zu schwül für eine Fiebernde.

Das Fieber, das übliche, üble. Ein Mücklein, ein Stich, ein Schüttelfrost und Erschöpfung, die aufs Bett wirft. Das Haar löst sich, der Schweiß klebt in Strähnen; das Baumwollhemdchen, ein dünnes Leintuch, Chinin und so schön hilflos – schwaches Weib, wer weiß, ob sie es nicht schon immer einmal sein wollte. Willkommener Anlaß, Besuch herbeizubitten, weit über Land. Klopft es? Steht da wer? Eine schweigende Gegenwart in der künstlichen Dämmerung. Ein ernster Blick formt Mitgefühl zu einem Gastgeschenk. Mit geziemender Zurückhaltung wickelt es sich wie aus dunkelblauem Seidenpapier, das leise raschelt. Es hält sich hin bescheiden und mit unhörbarer Stimme, duftend nach Staubrosen und dem dürftigen Gerank der Passionsblumen unter dem Wellblech eines gleichfalls einsamen Hauses drüben am Bitu-Berg ...

Sorry, *Na'any*, sagt das Mitgefühl.
Thank you, sagt ein müdes Lächeln.

Das müde Lächeln der Kranken, die dankbar sind und beinahe glücklich, still für sich. Es krabbelt mit dünnen Füßchen über das dünne Leintuch, eine Winzigkeit. So. Dann, bei aller Schwachheit, gelingt es, Zögern und Verlegenheit zurechtzurücken ins Sachliche:

– Sorry, that you should find me in this condition. Thank you for coming. Sit here.

Eine bestimmte Handbewegung (bei aller Schwachheit) deutet auf die Bettkante. Es ist sonst keine Sitzgelegenheit vorhanden. Der Besuch, demütig und gelassen, setzt sich bedächtig.

Damit wären die Rollen vertauscht. Eine Starke und Überlegene darf die Hilflose spielen, und ein Herbeigewünschter sitzt schweigend und bekundet Nähe. Nahe liegt eine Fiebernde, und das Nächstliegende ist das Übliche: Malaria. Es mag der Eindeutigkeit ermangeln. Wie damals und wie lange wäre es her? Zwei Jahre? Schon drei? Damals, im Regenwald, als fiebermatt und schwach nach schlaflosen Nächten der nämliche nächtens über den Campus sich schleppte, herüber von jenseits der Bougainvillea in das verandaumrankte Haus und dasaß, an einem breiten Tisch, preisgegeben jähem Mitleid ganz und gar und – alles übrige.

Läuft es zurück? Wagt es sich hervor aus verworrener Erinnerung? – Shall I remember? How you once pitied me. Even you, *Na'any*. Und nun – wie aus einem langen und dürren Scheit Eukalyptusholz geschnitzt, und das leichte Tuch ist unordentlich darüber geworfen. Über die Stirn kriecht das kleine Elend, fieberfröstelnd und grau versträhnt. Unbedeckt zu beiden Seiten die Arme. Wie aufgebahrt, nicht wahr? – Gedankenscheibchen, die sich unterschieben mit dem Recht der Hilflosigkeit, bei geschlossenen Lidern. Was dahinter durch den Sinn geht, rinnt über fiebernde Schläfen: haltlose Schattenbächlein und zum Erbarmen...

Fürwahr. Was kann sie dafür. Das Alleinsein. Das Warten. Sicher hat sie gewartet, im Zwiespalt zwischen

Schicklichkeit und Schicksal. Die Trockenzeit. Das Fieber. Andere gehen damit und mit einem Aspirin ihren täglichen Geschäften nach, weil sie keine Zeit haben, sich hinzulegen und die Vorhänge zuzuziehen. Erst wenn es wirklich nicht mehr geht... Sollte hier eine zu viel Zeit und, wer weiß, Langeweile haben? Was tut sie den ganzen Tag, da sie nicht mehr lehren mag? Schreiben, sagt sie. Sie schreibe. Was schreibt sie? Wo nimmt sie es her? Wozu braucht sie einen wie *mich* ? Was ist hier zu tun und was zu lassen? Es können nicht Stunden vergehen so auf einer Bettkante. Nicht einmal Minuten... Was will sie? Nichts als Mitgefühl und Nähe? Und weil der, zu dem sie gehört, so weit fort ist – mich?

Ja, das wüßte ein Rechtschaffener gern in seinem Biedersinn und fühlt die Zeit zerbröckeln in drei Minuten Schweigen. Laß sie bröckeln. Endlich hat es sich ergeben. Endlich hat sich etwas bewegen lassen, von den Bergen herab ins Hügelland, und es ist wieder Februar.

Februar. Fiebermonat. *Mixing memory and desire*. Flieder treibt hier nicht. Aber Erinnerung treibt flackernd über die Jahre hin zurück, und die Schattenbächlein, die da rinnen, zeichnen sie es nicht nach und vor: Es möge sich wiederholen, spiegelbildlich? Ach und ja. Es wiederhole sich, hier und jetzt und feierlich, ein durchgeistigtes Ritual. Eine dünnschichtig gestaffelte Unwirklichkeit wie aus Blattgold und Durchschlagpapier, dünn und brüchig: über-, unter-, ineinandergeschobene Vorstellungen aus dünn gehämmerten Gedankenplättchen und knittrigen Relikten des fliederlila- und fiebergetriebenen Wunsches, es möge sich wiederholen. Mitleidvoll Unbesonnenes fordert sich zurück. Erfordert einen Übergriff. Eine Handvoll Mitleid.

Mitleid und Besonnenheit. Feierliche Langsamkeit, wie bei sakralen Ritualen. Hand in Hand geht das Mitleid mit sichtlichem Zögern, und anders als sie sich damals hob, die Hand, *Na'anys*, damals und gänzlich wider Erwarten; gänzlich ohne Hast, hier und diesmal, mit an sich haltender Bedachtsamkeit, senkt sie sich herab, Kühle spendend, mit priesterlicher Gebärde hinwegnehmend, was an Irr- und Rinnsalen sich angesammelt hat hinter fieberflackernder Stirn.

So vielleicht und möglicherweise. Möge es sich erschöpfen hinter geschlossenen Lidern, dünn und zag, Herbeiphantasiertes hinnehmend als ein Wenigstens von Wenigem. Möge es hinwegdämmern. Absinken ins Wunschlose. In traumlosen Schlaf.

Später.

Wie viel Zeit wäre vergangen? Wie tief, wie leicht war der Schlaf? Die Dämmerung ist nicht mehr schilfgrün; sie ist abgetaucht in ein Blauviolett, und es ist kühler geworden. Könnte ein Krankenbesuch so lange sitzen und Schlaf bewachen, geduldig wie ein Wächterengel?

– It appears – How long – ?
– For about one hour, *Na'any*.
– Can you get me something to drink?

Der da geduldig eine Stunde lang Schlaf bewachte, stemmt sich hoch. In der Kammer nebenan ist alles Notwendige vorhanden: Kerosinkocher, Wasserfilter, Dosen mit Vorräten. Es klappert und es dauert eine Weile. Die Zeit füllt sich mit Geräuschen fürsorglichen Daseins; die Dämmerung sinkt in ein tieferes Violett. Wie könnte Zeit zufriedener vergehen? Und wenn hier eins ins andere sich knüpfen ließe... Ein Glas Schwarztee, ein wenig abgekühlt, vorsichtig auf eine leichte, zum Sitzen ungeeignete Bambusablage gestellt – dankbar heftet sich der Blick darauf.

– Thank you. Get yourself something to eat.

Wie spät ist es? Bald wird die kurze Dämmerung einem mond- und sternenlosen Dunkel gewichen sein. Aber was wäre einzuwenden – gegen eine Kleinigkeit, schnell zubereitet? Und wenn *Na'any* es wünscht...

Durch die offene Tür der Küchenkammer dringen alsbald vertraute Geräusche – Metall klirrt an Metall; ein Streichholz zischt auf; an einem Porzellanrand zerbrechen zwei, drei Eier; ein Blechlöffel rührt in Emaille; es zischt in heißes Fett. Nun ist es eine Weile still. Eine tröstliche Stille, erfüllt von Nähe und Wohlwollen, davon die Dämmerung sich färbt mit dem Purpurviolett der wilden Malven... Inseln von blau-und-weißen Wasserhyazinthen schwimmen vorüber... Wie einst in einem Campus im Regenwald. Gleich wird es vergangen sein, und wo fände sich dann, im Dunkel des Alleinseins, der Trost einer Mondsichel? Was wäre noch möglich und denkbar, ohne Sitten und Gebräuche zu verletzten? Bleiben und übernachten unter diesem Dache müßten das Mitgefühl und die tröstliche Nähe, auf daß *Na'any*, die doch wohl – oder wohl doch? – letztlich nichts dafür kann, sanfter leide im fieberfröstelnden Dunkel...

Wieder zischt ein Streichholz auf. Durch die offene Tür dringt mühsam der trübe Schein einer Buschlampe, kommt näher und zieht sich zurück in eine Ecke. Was nun? Die Frage steht nahe, gehüllt in abwartendes Schweigen wie in ein dunkles Schaffell.

– You have not touched the tea.

Das ist wahr. Wo ist der Durst hingegangen? Hat er sich verdrängen lassen von wildem Malvenduft und dahinschwimmenden Inseln aus weiß-und-blauen Wasserhyazinthen? Da kommt er wieder.

– Give me the glass, please.

Na'any, bislang reglos, richtet sich mühsam auf und nimmt, seitlich auf einen Ellenbogen gestützt, das Glas entgegen. Nimmt, was sich dabei ergibt und anders kaum möglich ist, ein Glas lauwarmen Tee mit heißer Hand aus kühler Hand, ohne einen Tropfen zu verschütten. *Ach, du kühles Wasser, du Lüftlein lind* – Etwas wie der Anfang von einem Lied, dem das Fieber weichen müßte. *Na'any* trinkt und sinkt zurück. Aber das Fieber weicht nicht. Es scheint zu steigen.

Hinter dem vergitterten Glas der Laterne brennt die Flamme trüb und ruhig und wirft den Schatten dessen, der da abwartend steht, langgezogen und abgeknickt schräg nach oben. An der weißen Sperrholzdecke knickt der Schatten ab... Wie ist das Schweigen merkwürdig leer. Merkwürdig lang und abgeknickt... Schließlich bewegt es sich, der Knick verschiebt sich.

– I will try and find a taxi.
– You can't go back tonight.
– I don't see...
– Sleep in my office. No problem.
– Well...

Heißt: Nun gut. Wenn *Na'any* es für unproblematisch hält, was soll dagegen einzuwenden sein. Der Weg zurück zum Bitu-Berg ist weit, ein Nachttaxi wäre schwer zu finden und außerdem teuer. Vor allem aber – liegt hier nicht eine Fiebernde?

– Okay. Good night, *Na'any*. I go pray for you. May the fever cool down.

Und bleibt stehen, wo er stand, einen unmeßbaren Augenblick zu lang. Das Unmeßbare genügt. Das Waagrechte beginnt, sich zu verschiefen, Grad um Grad, unaufhaltsam. Die Dinge ringsum verfärben sich.

Was ist das? Ein Rest Tee? Er verfärbt sich von Hellbraun in Dunkelrot. Der Schatten an der Wand? Er verschiebt sich ins Purpurviolette und beginnt zu flakkern. Er fällt schräg von oben nach unten. Fällt er nicht über – ziemlich Unziemliches? Fällt es jetzt erst auf? Wie zerwühlt, wie unordentlich, wie allzu leicht bedeckt – und die Nächte sind kühl in dieser Jahreszeit.

– Have you no blanket?
– Yes. No.
– It will be getting cold tonight.
– I feel warm too much.

Keine Schlafdecke, die sich herbeibringen und schlicht darüberbreiten ließe... Und das Unordentliche – stört es? Wen? Müßte es nicht in Ordnung gebracht werden? Es müßte nur – nur das zerwühlte Leintuch müßte geradegezogen und das übrige, das Fieber, ordentlich und fürsorglich zugedeckt werden. Wäre nicht etwas dergleichen zu erwarten? Wer wird auch nur einen flüchtigen Gedanken daran verschwenden? Warum kommt kein Wort Diesbezüglichkeit zustande? Das Unordentliche – nun, es hat sich verfärbt wie alles übrige. Aschlila wie abgeblühter Flieder. Außerdem und wie die Dinge stehen und liegen, schiebt sich zwischen den Modus der

Möglichkeit und die Dimension der Verwirklichung jene schiefe Ebene, auf der Vorstellungen ins Rutschen geraten und die angeborene Farbe guten Willens sich ins bedenklich Wahnhafte verfärbt.

Von unten her steht nach oben hin alles im Schatten. Von oben her wirft das trübe Licht der Buschlampe Schatten und ein leises Flackern quer über das reglos Unordentliche, das Liegende hin, und nur ein einziger Laut müßte anders lauten, um die Schattenspiele des Fiebers dem schmerzhaft blendenden Licht der Begreiflichkeit auszusetzen.

Es fiebert. Vielleicht beginnt es zu delirieren. Es sucht nach keinem Begreifen dessen, was ineinandergreift wie Durst und ein Glas Wasser, Übermüdung und Schlaf. Es läßt sich keinem Bedenken unterwerfen. Wahrhaftig, ein wenig Sinn für Ordentlichkeit würde genügen. Ein wenig und mehr ebenso wahrhaftig nicht. Warum bleiben Trägheit und Bedenken abgeknickt an der Sperrholzdecke kleben, durchfurcht von Termitenfraß und Furcht? Wovor? Vor Herablassung?

Kleine kriselnde Welt als Wille und Vorstellung. Zwanghaftes von unten, unbewußt. Widerstand von oben, bewußt und endlich doch übermocht von der und keiner anderen, klare Linien verwirrenden, Grenzen verwischenden Macht der Vorstellung? Aus den Geleisen schwankt es sacht. Ein Halbwachzustand, am Rande des Begreifens, was vor sich geht und bis wohin. Die Sachlage läge auf einmal merkwürdig schief, der hellen Seite des Bewußtseins abgewandt. Was würde Bedachtsamkeit nützen und das Bemühen, einer Unordentlichkeit abzuhelfen, wenn sich plötzlich Grenzen und Ränder ergäben, Anstieg und Abstieg einer Fieberkurve, flach ansteigend, schon in Auflösung begriffen und völlig zerdacht im voraus – es ließe sich im nachhinein nicht mehr begreifen. Es zerfiele wie eine flach gewölbte Handvoll trockener Sand.

Trockenzeitfieber. Als ob ein Begriff je etwas dergleichen begriffen hätte. Als ob das Denken Hände hätte und die reine Vorstellung etwas dafür könnte. Vermutlich hätte es sich fügen können. Ins flach gewölbte Innere des Wohlwollens, bezwungen von Fieberdelirien und etwas, das nicht anders wollen konnte. Niedergerungen ins Bewußtlose. Ein imaginärer Augenblick Innehalten. Eine jähe Wendung hinweg.

– Sorry, I feel dizzy.

Don't worry. Good night.

Die Tür zur Kammer nebenan fällt ins Schloß, der Riegel, beim Vorschieben, knirscht. Die Pritsche ächzt auf. Hingeworfen, angekleidet, übermüdet. *What are these roots that clutch...*

Dry season fever. Februarhitzefrösteln in dürrer Wildnis, raschelnd unter Eukalyptus und Staubrosen, überwölbt vom bleichen Lächeln einer Maske, an deren Stirn mit schillerndem Flügel der sanfte Irrsinn des Übergangs streift. Es rinnt lautlos durch Nacht und verrinnende Stunden. Reglos an den Rand gelegt mit flachem Atem, mattem Puls, erlöst von Delirien, eine Genesende. Hatte es geklopft ? Stand da wer?

Kostbare Traumbruchstücke. Mondsichel in den Eukalyptuswipfeln über dem Wellblech; zunehmend, abnehmend. Rundung nach oben, Rundung nach innen. *Golden orange, bitter lemon. Grace granted to one single moment of absentmindedness.* Wie eng ist das Stübchen am Rande der Felder von Mbebete, wie schmal sind die Möglichkeiten, im Singular, im Dual, im Gestrüpp der Trockenzeitträume, im Februar, *cruellest of months... mixing memory and desire...*

Mittagsfinsternis

Die rote Erde Afrikas
hält Staub und dürres Gras bereit und fängt es auf.
Ein großer Tod kommt über alles.
Danach ist nichts mehr.
Nichts.

*

Am Tage des Abschieds

Noch einmal, *Let us go now, you and I*, den Berg hinan, der schuld daran war. Schuld an einem Straucheln, das sich ereignete an dem Tage, da eine Unerwartete von Mbebete herübergelaufen kam, mitten durch die aufgehende Sonne. Am Rande des ovalen Rasenplatzes kippte es aus dem Gleichgewicht, als der Blick sich der Nähe des Berges entgegenwarf. *You remember?* Wer sah im Sande, zu Füßen, die Winzigkeit, die es auffing? Etwas wie Augentrost. Blaßrot? Nein, röter. Rot wie die Amaryllis von Mah.

Ach, nichts Tröstliches blüht zum Abschied. In zwei, in drei Jahren wird da nichts mehr sein von dem winzig Wenigen, dem beinahe Nichts. Grau und ausgedünnt wird das Selbstgefühl sein wie das Haar, das eben noch spätsommerlich hochgemut aufgebundene. Sing leide-leide-leide, sing Abschied, Seelenrotkehlchen, von allen unmöglichen Möglichkeiten. Das Schweigen schweigt beredt darüber hinweg. Die brütende Hitze – oder was wäre es? Es verdichtet sich zu glühenden Ringen, beklemmend, atembeengend. Das Sirren der Zikaden kreist in würgenden Spiralen; es überkommt, es ist da – bis zum Todeswunsche deutlich. So unvernünftig kann das Leben sein.

Welche Mühsal, dieser Berg, den ein Blick so leicht bezwang. Der Pfad steigt durch Mittagsglut und dünnen Eukalyptusschatten. Durchs dürre Laub der Jahre raschelt befangenes Schweigen Was denn nur – ? Was war es durch alle die Jahre?

Auf einer vorspringenden Felsplatte, wo es seitlich steil abfällt, schweift der Blick zurück und hinab. Du Häuschen, du dürres Rosengeranke unter Wellblech! Du kümmerliches Blütengekräusel, duft- und farblos und dennoch: Rosen, rankend um graurosa Einsamkeit.

Hier, auf halber Höhe, eine kurze Rast. In der Nähe ist ein Besuch zu machen in einem abgelegenen Gehöft. Das erledigt sich schneller ohne Begleitung, die zuviel an zeitraubenden Höflichkeiten erfordern würde.

Gut. Geh hin. – Zwischen den Bäumen flirrt das Mittagslicht. Zu Füßen fällt der Berg steil ab.

Zeit zur Besinnung. Viele Jahre danach, während Erdichtetes steht und wartet. Warum hat, durch vierundzwanzig Jahre hindurch, das Wortgewebe immer wieder das Muster gewechselt? Warum wurde immer wieder aufgetrennt, wurden immer neu die Fäden hin- und hergezogen? Das machte die Menge der Bedenken. Aber noch ginge es bedenkenlos einen Schritt weiter, bis zu einem Baum, der zwei Schritte vor dem möglichen Absturz steht. Es ginge, und es geht, vorläufig.

Es geht seinen Pflichten nach ein Gewissenhafter, der da weiß, was sich gehört und vorsichtig ausweichend zu nehmen weiß, was sich von Fall zu Fall ergibt. Wie schön kann Erschöpfung sein, wenn da ein Baum steht und Anlehnung möglich ist. Wie flackert das Warten, von Abschied umringt, allein mit dem Gedanken: Vorbei. Alles, was da war und *nicht* war – vorbei.

Vorbei – von einem Augenblick zum anderen dringt es ins Eingeweide wie ein Skorpionbiß. Es überwältigt. Lautlos aufschluchzend, mit der heftigen Bewegung einer plötzlichen Überdrehtheit – aus einigem Abstand betrachtet muß es melodramatisch wirken. Aber es ist, wie es ist. Ein körpereigenes Gift in der Blutbahn; eine Überfunktion im Hirnanhang oder wo immer. Es streckt Arme aus, gibt verloren und sich selber auf.

Wenn es ein Spielfilm wäre

aus den fünfziger Jahren, dann wäre die Sache einfach: Mit lautlosem Schluchzen wirft sich die Heldin herum und umarmt den Baum.

Hier beginnt der späte Versuch einer dramaturgischen Umsetzung von etwas, das Tageslicht und Vernunft verfinsternd herannaht wie ein Sandsturm aus der Wüste. Etwas, das unter erhitzte Haut dringt, verklumpt, schrumpft und zerbröckelt ins Amorphe.

Der Baum wäre einer mit stämmigem Stamm und glatter, feinporiger Rinde. Eine Nahaufnahme würde es zeigen. Sie würde auch zeigen, wie durch die Heftigkeit der Bewegung ein weißes Baumwollhütchen zu Boden fällt und locker aufgebundenes Haar sich löst. Die Regisseuse, dudenwidrig, aber selbstbewußt, säße in ihrem Faltstuhl – breitkrempiger Hut, Sonnenbrille, das Drehbuch in der Hand – und würde Einzelheiten zurechtrücken. Zum Beispiel: Drück dich fest und flach an. Eine gute Schauspielerin, wie, sagen wir: Maria Selina, weiß das von selber. Sie würde so gut spielen, daß man spürte: die Bereitschaft, sich aufzulösen und nicht mehr zu sein.

So würde sie da verharren, abgewandt. Und an dem stämmigen Stamm entlang liefe wie ein lebendiges Beben eine schillernd kleine Eidechse. Es könnte auch ein zitternder Streifen Mittagslicht sein.

Was wäre das? Ein Lehrbeispiel aus der Menge der Spätsommerkrisen, die den Seelenexperten westlicher Wohlstandsgesellschaften das tägliche Brot verschaffen, weil Frauen mit Zeit und Geld keine Hemmungen haben, sich als Fall unter Fällen behandeln zu lassen. In Äquatornähe gab es keine Psychotherapeuten. Zum Glück, vermutlich. Als Heilverfahren legte sich nahe das Tagebuchschreiben. Es half. Es hat geholfen ein Leben lang. *Ecriture automatique*. Aufs Papier gespuckt.

Sprachbrocken, Seelenschleim, Halbverdautes. Der Formwille, peinlich berührt, strebte über das unreflektierte, zu Wortgewölle verklumpte Ur-Leiden hinaus und hinweg in die erhabenen Truggefilde der Kunst.

So käme es zur nächsten Einstellung. Der, um dessentwillen (wer hätte ihn, gut maskiert, das Blau der Augen kein Grund für Stilbruch, denn es wäre ein Schwarz-Weiß-Film, wer hätte ihn darstellen können?) – er wäre unerwartet und alsbald zurück. Man sähe und hörte, wie zögernd er darauf zuginge: Füße nackt in Sandalen, ein Rascheln im dürren Laub. Nun würde er dicht daneben stehen – ratlos. So etwas ist noch nie vorgekommen. Fragender Blick zur Regie. Du sollst. In deiner Ratlosigkeit und Tumbheit sollst du. In deiner *Tumbheit*, sage ich. Würde die Regisseuse sagen. Du denkst dir nämlich nichts dabei. Nahaufnahme. Eine Hand legt sich vorsichtig auf eine Schulter, ins herabgeringelte Haar. Auf diese Weise würde, was sich bereits in Auflösung befindet, vollends aus der Fassung gebracht. Das Unvorherbedachte, es geschieht.

Es geschieht merkwürdig undramatisch. Würde die Regie verfügen, und alle könnten sehen, wie Schauspielkunst sich entfaltete an einem so exotisch abgelegenen

Ort. Die Heldin würde sich nämlich nicht noch einmal herumwerfen und hinein in die Sprachlosigkeit eines Ahnungslosen. Sie würde es viel lyrischer hinkriegen. Die Bewegung würde sich *zerdehnen* in eine halbe Drehung hinein. Schlierenhaft langsam – gut so, schön, Selina (die Ermunterungen der Regisseuse) – würden, als verdämmerte Bewußtsein am hellen Mittage, die Arme einer Balletteuse emporranken. Sie würden sich und – und es wäre da keine Ausweichmöglichkeit. Eine Abwehrgeste erstürbe in eine altertümliche Bedingungsform und in die unerwartete Zuwendung hinein. Hände, schon Einhalt gebietend erhoben, sie würden zurücksinken und irgendwo liegen bleiben. Ja, da und so, ganz locker. Wie sollst du wissen, wo, in der Verwirrung des Augenblicks. Sehr schön, Othwill (das wäre der Schauspieler, der den Helden spielt fast wie sich selbst in jenen Zeiten). Du hast das also am Halse – zum ersten Male, und mußt dem standhalten. Stoisch. (Anmerkung der Regisseuse.)

Eine Fallstudie wäre es. Das vorerwähnte Lehrbeispiel. Ersichtlich würde zum einen, wie niedrig die Reizschwelle war und wie hochgeschraubt die selbstauferlegten Forderungen des kategorischen Imperativs. Wie wenig genügt hätte, um die kleine Welt aus den Fugen zu bringen und wie heilsam viel dem wahllosen Wortemachen erst und dann dem Abstandnehmen zu verdanken war – dies nämlich, daß die kleine Welt in wohlgefügten Fugen blieb und nur ein wenig knisterte.

Als reiner Tor, (die Regisseuse stilisiert an ihrem Helden weiter) und sozusagen hast du – hörst du? Das Unerwartete, das Unerhörte, das Ungehörige hast du da am Halse und hältst stand mit der Kraft eines guten Gewissens und mit einer Schwerfälligkeit, die nicht zu unterscheiden ist von Selbstbeherrschung am Rande der Resignation. (So stellt sie sich das vor.)

Ersichtlich würde zum anderen, wie harmlos die Grenzüberschreitung gewesen wäre. Nicht ersichtlich würde, wie peinlich dem Helden das Harmlose möglicherweise aufs Gemüt schlüge, geschlagen hätte oder wäre.

Der Held würde also dastehen und standhalten. Fragen darf man: wie lange? Die Regisseuse müßte dessen eingedenk sein, daß ein Mann kein Baumstamm ist. Ja, eingedenk, denn ihrer Einfühlung wäre hier eine Grenze gesetzt. Zu bedenken hätte sie, daß der Vorfall für einen Helden wie diesen gänzlich ungewohnt und alles übrige nicht zu verhindern wäre, ob er wollte oder nicht.

Die Heldin ihrerseits, von Abschied über-mannt, nein, übermocht, was sollte sie wollen? Sie sei sich dessen bewußt oder nicht. Nein, nicht einmal *wissen* müßte sie, *was* sie will – wollte – oder gewollt hätte. Einen Trägen um seine Trägheit, einen Gewissenhaften um das gute Gewissen bringen? Was sagt das Drehbuch? Was sagt die Regisseuse?

Sie müßte sich daran erinnern lassen, daß ihre filmische Fallstudie anfangs naiv beim Namen nannte, wovon sie handeln sollte: *Von der Vernichtung eines guten Gewissens.* Wäre das etwas Ungewöhnliches in mittagshitzebedingten Trockenzeit- und Abschiedsfieberträumen? Vermutlich nicht. Sie müßte des weiteren berücksichtigen, daß dergleichen *nicht* zum Wunderbaren der Jahre unter dem Harmattan gehörte, davon ihre Heldin bei jeder Gelegenheit zu schwärmen pflegt. Daß es vielmehr zum Ungehörigen gehörte und dem Selbstgefühl nicht gut tat. Daß es dem Duft der wilden Malven (statt nordischem Jasmin), eingebildet oder nicht, ein von anderwärts erlesenes ‚Gran Skatol' beimischte. Das müßte sie berücksichtigen. Und dann müßte sie sich Gedanken machen im Hinblick auf ihre Darsteller, die noch immer reglos wie Bildsäulen dastehen und auf Regieanweisungen warten.

Ach ja, würde sie sagen, und: Ihr müßt noch eine kleine Weile so verharren. Ich muß nachdenken. Darüber, wie sich das, was mit dir, Selina, vorgeht, versinnbildlichen läßt. Mit einer Zwischenblende vielleicht: zu Füßen, ganz unten, im Raschellaub zwischen Wurzelgewirr, wie krieg ich da ein eben ausgeschlüpftes Nest von Vipern hin? Ein wüstes Knäuel, wie Eingeweideschlingen oder Gehirnwindungen, durchwühlt von Verzweiflung darüber, daß da nie, nie, *nie* etwas war – *niemals*.

Dann müßte dieser Regisseuse, im Konditionalis verantwortlich für eine Letztfassung der *Mittagsfinsternis*, bewußt werden, was da, wie vorbedacht, noch zu berücksichtigen wäre, dies nämlich, daß das, was sie zur Darstellung bringen soll, der Selbstachtung ihrer Heldin Abbruch tun könnte. Sie wäre ja vermutlich auch eine Altmodische aus den fünfziger Jahren, eine irgendwie, nach späteren Vorstellungen, Verklemmte. Was sie ihrer Heldin zumuten müßte, wäre von einem Gefühl der Schuld, mehr noch vom Gedanken beschämender Schwäche angekränkelt. *Schuld* sind immer auch andere und die Umstände. Schwäche kann ein hochgespanntes Selbstgefühl sich nur ungern eingestehen. Es wäre so gewöhnlich. ‚Alle phantasieren davon' – wer bemerkte das doch einst und so trefflich?

Das Vipernnest würde es bestätigen. Das Vipernnest, geschlüpft aus Niemaligkeit (nie wäre da je irgend etwas gewesen, das der Selbstachtung hätte abträglich sein können), es würde bewirken, daß plötzlich etwas aus dem Gleichgewicht gerät – o Lady Angelina! Es rächt sich. Das Schicksal schlägt nach hinten aus. Spätestens bei diesem Gedanken würde die Regisseuse sich zusammenreißen und weitermachen. Wozu sonst wäre sie engagiert worden?

Ja, also – Selina, du weißt, worum es geht und daß die, die du spielen sollst, bis dato eine sozusagen Tugendmutige war. Eine Selbstbeherrschte ganz großen Stils, anderen und sich selbst voraus und überlegen. Eine Langstreckenläuferin, die im Endspurt gewissermaßen – nun, sagen wir: versagt. Du nimmst dich hinweg von geduldiger Schulter, machst die Augen auf und scheinst entschlossen, den Vorfall zurückzunehmen mit dem Ausdruck des Bedauerns, *Sorry. Forget it.* Ganz verzweifelt entschlossen und dem offenkundigen Wunsche entgegen – denn du gibst weder auf noch frei.

So etwa. Im Drehbuch stünde gar nichts oder nur wenig. Jedenfalls nichts von ‚ruhig und mutig und wie einer, der weiß, daß man eine Ertrinkende retten muß, auch wenn man dabei untergehen sollte'. Das wären lediglich die einfühlsamen Anmerkungen der Regisseuse gewesen, die daraufhin einen Blick ins Drehbuch geworfen hätte, um nachzusehen, was da nicht steht.

Da würde vielmehr der Held stehen, um etwas zu sagen. Etwa: „Since we may never meet again – ' Und die Regisseuse hätte an Gesichtsausdruck und Händen des Helden herumformuliert. ‚Ein kleines Lächeln, Othwill. Versuche es, erzwungen ungezwungen. Und die Hände ganz locker und so, als wolltest du die Sache sogleich wieder von dir wegschieben – leicht anliegend, *an*, nicht *auf* – das Polohemdchen endet gerade da, die Nadelstreifen. Es muß nach unbewußt aussehen.'

So die brave Regisseuse, und durch den ausgezehrten Eukalyptusschatten würde gleißend heiß das Mittagslicht flirren. Die Kamerafrau wäre beauftragt, für Unschärfe zu sorgen, für flirrend aufgelöste Konturen. Auszublenden nicht, aber zu verundeutlichen. Keinesfalls darf das Kameraauge randscharf und wie durch ein Schlüsselloch starren. Würde die Regisseuse verfügen, die ihrerseits doch scharf und genau – aber das ist es eben. Im Faltstuhl sitzt eine, die nicht sehen will, was sie doch eigentlich sehen müßte.

Weiter; wo waren wir? „Since we may never –' halt, nein. Unwahrscheinlich. So viele Worte hat ein Schweigsamer nie an einandergefügt. Und begründet schon gar nichts. Eine viersilbige Aufforderung genügt. Angesichts dessen daß – nun, es schließt dich rundum ein. Also, Othwill, bitte. Leise und fast tonlos –

Nichts dergleichen war der zweite Anlauf, der Sache einen Namen zu geben. Der Einfall der Einfalt und einer auf *Decorum* Bedachten, die da dachte, es müsse ausdrücklich gesagt werden. Es wäre doch alles nur Fieberphantasie gewesen. Wäre es dadurch seinem Wesen nach etwas anderes gewesen oder geworden? Was endlich unter Würgen und Sich-Winden zu Papiere niederkam – ach. Wie biederfraulich. Wie geradezu qualvoll langweilig, verglichen mit den flotten Reisen in die schwarze Haut gänzlich unverklemmter weißer Journalistinnen, die mal eben über die Sahara jetten. Die als letzte Rettung engagierte Regisseuse wäre nun freilich offenbar und leider ebenfalls eine Lyrisch-Moralische mit einem Gewissen aus Baumwollbatist, gesmokt mit überholten Vorstellungen dessen, was sich gehört. Was ist da zu machen?

Weitermachen.

Selina! (Die auf Anweisung reglos Verharrende wäre vermutlich aufgeschreckt.) Jetzt. Eine irgendwie Bedauernswerte soll haben, was sie ursprünglich gar nicht wollte, und du – du machst wieder gekonnt Zeitlupe daraus. Unterwasserpantomime. Jeder Millimeter wie gegen den Druck einer Gegenströmung. Nimm dich, aber nicht die Arme, ein wenig zurück, als wolltest du dich vergewissern. Auf diese Weise nimmst du, wie soll ich sagen? etwas wie Gewähren wahr. Überlegene Gelassenheit. Es soll ein lyrischer Augenblick werden. Hörst du? Verstehst du? Ein schöner auch. Reiner Spiegel einer in diesem Augenblicke reinen Seele, unbehaucht von übelriechenden Gefühlen.

Selina, verstehst du? Es ist der Augenblick, in welchem Augen, erblindet im Verzicht so vieler Jahre, wieder aufgetan werden und sehen, was sie sahen bei der ersten nicht, aber bei der zweiten Begegnung. Die Kamera soll es zeigen, zwei Augenblicke lang, der Wirklichkeit entrückt bis zum zweiten Katarakt: aus dunklem Urgestein gemeißelt, nubisch, kühl und königlich.

In diesen Anblick verlierst du dich noch einmal. *Longum bibebat...* Eine alte Geschichte; du kennst sie vermutlich nicht. Du bist Selina und spielst nicht Dido von dazumal, sondern und jetzt –

(Hätte man diese Regisseuse und ihre weitschweifenden, nubisch-antikisch verzierten Anweisungen nicht unterbrechen müssen? Wäre das Drehbuch daran schuld gewesen? So dürftig oder stümperhaft, daß ohne lyrisch-monologische Regie gar nichts zustande gekommen wäre? Man hätte sie vermutlich achselzuckend weitermachen lassen müssen.)

Gut. Schön, Selina, meine Beste. Und nun, nach drei langen und tiefen Atemzügen – aber du atmest ja ganz flach! Warum denn? Nimm die Arme zurück und ein wenig höher und lege die Hände leicht und flach und seitlich, wie einen Rahmen aus Elfenbein – ja, eben da, und du spürst, wie es hindurchpulsiert. Und nun, ebenso ruhig und gefaßt und da es denn sein soll, sage, was im Drehbuch steht und so tonlos wie das, was dir gewährend zugesprochen wurde.

Eine Schauspielerin vom Format einer Maria Selina hätte das alles – ‚*Close your eyes...*‘ und alles weitere (man hätte es, ‚*and forget all about us*‘, untermalen können mit einer längst vergangenen Melodie) – sie hätte es gekonnt hingespielt, lyrisch und langsam, ein Andante cantabile, und ganz so, wie die Regisseuse es ihr zuflüstert mit ersterbender Stimme –

– dein flüchtiger Finger. Lider, die auch schon welken. Du siehst es und hast ein Lächeln dafür bereit, ein kleines, wehmütiges, und rankst dich wieder, ohne Hast, um das Wunder der Geduld, das dir hier reinen Gewissens zuteil wird, und nun –

Hier spätestens hätte diese Regisseuse merken müssen, daß sie Lyrik vorträgt und wäre verstummt. Große Stille. Schattenflimmern. Ein Mottenflügel, silbergrau. Muskatblüte, im Vorüberstreifen, trocken und spröde. Eukalyptusrinde, altes Pergament. Das macht der Harmattan, der staubfeine Sand aus der Wüste. Kaum spürbar, dunkelumrandet ohne Erwiderung. Es gewährt sich. *Tristesse, mon amie...*

*

Unschärfe und Zeitlupe. Neben dem Baumstamm am Felsenabsprung hätte ein Exponat aus dem Altägyptischen Museum stehen können. ‚Do not touch!' Wie hätte so etwas aus Diorit und nubischer Dynastie sich wehren sollen, hätte ein Fuß, zu nahe tretend, das Gebot übertreten, eine Hand sich ausgestreckt, um sich wenigstens zwei Fingerbreit zu vergewissern?

Große Pause. Der kleine Film hätte sogar zu Ende sein können mit bestem Dank und angemessenem Honorar an eine Regisseuse, die es irgendwie hingebracht hat, knapp vorbei an weiteren Monologen. Darüber etwa, was gewesen wäre, wenn der Vorstellung des Gewährens statt verständnisvollem Wohlwollen Peinlichkeit oder schnöde Berechnung sich beigemischt hätten. Ja, knapp daran vorbei; denn es hätten bei dergleichen Bedenken weder Tagträume noch Spielfilmszenen entstehen können. Im übrigen wußten beide, Regisseuse und Auftraggeberin, aus welchem Stoff die Träume der wunderbaren Jahre waren. Sie hatten *Die Betrogene* gelesen und begriffen, lange vor Fünfzig...

Ein Spielfilm aus den fünfziger Jahren. Die Regisseuse aber darf ihren Faltstuhl noch nicht zusammenklappen. Es harrt ihrer das angekündigte Eigentliche. Der ‚Sandsturm aus der Wüste'. Die Mittagsfinsternis. Die ungeahnte Schwierigkeit. Sie würde die Herausforderung annehmen.

würde ihr, mirabile dictu, Hilfe und Beistand kommen. Zunächst wäre Lob zu verteilen. Sehr gut, Selina. Man merkt, daß es nach Ungewöhnlichem mit dunkelviolettem Trauerrand schmeckt. Sehr schön, Othwill. Das Nubisch-Statuenhafte steht dir gut. Besser, als wenn man dir einen rasenden Othello zumuten wollte.

Aber nun. Nun müssen wir zusehen, daß die Katastrophe sich glaubwürdig entwickelt und nicht gekünstelt wirkt. Das Drehbuch läßt uns hier vollends im Stich. Es hängt alles an der Regie. Ich habe mir Gedanken gemacht. Eine ganze Menge und immer wieder andere. Ich habe sie auch aufgeschrieben. Wo sind sie?

Die Regisseuse (wenn es nun eine Dilettantin wäre? Es wäre zu spät, sie abzusetzen) kramt in einem Aktenköfferchen, fördert ein dunkelblaues Karteikästchen zutage und beginnt, es zu durchsuchen.

Aha. Hier. – Du, Othwill, hältst die Hände noch immer so, daß man die Bereitschaft spürt, alles so bald als möglich wieder respektvoll von dir wegzuschieben: leicht und flach und als wäre es gleich vorbei, da am unteren Rande der Nadelstreifen. Dunkelblau mit weißem Krägelchen und schmaler Brusttaschenblende. Sehr sportlich, die Nadelstreifen.

Aber dann? Die *Katastrophe und danach*. Wie soll sich im Danach begreifen lassen, was vor sich ging im Flirren dieses kaum von kühlenden Schatten erlösten Lichtes? Wie war es möglich? Das Sichverkehren. Das Kata-, die Kehre. Aus blendendem Mittagslicht in blendende Finsternis. Plötzlich, ohne Worte, ohne Vorweggewähren; ohne einen Rest von rettender Vernunft im schon Heraufbeschworenen; in der Verflechtung aus Zufall, Zögern und blinder Notwendigkeit – wie?

Die Regisseuse wäre wieder ihren schöpferischen Monologen anheimgefallen, nunmehr entlanghangelnd an den Stichworten ihres Zettelkastens.

Apropos Notwendigkeit. Wartet noch eben. Ihr dürft euch auch eine Weile setzen. Dort unter den Sonnenschirm. Hier habe ich einiges notiert, das mir bedenkenswert erscheint und euch helfen könnte, zu verstehen, was ihr darstellen sollt. Es ist nämlich so: Nicht immer wendet Notwendigkeit eine Not; und wenn, führt dann die Wende nicht bisweilen von der einen Not in die andere? Aus zwei gegenläufigen Notwendigkeiten ergibt sich ein Konflikt. Vielleicht sogar ein Melodram. Was wollen wir hier spielen? Die Not des Hin- und Herzerrens an Wortgeweben soll gewendet werden durch das, was ihr darstellen sollt. Durch Spielfilmszenen, die einen Fiebertraum aus vergangenen Tagen einspinnen in einen Kokon aus Kunstseide bis fast zur Unkenntlichkeit dessen, was es ursprünglich war. Denn auf welche Weise es abstürzt ins Ungewollte; wie eins das andere nach sich zieht in die Gleichzeitigkeit: lapidar ließe es sich sagen und erschlagen, breit und breiig schlagen zu einer Platitüde und vorbei am Eigentlichen. Solches zu verhindern bin ich da und beauftragt, das katastrophal Triviale so zurechtzubiegen und mit euch als Mimen darzustellen, daß es erträglich wird.

Ja, ich bin nun einmal vorhanden und gewissermaßen verdammt zum Weitermachen. Damit erledigt sich die Frage, die ich hier, auf diesem gelben Zettel, notiert habe: ob es nicht einfach übergangen werden könnte. Muß es dargestellt werden, weil es dem Geist der Zeit entspricht, dergleichen aus- und breitzutreten? Der Geist der Zeit wäre eher ein Grund, es einzupacken und wegzustecken. Aber. Die Sache ist die, daß

Schwierigkeiten ihren Reiz haben können. Den Reiz der Herausforderung. Fast wie einst im Monat Mai eine Mathematikhausaufgabe – ‚Untersuchen Sie die Kurve...' ‚Bestimmen Sie die Wendepunkte...' Eingefügt ins Album der Trockenzeitfieberträume wird hier etwas des Widerstandes wegen, den es durch Jahrzehnte und immer neue Versuche hindurch dem Versuch, es schön und gut darzustellen, entgegengesetzt hat. Zu schade zum Wegwerfen nach all der Mühe. Entschuldigt die Abschweifung.

Wäre sie entschuldbar gewesen? Hätte eine Regisseuse so lange und so viel und anhand eines gelben Zettels darum herum reden dürfen, ohne die Sache des von ihr beschworenen Schönen und Guten zu verraten? Sie hätte, da sie über so vieles nachgedacht und einen giftgrünen Zettel zur Hand hat, unbeirrt weitergemacht.

Noch etwas. Ihr müßt wissen, daß die bislang gespielte Abschiedsszene ursprünglich als äußerste Möglichkeit gedacht war. Was nun darüber hinaus der Regie und eurer Darstellungskunst überantwortet wird, wäre bei klarem Bewußtsein nicht möglich gewesen. Das ist es eben und gewöhnlich. So gewöhnlich und so diffizil, wenn der Widersacher Geist dazwischenkommt.

Ich habe hier gewisse Stichworte notiert – ‚Irritation des Nervensystems', ‚Gefasel des Gefühls' ‚Zerfasern des Tastsinns', ‚Beengnis', ‚zersplitternde Sinnesempfindung', ‚kritischer Grenzwert', ‚Winziges, das unbeabsichtigt eins ins andere verhakt' – könnt ihr damit etwas anfangen? Könntet ihr es zu szenischer Darstellung bringen, ohne daß ich euch wie Gliederpuppen zurechtbiege? Fast fühle ich mich – überfordert. Wir müssen uns zusammenreißen. Alle drei.

Ihr wißt doch, worum es geht. Selina, du vor allem. Du weißt, was die Rolle dir abverlangt. Die Maskenbildnerin hat dir das Haar apart angegraut. Und ich habe mir hier notiert (hantiert mit einem lila Zettel) – das Übliche. Nach langen Jahren und durchaus nicht unglücklich, da nun – und einem solchen, aufrecht und gewiß kein Tor, unwillig also durchaus und bislang unangetastet von landläufiger Fama, einem solchen hast du dich und *au pied de la lettre* – geworfen hast du dich, freilich. Ein *faux-pas;* eine Folge von und wie zur Strafe für zu langes Wandeln unter Palmen. Du würdest jetzt etwas rückgängig machen wollen, das möglicherweise gerade noch möglich gewesen wäre. Wie wirst du das machen? Mit geschlossenen Augen. Dem Himmel zugewandt. Mit beiden Armen. Wie aufatmend. Oder wie Zuflucht suchend droben, über dem Wipfellaub. *Dabei* würde es sich ergeben. Nicht viel; eine leichte Verschiebung und ganz von selbst. Der untere Rand. An ihm würde sich der Abgrund auftun, während du dich dem Himmel entgegenstreckst, der glühend weiß mit hochfrequenten Strahlenfingern durchs Laubdach des Baumes greift, desselbigen, und mit Photonenschauern durch die Lider dringt purpurschwarz und schmerzhaft. Sonst wäre da nichts. Auch keine Landschaft zu Füßen des Felsabsprungs. Nichts. Das ist es.

Wie bitte? Was meinst du, Othwill? Aber das weißt du doch, *a man like you*. Wer hier, wie du dann sogleich, offenen Auges auch nichts sehen, Unerwartetes nur wahrnehmen könnte – warte einen Augenblick, wie hatte ich das doch so schön formuliert – hier (der nächste Zettel, bleurosé marmoriert): ‚Mit ungeübtem, fünffach gegliedertem Tastsinn' –

Es wäre in Falle solch mehrfach gegliederter Sprachakrobatik der Regisseuse nicht zu helfen gewesen. Eine verhinderte Lyrikerin. Ein Fehlgriff. Statt griffiger Anweisungen Manierismen und als nächstes womöglich ein weiterer Zettel, pink oder apricot, mit ‚lähmendem Erschrecken' oder etwas dergleichen und der überflüssigen Feststellung, daß sich im nächsten Augenblick schon – schon? Endlich! – nichts mehr verhindern läßt oder ließe. Es wäre – Sie schwenkt schon den nächsten Zettel, lindgrün.

Denn du, Selina, meine Beste, ach, muß ich dir alles und jedes – Du würdest dich aus dem Gewipfel zurückholen, die Leere deiner Arme irgendwie anderweitig unterbringen und – erstarren. Ja, ‚erstarren' hab ich mir notiert. Du stündest da und hieltest vor dich hin eine Maske mit geschlossenen – nein, nicht die lieblich-friedliche aus der Seine. Eine schmerzhaft angespannte, eine sozusagen Maske der Medusa, soeben enthauptet. Wie bitte? O Nein. Keine Großaufnahme! Und außerdem alles wie hinter Milchglas oder Craquelé. Ungenaue Umrisse; aber so, daß man sie ahnt, die Maskenstarre. – Was habe ich hier noch notiert? ‚Gitter des Erschreckens', ‚Verzerrungen des Nervengeflechts', ‚innere Verwerfungen', ‚etwas, das nicht mehr anders wollen kann'. Und das alles ‚vor Augen, die sich schließen über dem eigenen Abgrund.'

Wieder die Nerven und der Abgrund. Irgendwo in dieser Gegend wäre vielleicht doch der Versuch angebracht gewesen, die Regisseuse ihres Faltstuhls zu entsetzen oder ihr wenigstens den Zettelkasten wegzunehmen. Es wäre zweifellos schwierig gewesen. Sie hätte nicht eingesehen, daß es besser wäre, sich fortan der Landschaft zuzuwenden. Dem nahen Baum und der fernen Landschaft.

Ein Baum könnte keine Augen schließen über dem eigenen Abgrund. Könnte nicht wissen, was sein muß oder was nicht. Ein Baum könnte gefällt werden, aber nicht denken, meinen oder glauben, er sei ‚gerichtet'. Lediglich die erforderliche Reglosigkeit wäre ihm eigen, dem Baum. Freilich, was würde einem Baum gegenüber aus Medusa oder sonst einer archaischen Reminiszenz? Das nämlich, das Medusenhafte, wäre offenbar und nach den Vorstellungen der Regisseuse der Anblick, der zum Verhängnis werden soll. Denn nun hätte doch wohl etwas in Bewegung geraten müssen, wider welchen oder wessen Willen auch immer – man wird sie nolens volens weitermachen lassen müssen, und sei es auch nur, um zu sehen, wie sie sich aus der selbsteingebrockten Bredouille zieht.

Ja, ihr Lieben, ihr sitzt da noch immer im Schatten des großen Sonnenschirms, und es müßte sodann und in der Tat etwas in Bewegung geraten, und zwar irgendwie mühsam – gegen die berühmte Krümmung der Raumes durch das wenige an Masse, das da vorliegt, nein steht, aufrecht steht und stehen bleibt. Gegen die Schwerkraft und ein besseres Gewissen. Etwas, das wie von selbst – habt ihr das gesehen? Ein ungewöhnlich großes und schönes Exemplar.

Mit gläsernem Flügel ist es vorübergeschwirrt. Eine Wasserjungfer, eine Libelle.

Rührt euch nicht. An der hellen Baumrinde neben euch sitzt sie lang und schlank und wie aus dunklem Onyx, kühl abgesetzt von der erhitzten Luft ringsum. Bewegt es sich langsam aufwärts? Kommt es mir nur so vor? Rühr dich nicht, Selina. Halte den Atem an.

Atemanhalten, wie lange ließe es sich aushalten – langsamem Aufwärtskriechen folgend, Innehalten, Anhauch des Geistes und der Angst und des Wissen: es ist zu spät? Zu spät für eine plötzliche, scheuchende Bewegung . Für ein Zurück- und Wegschieben.

Die Libelle ist ab- und zurückgeschnellt. Nur eine Handbreit oder zwei entfernt von da, wo sie eben noch saß, steht sie still im Flug. Kein Auge könnte dem irrsinnigen Vibrieren der Flügel folgen. Nun schießt die Unterbrechung davon, und die Regisseuse – wo war sie? Wird sie wieder zu sich kommen? Sie wirkt auf einmal – beinahe geistesabwesend. Sonderbar. Kramt aber immerhin schon den nächsten Zettel hervor. Den wievielten? Den sechsten, den siebenten? Den letzten? Er ist scharlachrot und sieht zerknittert aus.

Ja also, wo waren wir ? Was hab ich hier notiert? ‚*Unerträgliches*' habe ich notiert und ‚Verschärfung ins Metallische'. Das ist besser als ‚elektrische Spannung', und außerdem sollten wir uns vielleicht beeilen; es ist merkwürdig schwül, als ob ein Gewitter – ‚den Verstand aussaugt und die Enden der Nerven zusammenzwirbelt zu einer Saite, die zerspringen will'. So etwa. Versteht ihr? Es sperrt sich. Gegen den Zugriff der Sprache sperrt es sich, die wie mit zehn nackten Fingern zugreifen will. Mit sozusagen flacher Handfläche der Sache habhaft werden will. Metaphorisch müßte es erträglich sein.

Mag sein. Unerträglich wäre ganz sicher eine bestimmte Art von Bildungsräsonnement. Wofern es nämlich dieser Regisseuse einfallen sollte, so etwas wie ‚Sprachgefühl' herbeizuzitieren, ‚alte Regeln des guten Geschmacks' oder gar einen ‚Wesensanspruch', der sich

‚unmittelbarem Ausdruck verweigert' zu beschwören. Wenn sie gar fortschreiten würde zu kulturphilosophischen Betrachtungen über ein *‚sacrum'* ‚heilig und verflucht; verhöhnt und hymnisch gepriesen' – ins Hymnische wäre sie dabei vermutlich selber gestolpert – ‚des antiken Mythos würdig, der banalsten Alltäglichkeiten eine, epidemisch allem Volke widerfahrend.' ‚Etwas, das nichts als blindlings will in *wildem Harme, for dear pity's sake !'* ‚Zufall, der sich nicht mehr zurücknehmen kann.' Es wäre nicht auszuhalten gewesen.

Zum Glück hat die Regisseuse nichts dergleichen auf ihrem scharlachroten Zettel. Sie scheint aber nicht mehr ganz bei der Sache zu sein. Offenbar doch überfordert. Das Kapital an Kompetenz scheint erschöpft. Was redet sie da vor sich hin? Sie liest nicht einmal ab. Sie macht sich Gedanken *ad hoc*. Sie hält einen Monolog aus dem Stegreif.

‚Hat nicht die Sprache Süchte und Gebrechen und hin und wieder Fieberanfälle? Wer sagt mir, wie eine ordinäre sich von einer tragischen Verfinsterung der Tagesvernunft unterscheidet? Wer durchschaut, bewehrt mit welchen Wertmaßstäben, bis in die letzten Winkel der verworrenen Wirklichkeit, was hier vor sich geht?

Lebenssäfte gären, die kleine Welt geht aus den Fugen, eine langwierige Anamnese müßte die Labyrinthe der Vergangenheit erforschen.' Und ähnliches.

Währenddessen flirrt das Mittagslicht durchs Laub und eine beklemmende Schwüle drückt herab. Könnte es sein, daß das Erscheinen der schwarzen Libelle nicht nur die Netzhaut irritiert hat? Kostbare Zeit ist vergangen mit weitschweifigen Betrachtungen des Wesens dessen, was zur Darstellung zu bringen gewesen wäre. Müßte man diese Regisseuse nicht daran erinnern?

Oh! Entschuldigt. Mir schwirrt der Kopf. Diese Libelle – wo ist sie? Sie hat mich – wie ein Fieberfrost. Und ihr sitzt noch immer geduldig unter dem Sonnenschirm. Wo waren wir denn? Ach ja. Vielleicht sollte Selina sodann – ich meine, um dem letzten Zögern eines mit sich selbst zerfallenden Gewissens ein Ende zu machen – wo ist der Zettel? – eine Geringfügigkeit also, meine ich, würde genügen, um mit vorhersehbarer Unausweichlichkeit – der hellblaue Zettel, auf dem ich es notiert habe? – es würde sich sozusagen von selbst ergeben. Das Nachgeben, meine ich, nur drei Millimeter. Und du, Othwill, du – reglos, Statue, bis zuletzt. Bis zuletzt! Hörst du? Verstehst du?

Mit dergleichen wäre offensichtlich etwas aus den Fugen geraten – im Kopf der Regisseuse. Zudem sieht es tatsächlich nach Gewitter aus, und es wäre besser, abzubrechen und die Sache zu verschieben. Nicht nur des drohenden Gewitters wegen. Auch wegen dem dramaturgischen Fehlgriff. Er läge nun offen zutage.

Wenn es, nicht wahr? ein Spielfilm wäre oder sein sollte, dann würde man Handlung *sehen* und sich nicht Betrachtungen anhören wollen, um Beweggründe einzusehen. Welcher Schauspieler würde sich, statt präzise Anweisungen zu erhalten, solche Monologe anhören? Die Geduld, mit welcher die beiden Berühmtheiten aus den fünfziger Jahren seit einer halben Stunde unter dem Sonnenschirm säßen, wäre eine außergewöhnliche. Es würde sich vermutlich um eine Art tropischer Apathie handeln – des Zeit- und Selbstbewußtseins.

Der Fehlgriff also läge zutage. Die Regisseuse hätte sich erst als Lyrikerin entpuppt (das wäre noch angegangen), dann als laienhafte Psychoanalytikerin und schließlich als Kulturhistorikerin mit dubiosem Hintergrunde. *Das* müßte den Faltstuhl zum Zusammenklappen bringen. Es hätte eine dermaßen Zettelkastenabhängige nicht berufen werden dürfen.

Ein Tropengewitter zieht heran. Die Spielfilmregie, endlich klappt sie den Faltstuhl zusammen und zieht sich zurück. Am besten an den Rand des Felsabsprungs, hinter den stämmigen Stamm, der im Rücken dessen steht, was da am hellen Mittage hätte hereinbrechen und sich nicht von der Stelle bewegen sollen. Dort könnten sich allfällige Betrachtungen fortsetzen. Vielleicht käme das Gewitter sogar gelegen – als Verlegenheitslösung.

Die Protagonisten? Sie würden einfach sitzen bleiben. Unter einem blaugrün gestreiften Sonnenschirm sitzt es sich gut im warmen gelben Gras. Das Gewitter wird sie überraschen, denn sie kennen sich nicht aus und sind auf nichts gefaßt. Maria Selina, mit dem Rücken gegen den Baum gelehnt, hält die Arme im Nacken verschränkt. Sie lächelt ein wenig, gar nicht medusen-, eher seelchenhaft. Ihr zur Seite ein Stoiker, dem die nubische Maske wegzurinnen beginnt, während er mit der linken Hand langsam und wie geistesabwesend am hellen Bambusschaft des Sonnenschirms auf und abfährt. Mit der Rechten beschattet er von Zeit zu Zeit die Augen, als wollte er etwas Fernes genauer erkennen.

Beiden müßte der Kopf schwirren von den Zettelkastenmonologen und Aphorismen einer Regisseuse, die sich endlich freiwillig ins Abseits versetzt hat.

Der Blick schweift über den Abgrund hinweg in die Ferne. Wie lieblich breitet sich tief und weit unten das Savannenhügelland, sanft dahinwogend, rotgolden umdunstet vom Harmattan, ondulierend bis hin zu einem Horizont von veilchenblauen Bergen. Über dem Veilchenblau ein schmaler, ein fahler Streifen – eine leise Unheimlichkeit. Über dem unteren Dunst füllt sich des Himmels Wölbung mit drohendem Kobaltblau. Ein Gewitterblau, das in kreisende Bewegung gerät und sich verfinstert. Von jenseits des Horizonts quillt es herauf, bleigrau, schwarzblau, Wolkenmassen vermischt mit Wirbelwinden, es schraubt sich empor zu einer Charybdis, in sich schlürfend, was da – dort oben im Zenith – an den Ort ohne Umkehr und aus den Geleisen, himmlischen und irdischen, gerät.

Es beginnt zu delirieren (letzter Monolog der Regisseuse, man würde es ihr gestatten) – ‚Ach, kleiner weißer Mond von Mbebete, verdoppelt wie im Rausche! Ihr dunklen Hügel der Lider, der schlafenden, über Blütenblättern einer blassen Mbete-Rose aus Fügung und

Einfühlung, daraus eine Vorahnung von Umnachtung ohne Schlaf und Morgenröte steigt, am Rande eines Felsabsprungs, darunter weiß und wilde Wasser schäumen und rauschen wie der Wasserfall von Wafanga, und eine Brandung sich bäumt, die emporträgt und niederfallend alles zermalmt und hinwegspült in ein offenes Meer...'

Vom schwarzen Horizont herüber, von Westen, aus fernen Bergen, kommt auf sanfterer Strömung der Luft das Klöppeln von Xylophonen. Der kühlen Sand, vom Mond betaut, betanzt von Füßen nackt und heiß, liegt weit zurück. Nichts stürzt da. Nichts bewegt sich von der Stelle, hier, auf der anderen Seite des Baumes, desselben, der die Umarmung einer Abschiednehmenden hinnahm. Alles ist, wie es war; aber ringsum ist Weltuntergang. Eine blendende Finsternis.

Danach?
Die rote Erde Afrikas
hält Staub und dürres Gras bereit und fängt es auf.
Einen Tropfen Blütenrot.
Ein großer Tod kommt über alles.
Danach ist nichts mehr.
Nichts.

Die Beschwörung sei vollbracht

1

Wieder hat ein Mond sich gerundet und leichtes Gewölk zieht über die mitternächtliche Tiefe des oberen Ozeans, weißschattend, geisterbleich vor hochgewölbtem Schweigen tieferer Himmelstiefen, daraus winzig zersplittert Unendlichkeit dringt, Sternenspreu, weitgestreut, verloren in den mondhellen Gewässern der Nacht am Bitu-Berg.

Auf den Berglehnen rings stehen schwarz und steil die Schattenrisse von Eukalyptus und Drazänen. Auf halber Höhe ragen gewaltige Bumabäume über ein unscheinbares Haus. Am Rand eines ovalen Rasenplatzes liegt es und beherbergt Schlaf.

Der Mond steht über Haus und Baum und Berg, und das leichte Gewölke zieht.

2

In Rufweite des Hauses, am anderen Ende des Rasenplatzes, entsteht eine Bewegung aus Luft und Druck. Etwas wie ein Seufzen, und aus wäßrigem Mondblau verdichtet sich Nacht zu kristallinem Traumviolett, rhomboedrisch. Mitten darin steht ein Gedanke, schmal, zerbrechlich, aufrecht und genau umgrenzt. Steht, denkt das Mögliche und will – hin zu dem Haus. Aber es geht nicht. Dort steht das Haus, Backstein und Wellblech, und hier steht der Gedanke, bekleidet mit ein wenig Körperlichkeit; gerade so viel, daß die nächtliche Kühle spürbar wird und etwas wie – wie etwas, das sich sehnt, den Rasenplatz zu überqueren. Wenigstens bis an die Tür des Hauses zu gelangen. Die Tür ist von innen verriegelt. Das macht nichts. Wenigstens bis zu der Tür.

3

Der Gedanke verharrt reglos, eingeschlossen im Kristall. Das bißchen Körper klammert sich an ihn, rankt empor und dehnt sich – ein Atemholen. Etwas, das sich anhört wie ein Seufzen. Ach, welche Mühsal, nächstens diesen Platz zu überqueren! Sich auszustrecken nach dem dürftigen Glück, einen Schatten zu werfen. Als mondblauer Schatten sich dem rauhen Ziegelrot einer Hauswand anzuschmiegen. An geschlossener Tür zu lehnen, *philousa ten phlien.* Unter niederem Wellblechdach im Sand vor der Schwelle zu liegen. Es wäre ein Wenigstens, nahe am Abgrund des Unmöglichen und seiner Vollendung.

4

Hinter dieser Tür; hinter noch einer und noch einer ist der Kammern eine ausgefüllt mit dichtgewebtem Schlaf. Eine bunte Flickendecke deckt ihn zu auf viel zu breitem Bett. Am Kopfende hängt schwarz und lang und samten an gekalkter Wand ein Morgenmantel. Über weitschwingendem Abendrock, nachtblau mit Silberspange am Gürtel; über dem festlichen Glanz einer türkisgrünen Bluse trug *Na'any* ihn. An einem Abend und an einem Morgen trug sie den Mantel und ließ ihn zurück. Da sie hinwegging, ließ sie ihn zurück. Sagte: I leave it in your care. Sagte: Until I come back. – Der da schläft, schläft ruhigen Gewissens und seit jeher allein. Noch immer. Wie lange noch?

5

Zwischen Büchern und Papieren Briefe. Handgeschriebenes in einer Sprache, die verschweigt. Umwege macht; Vorwände herstellt und der Wahrheit sich verweigert, die in den Mondnächten umgeht. Die zersplittert und in Stücke zerfällt, die nicht zusammenpassen wollen – vielleicht ist es so; vielleicht ist es anders. Wenn anders nicht sein kann, was nicht und selbst wenn...

Spärliche Antworten, vorsichtig, nichtssagend, zögern die Zeit hin, nichtssagend die Zeit hin; Wochen, Monate, Jahre, und es will nicht vergehen. An der Wand zu Häupten und weit fort hängt es – wie nicht ganz geheuer. Schmal und streng hängt es im Mondlicht, das durch den unverschlossenen oberen Teil der Fensterluke dringt. Schwebend aufrecht wie ein stummer Wächterengel hängt es, *‚until I come back'*.

Wann? Wie? Ist es nicht weit fort? Weit fort und woanders und nicht hierher gehörig? Nicht in dieses Land; nicht in dieses Haus und auch nicht in die Träume dessen, der da schläft und von keinem Wei- , keinem weiteren – von keinem Beweise des Gegenteils weiß; von dieser nicht und keiner anderen Erkenntnis übermocht in

Werken, Worten, Gedanken und in der Mitte des Gartens, den ein schwarzsamtener Morgenmantel bewacht, da an der Wand und zu Häupten eines guten Gewissens, das sich übt in Vorsicht, Umsicht, Rücksicht und frommer Resignation.

6

Nun aber, *in einer Nacht wie dieser.*

Zu eben der Stunde, unter dem steigenden Mond, schleicht es sich an. Unter der bunten Flickendecke regt es sich. Wer hat es herbeibeschworen, ruhigen Schlaf zu beunruhigen? Es ballt sich zusammen, geduckt zum Sprunge gegen Glaswände, die zerklirren. Es weht heran von weit her. Es rudert herbei auf Fledermausflügeln. Letzte Willenskraft verdichtet sich gegen letzten Widerstand. Sie sprengt den Kristall, den traumvioletten, das Rautengefängnis, den Rhomboeder. Gegen vibrierenden Widerstand, gegen das Kraftfeld des ovalen Rasenplatzes schnellt es ab –

– und ist da.

Vor der verriegelten Tür liegt es als Mondschatten, flach und erschöpft und nahe am Abgrund des endlichen Erreichten liegt ein splittriges Glück, rosenquarzfarben. Im kühlen Sande liegt der in sich geringelte Rest eines absoluten Gefühls, losgelöst von Herkunft und Zukunft. Das nächtelang Eingesperrte. Das angespannt und immer wieder Beschworene – es hat den ovalen Rasenplatz überquert.

Denselben, unendlichen und wie am Rande der bewohnten Welt mitten unter dem Mond. Denselben und Steppen und Wüsten, ein Meer und ein Hochgebirge; dumpfe Flußniederungen und den bleiernen Dunst der Städte, los sich ringend aus absinthgrün umklammerndem Schlaf zu ebener Erde hinter hohen Glasfassaden vor dem dahinwelkenden Prunk der Oktoberrosen.

Es liegt auf der Schwelle des bislang Unerreichbaren, im Sand vor dem einsamen Haus, übermocht vom Glück des Angekommenseins.

Hier laß mich sein und bleiben.
Sein und vergehn.

In such a night as this...

7

Wie lange?

Es kann da nicht liegen bleiben.

Der Wunsch zu vergehen, wird er nicht vergehen? Das in sich Geringelte wird sich entrollen und auflösen. Es wird durch die geschlossenen Türen sickern. Einschlängeln wird es sich und anschleichen lautlos wie das ziehende Gewölk vor dem Mond; andringen wie hellroter Arterienrhythmus, der von beengtem Herzen hinaufpulsiert hinter schlafgestörte Stirn und wieder hinabrauscht dunkelblau – wie der Strudel, der die Geysirsäule emportreibt.

So beginnt es denn zu sickern. Sickert, schlängelt und schleicht, richtet sich auf und steht. Reglos und schmal. Schmal wie ein Gegenbild der Samthülle an mondheller Wand gegenüber – innen an der dritten Tür steht es. Steht und steigert Unruhe unter der bunten Flickendecke. Wirft einen Schlafenden herum; versucht, ihn wachzurütteln, auf daß er hinsehe und erkenne, was da steht, am Fußende.

8

Es ist – es zerpflückt den Schlaf unterm Lid.

Sie ist gekommen. Sie ist da.

Unverwechselbar: die Reisekleidung. Der enge Kasack, staubbraun; das verwaschene Polohemdchen, Nadelstreifen, graublau, formlos. Und was an Formlosem sonst noch erinnerlich ist – unformulierbar, unantastbar. Dann und noch immer: viel zu weite Männerhosen; eine schlotterichte Königin – immer lief sie zu schnell über den Campus und durch ihr Reich. Eine, die so viel zu reden und zu sagen hatte so viele Jahre hindurch, dieselbe verharrt in abwartendem Schweigen reglos an der dritten Tür innen. Die abgetragene Handtasche hängt über magerer Schulter; das Haar, glanzlos und vergeblich: aufgebunden mit grauem Samtbande wie all die Jahre einst und zuvor.

‚*Until I come back.*' Sie ist da. Da und anders als gewohnt. Anders als andernorts, und wie lange ist es her? Mal um Mal, wenn sie kam, und du erinnerst dich, nicht wahr, kam es wie ein Windstoß; war's als ob ein aufgescheuchtes Buschhuhn sich verflatterte; war wie etwas, das sich fürchtet, daß man's fasse und begreife Ungehöriges. Kam, störte auf, ‚*How are you?*' genügte Pflichten und entwich, streng und splitternd, aus den ärmlichen Schlafsälen jenseits der Bougainvillea. Eine rundum und eindeutig Überlegene, die da scheute, wenn sie, nach dem Rechten sehend, diesen-da liegen sah auf schmaler Pritsche, fiebernd und in grobes Baumwollzeug gehüllt. Schwachheit – wessen Name doch? *Don't you think it's rather funny, I should be in this position?*

Es ist vorbei und alles ging mit rechten Dingen zu. So viele Jahre lang. Nun aber und nachdem, hochverdient um das Wohl so vieler und verabschiedet – ? ‚*Until I come back*'. Und kommt allein, wie sie vordem kam und nicht wenige Male, im klirrenden Kettenhemd des Selbstbewußtseins, beschützt vom goldenen Schild eines Status, der Freiheiten gestattet und Verdächte ablenkt ins beleidigend Unwahrscheinliche.

Sie kommt zurück, ein *revenant* . Steht und schweigt und es dauert. Es dauert und es beginnt, sich zu kräuseln – Haut, Haupt, Haar, Herzenseinfalt. Wie lange wird es auszuhalten sein? Dazustehen, dazuliegen in der Bedrängnis schweigenden Da-Seins? Muß nicht endlich einer etwas sagen?

9

‚*Na'any*', endlich und leise. Fast tonlos. Sagt es, möchte Sohn sein und weiß, daß die Verhältnisbestimmung nicht stimmt. Eine Spiegelscherbe würde genügen. Um die Augen der beginnende Ruin, von nahem und beim Lachen dann und wann. Um das Kinn graugesprenkelt der Verrat der Jahre, und ein unbedachter Blick, der zurückwich. Stocken im Gespräch, *Well, you see* –

‚*Na'any* – ?' fragend und um Würde zu wahren, Alter und Weisheit zu ehren, Ungehörigem einen Riegel vorzuschieben. Vertraute Anrede, Überlegenheit beschwörend, Unvorhersehbares abwehrend: Ehrwürdige, du, die mir wohlwill. Was willst du?

Die Frage, dünn und zag, sie schlängelt zurück.

Das Schweigen spannt sich, bildet eine durchsichtige Haut, die sich langsam wölbt. Sich wölbt wie das Gewölbe über dem Mond, Hohes und Tiefes umfassend und vielleicht auch eine unmögliche Möglichkeit... Wölbt sich, zerspringt, und Teilchen, rieselfähig wie weißes Salz und blauer Mohn, beginnen zu rieseln. Durch die Fensterluke rieseln Mondlicht und nächtliche Kühle, ein

Gemisch, das anschwillt, flutend. Aus den Tiefen des oberen Ozeans flutet es heran in hell- und dunklen Wellenringen, einander überlagernd und durchdringend, ein Spiel von Interferenzen weiß und blau. Es rundet sich zu Innenraum, dunkelhell wie die Mondnacht: eine schützende Schale, durchsichtig, eine flutende Rundung. Ein von innen erhelltes Dunkel. Darin erscheint die Antwort, hat nur diesen Augenblick gewollt und nichts darüber. Unendlich oft vorweggeträumt, breitet es sich über den Liegenden hin. Über den Liegenden breitet es sich hin und nimmt sich zurück im gleichen Augenblick: etwas, das nichts verspricht, nur sich selbst erfüllt.

Ein Lächeln. Es sagt:
‚I have come.‘

Du, dem ich's nicht –
Ach. Wozu.

Ein Lächeln als Antwort von der Tür her, wo *Na'any* oder ihr Traumbild noch immer reglos stehen.

Ein Lächeln – beruhigend? Zu dieser Geisterstunde im Halbdunkel der Schlafkammer? Kaum. Nein, keine Beruhigung. Weit eher wird es wirken wie eine Bestätigung des Unstatthaften. Verwirrtes wird sich nicht entwirren,

Gekräuseltes sich nicht entkräuseln. Des Herzens Zwiespalt wird ein Lächeln *Na'anys* nicht vereinfältigen. Als durchaus fragwürdig wird es erscheinen im Halbdunkel, in mondener Ungewißheit.

‚Na'any? Why should you – ?'

10

Ja, warum, weswegen und was nun?

Die Zeit, die verfügbare, das ist die Stunde um Mitternacht, und der Mond bleibt nicht stehen. Der Raum, der vorhandene, ist eine enge Kammer, die sich knisternd füllt mit dem angestauten Schweigen vieler Jahre und eines betriebsam verworrenen, nichtssagenden Abschieds. Ein Abschied anders als in Trockenzeitfieberträumen. Auch war es kein festliches Ritual mit vielen Gästen, die Schweigen übertönt hätten mit wohlgesetzten Reden und herzlichem Lachen. (Der Morgenmantel, oh – er blieb zurück bei anderer Gelegenheit.) Der Abschied – ach, hastig, banal und kunstlos. Unvollkommen, das war er. Daher. Deswegen.

Gleichwohl. Das Zögern einer Anrede; helldunkle Interferenzen eines Lächelns und eine abgebrochene Frage: soll das alles sein *in einer Nacht wie dieser* – ? Ja, aber – wie denn? Was denn? Szenen aus einem Trivialroman und nur, weil die Requisiten so überdeutlich vorhanden sind? O Mond, du stiller Gefährte, in deinem zwielichtigen Lichte – welche Traumsequenzen?

Nicht, daß Gewöhnliches unmöglich wäre. Es kann doch vorkommen: ein plötzliches Abgleiten und Ertrinken in der Trunkenheit eines rauschhaften Verzichts, der umkippt in sein Gegenteil. Der Wein des Absoluten, könnte er nicht ins Gären geraten, unversehens aufschäumen, überfließen und hinwegschwemmen ins Unbeabsichtigte? Wer kann im voraus wissen, wie Atmosphärisches sich verdichten könnte ins Zwanghafte? Was dem Einfluß des Mondes anzulasten wäre und was dem Paroxysmus des Wunsches, ein Ende zu machen?

Es wäre nicht unmöglich. Nein. Indes. Es wäre – es ist im wesentlichen, überhaupt und zumal, sowie aus innerer Notwendigkeit – es ist anders.

Es ist, siehst du; nein, du siehst es nicht, blind im Dunkeln des Nichtwissens und des Argwohns – es ist dies.

Was noch vorhanden ist, das resthafte Konzentrat eines absoluten Gefühls; das, was den nächtlichen Rasenplatz überquert hat, das Meer, Wüste und Savanne und den Widerstand der verriegelten Tür überwand – *es* will nur noch sich selbst und sonst nichts. Es wird sich begnügen. Mit wenigem.

11

Mit wenigem wird es sich zufrieden geben.

Die Erscheinung an der Tür, zögernd erkannt und angeredet: aus gespenstischer Reglosigkeit wird sie sich lösen und näherkommen, langsam, mit geschlossenen Füßen. Auf der Bettkante wird sie oder es sich niederlassen, etwas oberhalb der Mitte und der bunten Decke, da, wo es vielleicht enge wird. Das erfordert die Logik der Situation als das Mindestmögliche. Da wird es – da wird sie, *Na'any* eine Weile sitzen. Einfach so. Und vor ihr bleibt es reglos liegen. Einfach so. Nur die Flikkendecke, das früheste aller Geschenke – mit einer kleinen Bewegung wird sie hochgezogen bis zum Kinn, und Arme werden sich hinter dem Kopf verschränken.

Der Blick wird sich geradeaus ins Helldunkel richten, das Atmen ein wenig mühsam sein. Wie das so ist.

Da sitzt, die da kam. Da liegt, der nicht weiß, warum, und es auch lieber nicht wissen möchte. Neben dem Kopfkissen liegt ein altes Liederbuch, ein frommes, *I need thee ev'ry hour, most gracious Lord,* und daneben das rote Taschenmesser samt dem Silberkettchen, losgenestelt. *Denn sie fuhr von ihm fort und schenkte ihm einen Ta-lis-man...* Tango könnte man danach tanzen. Tango. Talisman? Nie. Nie wird ein also Beschenkter tragen, was eine Vorgesetzte trug vor aller Welt und im strengen Ausschnitt ihrer Blusen schwarz und weiß und aschviolett. In die glitzernde Schlinge wird sich ein gutes Gewissen nicht bringen; weder Nacken beugen noch Gesetze brechen. Aber nächtens liegt es neben ihm.

Es liegt nahe, fern der Worte und erinnert. Es erinnert an den Tag, da unerwartet – unerwartet wie beim ersten Mal – Besuch heraufgestiegen kam, zwanzig Kilometer zu Fuß von Mbebete herüber durch die heißen Felder und den Staub, den rosenroten. Und beim dritten Male übernachtete im fast Unglaublichen – übernachtete in diesem Bett, einem Gast wie selbstverständlich zur Verfügung gestellt. In eben diesem.

Was ist geblieben vom Damals und allem? Ein Silberkettchen und ein rotes Taschenmesser. Eine Hand wird sich danach ausstrecken und bei der Gelegenheit auch das Wenige nehmen, was am Rande zu haben ist. Flüchtig und wie zufällig. Wir kennen das. Die Gelegenheit liegt reglos mit entblößten Armen. Was sollte man auch machen. Nimm es hin, eine rührend einfältige Harmlosigkeit, mit einem Beigeschmack von Bittermandel, nicht wahr?

12

Bittermandel, es sei zugestanden. Und dann? Und sonst? Kann es, darf es vergehen und verwesen ohne ein Zeichen, ein einziges, der Überbrückung der Nähe, der Ferne – *in einer Nacht wie dieser ?* Wenigstens eine Symbol-, eine Ersatzhandlung!

Vielleicht – die Wiederholung? Fürwahr, der Gedanke ist da und nicht zum erstenmal. Er hat sich schon einmal aufgedrängt, seitenverkehrt, in einem Stübchen hinter schilfgrünen Vorhängen, in Trockenzeitfieberphantasien. Hier nun liegt freilich keine Seitenverkehrung vor und auch kein Fieber. Dieser Mann ist ganz gesund.

Es ist Oktober und nicht Februar. Die Episode, damals, gesungen in die Erschöpfung der Schlaflosigkeit vieler Nächte, ins Malariafiebernde, ins Hilfeheischende, sie hatte eine andere Melodie. Wie mühsam hatte es sich herbeigeschleppt, um in sich zusammenzufallen an hellerleuchtetem Tisch, neben kaum verhülltem Fenster vor dem Dunkel der Campusnacht. ‚*Na'any, I want to go for native treatment*'. Hier nicht. Aber es flackert durch die Jahre wie nächtlicher Grasfeuerschein über die Abhänge des immerhin Möglichen, zwiefach erinnert, und wer kann sicher sein? Vielleicht ist die Erscheinung erschienen, um noch einmal –

– noch einmal und wie losgelöst von der Tage klarer Abstandnahme und stets beherrschtem Gleichmaß. Eine winzige Abweichung, wider eigenes Erwarten, Anstoß, randhaft, flüchtig angedeutetes Mitleid auf flacher Hand, schnell zurückgezogen, ‚*Sorry. I am worried*.' Wie zur Entschuldigung des Übergriffs, und wie zur Erwiderung nichts als Erschöpfung im unbefremdeten Blick. Wie ein Kind, ohne Arg bereit, es hinzunehmen im grellen Licht der Kerosinlampe. Hinter den weißen Voilevorhängen hing das schwarze Pantherfell der Tropennacht, halbmonden, vibrierend, delirierend im Gefiedel der Grillen – damals.

Das Damalig-Erratische. Das unerwartet Einfühlsame und besorgt Mütterliche? So ehrenwert. Ach. Etwas dergleichen noch einmal? Warum nicht? Wäre es nicht ein Leichtes? Und wie du so dasitzt, *Na'any* – bin ich nicht in deine Hand gegeben? Bist du gekommen, es wieder hinwegzunehmen von einer Stirn, die es erinnert? Es geschehe. Der Mond scheint so hell.

13

Warum zögert die Erscheinung? Warum geht *Na'anys* Blick so starr ins Abseits? Wie – ?! Hätte ihr Mitternachtsbesuch anderes im Sinn? Der Herzschlag müßte stocken beim bloßen Gedanken daran. Also genügt der bloße Gedanke. Es genügt die bloße Vorstellung, zurückgeschoben um eine weitere Dimension der Unwirklichkeit, umherirrend in dürren Distelfeldern und am Rande stummer Klage –

– ach. Wie ist so hier wie da alles so spröde. So aufgerauht vom Sandstaub des Harmattan und ausgetrocknet ohne Unterschied. Es erinnert sich. Es hat ein Bild vor Augen: wie abgedunkelt bisweilen und wenn es etwas zu reden gab, öffentlich Allgemeines; immer nur Allgemeines – wie dunkel ein Dunkelrot da hindurch, vorbei an den Worten und wie das eigene – dein Blick, *Na'any*, beherrscht und in Schranken gehalten, brach aus, ließ sich hinreißen, riß es an sich, in sich; verbiß es sich – ob tief verletzt, ob nur leicht geritzt, weißt du allein und behältst es sorgsam für dich, ***white woman that passion has worn...*** Mit fühlendem Auge und der In- , dem Aus- , dem Brennesselsausschlag der Entsagung – du weißt es. Du allein. Und kommst zurück in einer Nacht wie dieser und verbreitest Beklemmung und eine sonderbare Art von Angst – süßlich wie der Geruch von nackten Wurzelblüten im faulenden Laub des Regenwalds. Laß es, *Na'any*. Laß es vorübergehen an dir, an mir. Laß mich – un-, laß es unversucht.

14

So mag es denn vorübergehen. So mag es. So. Schleppend. Schlapp. Der Schatten eines Resthaften. Der laue Aufguß einer Handvoll Fiebergras mit leichtem Zitronengeschmack. Desinfiziert mit Kaliumpermanganat. *Na'any* wird die Hand noch einmal heben, mühsam, und wird noch einmal, flach und flüchtig, von den Brauen bis zum Haaransatz, eine Handbreit, kühl beherrscht, noch einmal und *auf daß es getan werde,* wird sie es tun. Und der da von keinem Wei-, keinem weiteren – , von keinem Beweise des Gegenteils weiß, wird stillehalten ohne Erschrecken, auf sanftem Ruhekissen neben rotem Taschenmesser und Silberkettlein.

Danach bliebe nur noch die Mühsal, eine Hand zurückzuziehen gegen den Widerstand der vergehenden Zeit und die Schwerkraft der Vergeblichkeit, und den Arm sinken zu lassen, erschöpft.

Vielleicht würde die Erschöpfung noch eine Weile sitzen bleiben, nahe am Rande, und sanfter leiden. Vielleicht auch würde mit einem Male sich alles unendlich schwer anfühlen. Müde und ratlos würden Augen sich aufheben zu dem, was da zu Häupten des Bettes hängt, schmal und schwarz an weißer Wand. Vielleicht würde es dem Vergleich entsteigen und Gestalt annehmen. Aus Mondlicht und einem Anhauch vertrauensvoller Erinnerung stiege der Wächterengel, dunkelblond, altvertraut, angegraut, und hielte ein Lächeln bereit – ein nachsichtiges, ein verständnis- und mitleidvolles Lächeln würde herabrieseln wie Balsam in eine Wunde, die sich schließen könnte. Hätte es nicht sein können? Wie tröstlich wäre es gewesen. Wie versöhnlich nach beiden Seiten hin und bis ans Ende der Tage...

Nach solchem Trost könnte eine Getröstete sich unmerklich wieder zurückziehen. Zurück ins Amethystene. Zurück ins besonnen Nüchterne; dem Rausche widerstrebend; Abstand nehmend von unmöglichen Möglichkeiten sich zurückbesinnen auf besonnen Sinnvolles von einst am Anfang der Tage...

15

Die Nacht wäre durchquert, die Grenze des Möglichen gestreift: Tangente am weißen Mond, Sehne am Bogen der Wölbung, von welcher der Pfeil einer Unziemlichkeit nie fliegt. Der Gedanke, bekleidet mit ein wenig Körperlichkeit, zieht sich zurück ins Kristalline, rhomboedrisch, traumviolett.

Was bleibt, ist der Auflösung anheimgegeben; verdämmernden Gemütszuständen und der trügerischen Wahrheit der Gefühle. Wie *es* kam, so wird es gehen, und ein Heimgesuchter bleibt zurück, preisgegeben letzten Traumrelikten. Vielleicht würde, kurz und verstörend, anderes sich dazwischendrängen, ungewollt, heftig, schmerzhaft. Wie gut ist eine bunte Flickendecke, sich fester darin einzuwickeln. Wie leicht läge, weit entfernt und zu ebener Erde, kühler Damast über ähnlicher Verstörung. Weißer Damast mit weißen Sternblumen, hingebreitet über das Erleiden eines Traums und dem Warten darauf, daß es vergehe...

Daß es verebbt und vorüberzieht wie das Gewölk, das den Mond beschattet, der klein und weiß und hochgeschwemmt über Haus und Baum und Berg steht und die Oktoberrosen vor einer hohen Glasfassade in weiter Ferne ins Ebenholzfarbne verfärbt.

*

Von der Fragwürdigkeit des Schönen
Epilog

Sternenspreu und Amethyst. Weißer Damast, Silberkettlein und Nympheen. Staubrosen. Grillenlyrik. Das schwarze Pantherfell der Tropennacht. Helldunkle Interferenzen. Splittriges Glück, rosenquarzfarben – ein Konglomerat romantischer Impressionen. Andeutungen von Leiden- und Landschaft, mit leichten Kreiden und Vergleichen hingewischt; delikate Linienführung, Ästhetik des Subtilen, pastellene Empfindungen – erlesener *art déco,* eine Lackschatulle voller antiquierter Agalmata?

Mit dem Mythos des Prologs, mit Kore-Persephone, Gewalttat, Unterwelt, lebenverzehrender Trauer; mit Sorge, Daseinsenge, Angst und Schicksalsergebenheit blutsverwandter Schatten, die in einem alten Vitrinenschranke hausen, hat es hauchwenig zu tun – es ist Rauch vor starken Winden, Blütenstaub auf brodelndem Zeitstrom, so flüchtig, so dem Augenblicke hingegeben, daß schon die nächste Welle nichts mehr von der Winzigkeit weiß.

Kallimacheisch preziöse *Miniaturen*, befaßt mit dergleichen einst und gewiß als schön und erlebenswert empfundenen Kleinigkeiten, wie können sie zusammengebunden werden mit dem vorherrschend düsteren Ernst von *Archivalien*, Urkunden, Briefen, brüchigen Holzquirlen und verrosteten Taschenuhren, Erinnerungen an schlimme Schicksale, politische Katastrophen, Verbrechen, sinnlosen Tod, verbittertes Dahinaltern ohne Genugtuung, ohne Hoffnung auf die Gerechtigkeit eines Jüngsten Gerichts, ohne Glaube an Gott oder Erbarmen?

Da ist der Korb, der schöne, aus Raffiabast, umgeben vom Glanz der Savanne Afrikas. Da ist ein Vitrinenschrank aus dunkler Eiche, erinnernd an Flüchtlingsarmut und Elend vergangener Nachkriegszeiten und Familienschicksale: was können sie mit einander gemein haben? Was hat das Schattenreich Persephones gemein mit dem lyrischen Lächeln der Gesichte am Bitu-Berg, mit belletristischen Trokkenzeitfieberphantasien? Nichts weiter als den Zufall räumlicher Nähe und das Subjekt des Erinnerns?

Räumlicher Zufall - ein Korb auf einem Schrank - allein wäre kaum imstande gewesen, raffiaglänzende Savannenerinnerungen zusammenzubinden mit Familien- und Geschichtsüberlieferung, schwer und dunkel wie gebeizte Eiche. Was also war es? Wie also kam es? Sollte nicht ursprünglich nur, was sich in dem Korb befindet, ans Licht einer Veröffentlichung? Da kam noch einmal Afrika dazwischen. Es kam anders als zu früheren Zeiten. Es kam zu bedenklich vorgerückter Stunde. Wird die schwindende Lebenskraft hinreichen für eine Abschiedsreise durch Regenwald und Savanne? Für einen siebenten Aufstieg ins Abseits der Berge von Mbe? Das Archivieren von Ahnendokumenten und eigenem Nachlaß zu Lebzeiten, es drängte sich auf und dazwischen angesichts der Risiken einer solchen Reise. Die Reise und der Schrank als *Memento* - zwei gewichtiges Momente, bewußt zu machen, was alles unvollendet bleiben würde, geblieben wäre, wenn...

So kam es, daß. Grund und Anlaß des Archivierens brachten Afrika und sein Symbol, den Korb, in mehr als räumliche Nähe zu dem Vitrinenschrank. Sie brachten sich in Widerspruch zu einander. Sie zogen einander an als Gegensätze. Das dumpfe Gefühl einer Unvereinbarkeit zwischen oben und unten, Licht und Schatten, Schrank und

Korb, stieg auf und verdichtete sich. Der Korb, er konnte fortan nicht mehr für sich, schön und selig in ihm selbst, erscheinen. Er geriet ins Zwielicht der Fragwürdigkeit.

Da steht der alte Vitrinenschrank, über ihm thront der Korb, und grübelnd steht davor die Frage: *Welchen Sinn, welche Berechtigung* hat das Schöne angesichts des Schlimmen? Was wiegt ein glück- und hügelwogendes Jahr in der Savanne Westafrikas, wenn in die andere Waagschale alles Schlimme, darauf das Schöne mit flach geflochtenem Fuße steht, mit bleiernem Schatten fällt? Der Schrank und seine Schwere, die einen Korb aus Raffiabast ohne weiteres zu einer formlosen Masse zerquetschen könnten, wie kommt er dazu, als Podest zu dienen?

Gibt der Mythos eine Antwort? Er läßt die trauernde Demeter lachen über zotige Späße einer Magd. Merkwürdig – ? Auch Bildungswissen um die Spannung zwischen antiker Tragödientrilogie und Satyrspiel, um Shakespeares Clownerien am offenem Grabe lösen Spannung und Verlegenheit nicht. Es dreht sich im Kreise.

Das Leichte und Schöne, das trotz Trockenzeitfieberdelirien nie Existenz bedrohte, nicht einmal und auch nur von ferne die altmodische Integrität einer Ehe in Frage zu stellen vermochte, wie kann es die Nähe und den Inhalt eines abgeschabten Kindermützchens ertragen oder ein handschriftlich abgeschriebenes Gedicht von Jimenez aus dem Nachlaß eines jungen Drogentoten? Was hat es zu tun mit einem, noch immer, Würgen in der Kehle ?

Im Kreise dreht es sich. Es fragt dasselbe immer wieder mit immer anderen Worten. Es wiederholt sich wie in einem Anfall von zyklothymem Irresein.

Geht es gänzlich in die Irre? Gibt oder gab es nicht irgendwo ein Grübeln lyrischen Mitgefühls mit Hekuba und dem Elend dieser Welt mitten im eigenen Glück? *‚Als mich /.../entrückte... Als mich /.../entzückte...Erlebten diesen Tag nicht Abgehärmte / Mühselig Millionen Unterdrückte? – Es lebten und es starben Niebeglückte. – Wie werd ich diese Schuld bezahlen müssen?'* Von Schuld zwar weiß das Grübeln angesichts der Kluft zwischen Raffiakorb und Vitrinenschrank nichts, wohl aber fühlt es sich wie *beschämt,* umgetrieben von der unerträglichen Leichtigkeit des Schönen. Und bisweilen wird Abgrund spürbar.

Bisweilen, wenn Erinnerung sich der Vorvergangenheit, politischer und familiärer, nähert oder gar in ihr verweilt, ist es, als weiche Boden unter den Füßen. Das Selbstgefühl verliert die festen Konturen, es fasert auf. Es fühlt sich, noch einmal, nicht schuldig; aber es gerät in Verwirrung. Es schämt sich, noch einmal. Es schämt sich *irgendwie.* Schämt sich der Unwichtigkeit dessen, was bislang und immer wieder belletristischer Darstellung wert erachtet wurde. Das Wandeln leichten Fußes durch den rosenroten Staub der Savanne, es beginnt zu hinken, sinkt und sinkt bisweilen tief, irrt wie durch schlammiges Dunkel – es fehlte nicht viel und es wäre, als wanderte es durch vergangene Höllenkreise. Es steht, ein Flüchtling und Entronnener, im Tempel von Karthago, es sitzt vor einer Wochenzeitung aus dem Jahre 1950 und sieht vor sich, was da hinten liegt. Weint und weiß: was in monumentalen Fresken, was auf grausig-grauen Illustriertenfotos dargestellt Mitleiden – bis zur Lebensmüdigkeit – und Furcht – finsterste, auswegloseste – erregt: *sunt lacrimae rerum.* Der Menschheit ganzer Jammer. Das, was den gesunden Menschenverstand angreift und Worte zu Schrott macht. Es breitet über das Schöne in jeglicher Gestalt den Schatten der Fragwürdigkeit nicht nur, sondern der Nichtigkeit schlechthin.

Nach alledem und vor solchem Hintergrunde sucht der Entschluß, der Korb und Schrank zusammenband, nach Rechtfertigung durch Einsicht ins Allgemeine.

Gibt es nicht Sprichwörter? Wo viel Licht ist, ist auch viel Schatten. Es gibt Dialektik. Das Schöne, bisweilen vereint mit dem Guten und Wahren, steht es nicht mit einer gewissen Notwendigkeit im Schatten des Schlimmen? Entsteht aus solcher Seinsverfassung nicht Metaphysik, nicht Religion? Kann von daher dem Schönen ein angemessenes Maß an Rechtfertigung werden?

Wenn im Dunkel, im nächtlichen, schön und tröstlich der Abendstern leuchtet, um einer Trauernden zuzureden, so ist es etwas anderes, als wenn Schönes sich um sich selbst dreht - als Rokokodame etwa im Park von Fontainebleau, als *Na'any* im Abendrock unter Palmen zweihundert Jahre später - bis es hereinbricht, als Sturm auf die Bastille, als Verstörung des Gewissen: was habe ich unterlassen?

Wurde zu Anfang ein *Mythos* bemüht, um einem Kore-Kouros-Tod Sinnlinien einzuprägen, so wäre nunmehr am Ende nach einem *Ethos* zu suchen, um dem Korb als Behältnis für leichtgewichtige Miniaturen Rechtfertigung zu verschaffen, Erlebnisluxus auszubalancieren mit dem Gewicht von Selbstverständlichkeiten, die auch ohne Erwähnung wären, was sie gewesen waren. Ein Berufsethos etwa.

Der Korb auf dem Vitrinenschrank steht nicht nur über Ahnenschatten und Schicksalsdunkel. Er steht *auch* über einem Wäschefach voller Erinnerungen an pflichtenreiche Berufsjahre in Afrika; über sinnvollem Verzicht auf mancherlei, das in heimischer Anspruchsgesellschaft als unverzichtbar galt und noch immer gilt. Das leichtfüßige, trotz Delirien und Krisenmomenten euphorische Wandeln über staubrosenroten Staub, das inspirativ Schöne – es soll als solcher Pflichterfüllung und solchen Verzichts Gegengabe und Glücksfügung gelten dürfen.

Thronend über dem Schattenreich Persephones und eigenen Daseinsatrophien, soll dem Korb, soll den Miniaturen das Recht zugestanden sein, Erinnerungen lebendig zu erhalten an Episoden, die einst und wie das Zwinkern des Abendsterns glückhaft verwirrten, inspirierten und Sprachspuren hinterließen. Es kann das Schöne das Dunkel nicht überwinden. Es kommt dagegen nicht an. Indes, es war, in aller Winzigkeit, *auch wirklich.* Auf den Erlebnisspuren seiner selbst hat es den Weg ins Wort leichter gefunden als alles, was sich an Schicksal, Schuld und Verwundungen in dem Vitrinenschrank verbirgt, noch keine Sprachgestalt gefunden hat und vielleicht auch keine finden wird.

Kehrt der Korb zurück, dann singt...

Der Gedankenfaden, der einen Korb aus Raffiabast und Afrika mit dem kultischen *Kalathos* der Demeter verknüpfte, er spann sich hervor aus nachafrikanischer Rückwendung zu griechischer Antike und abendlicher Kallimachos-Lektüre. Aus mythischen Anspielungen spann der Faden sich fort zu Ähnlichkeiten im Hinblick auf Mutterschicksal, Todverfallenheit, Trauer und Rückbindung an jenseitige Mächte. Der Korb der Demeter verwahrte über das tägliche Brot hinaus Mysteriengeheimnisse um Leben und Tod. Vom Brot, davon der Mensch lebt, aber nicht allein, und von einem Geheimnis, das des Lebens Dunkelheiten zu erhellen sucht, erzählt der antike Mythos.

Weder mythische noch Mysteriengeheimnisse enthält der Korb aus Raffiabast. Zurückkehrend auf der Spur der Erinnerung, entbirgt sich seiner Wölbung ein hochgestimmtes, ein euphorisch schönes Jahr in der Savanne Westafrikas und ein Glanz, daraus in diesen späten Jahren noch Miniaturen mit dem Anspruch, schöne Literatur zu sein, sich hervorstilisieren ließen. Ein Lied, ein Gesang.

Kehrt der Korb zurück, dann singt...

Gut. Schön. Was aber murmelt fromme Weisheit aus alten Zeiten und kaum noch vernehmbar im Hintergrunde? Nicht nur nicht vom Brot allein lebe der Mensch und auch nicht von der Zukost schöner Erinnerungen. Er lebe, so er schlimmem Schicksal entkommt, von unverdienter transzendenter Güte und tue gut daran, dankbar zu gedenken dessen, was ihm damit an Lebensmöglichkeit zuteil wird. Bisweilen nur und selten genug lebt er, abgehoben und wie nicht ganz bei sich selbst, von dem flüchtig Schönen, das ihn hin und wieder mit traumblauem Flügel streift.

Selten genug. Wenn aber, dann kann es ja sein, daß es zu singen beginnt, lyrisch und in kleinen Formen besingend, was einst in einen Korb aus Raffiabast sich schlich an literarisch Machbarem: an Poetischem.

Das Poetische, sich verwirklichend in Worten, die sich machen lassen, es singt, es schreibt vor sich hin, unbesonnen Ansprüche stellend an Mit- und Nachwelt. Und nimmt sich am Ende erst und vielleicht zu Herzen den weise resignierenden Rat eines Horaz:

Vina liques.
Spem longam reseces. /.../
Quam minimum credula postero.

□